夏至未满

XIAZHI WEIMAN

王小方 著

西南交通大学出版社

·成 都·

图书在版编目（ＣＩＰ）数据

夏至未满 / 王小方著. 一成都：西南交通大学出
版社，2017.5
ISBN 978-7-5643-5471-8

Ⅰ．①夏… Ⅱ．①王… Ⅲ．①长篇小说 – 中国 – 当代
Ⅳ．①I247.5

中国版本图书馆 CIP 数据核字（2017）第 110904 号

夏至未满

王小方　著

责 任 编 辑	梁　红
封 面 设 计	何　越

西南交通大学出版社

出 版 发 行	（四川省成都市二环路北一段 111 号 西南交通大学创新大厦 21 楼）
发行部电话	028-87600564　028-87600533
邮 政 编 码	610031
网　　　址	http://www.xnjdcbs.com
印　　　刷	成都蓉军广告印务有限责任公司
成 品 尺 寸	170 mm × 230 mm
印　　　张	14.5
字　　　数	224 千
版　　　次	2017 年 5 月第 1 版
印　　　次	2017 年 5 月第 1 次
书　　　号	ISBN 978-7-5643-5471-8
定　　　价	54.00 元

图书如有印装质量问题　本社负责退换
版权所有　盗版必究　举报电话：028-87600562

C目录
ontents

迟到

　　他抱着篮球，穿过午后的阳光徐徐走来，一身白色的运动服显得文质彬彬，嘴角噙着的淡淡的笑容，还是一如既往地清爽，一路上是纷飞的栀子花，眷恋而又多情。

　　"当花瓣离开花朵，暗香残留。香消在风起雨后，无人来嗅，如果爱告诉我走下去……"该死的铃声响起，打断了我梦中含羞迈步上前的步伐，更让人忧伤的是，姐姐我还没看清楚他的脸。伸出手一把抓过床头柜上的手机，迷糊中按了拒接。

　　终于还我一个清静的世界了，裹了裹身上的薄被，继续蒙头大睡，期待续上未完的美梦，可是，就如大冬天在身上浇了盆冰水一般，即便再穿上厚厚的棉袄，还是无法一下子恢复到之前的温暖，慢慢睁开眼睛，映入眼帘的床板以及耳边"嗡嗡"的风扇声，提醒自己还在寝室，而且还是一个人的寝室，放假室友们陆续走光了，由于报名参加了一个暑期三下乡的社会实践团队，12号才出发，所以这几天我都是一个人在坚守阵地。

　　12号……

　　扭头刚要抓过手机，熟悉的旋律再一次响起。

　　"当花瓣离开花朵，暗香残留。香消在风起雨后……"赶忙按了接听键。

　　"易珊！"足以震破耳膜的声音响起，吓得我赶忙拉开手机和耳朵的距离，另一只手摸索着昨晚郁闷之下不知扔在了哪个角落的眼镜。

　　"在呢，师兄，在呢！"怕他再展魔鬼嗓音，我揉着耳朵连忙应道，绝对比猪八戒做错事儿面对孙猴子还狗腿。

　　"昨天开会怎么说的？这会儿多少时间了？！"问句加强调后那绝对就是暴怒了，吓得我拖鞋都懒得找，直接顶着猪窝头光脚板去水房简单洗漱一下。

第二道催魂的铃声一响起，我赶紧接听。

"师兄，我……"正要开口，那厢尹大人又发话了，"限你两分钟之内赶到学校大门口。"然后就是"嘟"的一声。

行李昨晚已经收拾好了，其他的东西前天就搬到师姐的寝室去放着了，赶忙将我的临时床铺给拆了，昨晚就上交了寝室清单，不然待会儿宿管阿姨来检查，要是没恢复成大一开学来"一贫如洗"的模样，估计就算我坐上了车也得把我逼回来，谁让我是寝室最后的战士呢。

10分钟后，我终于圆满完成任务，右手行李左手包，再回首看一眼住了三百多天的寝室，曾经嫌弃它太破旧，无数次幻想着住新寝室的日子，现在真要走了，心里却又生出了诸多的不舍，室友们离开的这几天，面对空荡荡的寝室，一个人打饭，一个人洗漱，说话大点儿声都有回声，大半夜的醒来，没有熟悉的呼噜声，听不到小萍的磨牙声，月光的清辉竟让我生出了几许的惆怅。

沫音的短信拉回我的思绪，她已经到集合地点了，催促我赶紧去，其他人都到齐了就缺我一个，短信末尾还附上一句，"尹师兄脸色极其不好。"吓得我"啪"的一声关上寝室门，拔腿就往目的地冲，一路上无视那些惊讶的目光，因为比起形象受损来说，我更害怕尹大神的阎王脸，因为我清楚地记得他曾经说过一句话——"我们是一个团队，千万不要因为个人的原因而耽误了大家！"

头发梢上的汗珠，随着奔跑，紧紧地把齐肩短发粘连在了脖子上，额头上因为吃火锅长出的痘痘被汗水浸得生疼，鼻梁上昨晚摸黑去配的眼镜就像老爷子下山一般，婆娑着想要到达平地，以至于我时不时来个45度的忧伤及时阻止它的行动。

老远就看到了身着红队服的小伙伴们，内心一阵激动，终于摆脱连续三天来在寝室里自言自语的原始生活，回归正常生活的怀抱，心里还来不及多荡漾一会儿，我就傻愣愣地看着一个篮球从旁边的球场飞了出来，然后正对着我侧脸的方向，再然后——我就被砸得两眼冒金花了。

有人说爱情的来临是毫无预警的，没想到悲剧的来临比爱情还快。

而在砸到头的那一刹那，我想到了妈妈常说的一句话——

"倒霉的人喝口水就能被呛到！"

想起昨晚好不容易不熬夜要早睡，这脸还没挨着枕头，眼镜就已经和床架做了个亲密接触——直接五体分尸，无奈中只好瞎子探路似的从西区穿越到东区，在眼镜店老板关门之前重新配了镜框，一来一回足足花费了一个半小时。气喘吁吁地回到寝室，肚子又开始闹革命，找了四层楼总算找到了开水泡面，岂料这脑子参加革命去了，竟然接了冷水来泡面，导致我大半夜的拉肚子，今早还赖床了。

难道是我平时太跳了，老天也看不过眼，这两天闲下来了就挨着把各种惩罚给俺来个遍，要不然这篮球早不砸人晚不砸人，偏偏等着我经过时来砸……

呜呜……

还不等我好好哀悼一下头皮上被砸死的细胞，只见队员们全围在了我身边，一个个一脸悲戚的样子，特别是沫音，那张小脸真真是扭曲得好看，不知道的还以为被砸的是她呢。

"易珊！你是猪吗？"魔音响起，我也顾不上疼了，忙站起来，尴尬地往沫音身后凑了凑，然后识相地选择沉默。

"你见过这么倒霉的猪吗？"见他不再盯着我了，口里冲着他的背影嘟了嘟嘴念叨道。其实我很想说的是，这世上估计没我这么倒霉的猪了。

出发！

"再等一会儿代曼！"我以为我是最后一个，没想到还有比我更不甩尹阎王脸子的人，再听她跟阎王说话时的口气，这从来只闻名未见面的代曼同学绝对是女王一个。

忘了给大家介绍了，我叫易珊，性别女，典型女汉子一枚，家庭、长相、身高、体重等都不怎么样，属于丢在人群中都找不回来的类型，虽然读的是中文系，但是短发、黑框大眼镜、牛仔套装，完全没有一丝文青范儿，肚子里没几两墨水，大一稀里糊涂进了校学生会的编辑部，凭着许三多身上的那股"不抛弃、不放弃"的精神，硬是把我自己改造得有那么一点儿文学气息了。这次在队伍里负责宣传报道，也就是起美化修饰的作用。

……

"哈喽！尹易。"

在等了又半小时之后，连我都要开始唧唧歪歪的时候，尹大神口中的新成员终于到了。墨镜、红唇、乌黑长发、黑色吊带，牛仔超短裤以及差不多12厘米的"恨天高"，无不显示出她的知性与狂野。

"你们好，我是代曼，音乐学院大三学生。"说这话时她微仰着下巴，本来个子就高，这下我就只能再来一个"45度的忧伤"了，"应该算是你们的师姐了，接下来的十五天时间里，希望大家和平相处。"末尾，用手推了推鼻梁上的墨镜，鲜红的指甲油在阳光的照射下显得尤为刺眼。

我低头看老大给我发的短信，大概就是抱怨我如何地丧尽天良，自己一个人跑去农村旅游，留她一个人独守"空房"，还要面对成堆的新闻，我默默为她祈祷了几秒钟，然后回她一句十分欠揍的短信，"你的痛苦正好是我的快乐！"谁让姐姐我此时心情极度地不好呢。

"真有个性！"沐音扯着我的衣袖说道，而对象，绝对是所谓的代曼了。我扭头看了她一眼，她很平静地在看着手机，以至于我都怀疑刚才是我耳鸣了，不过我早就习惯了，打小认识她到现在，一起上学，一起放学，十多年来，她算是我最好的朋友，要说这世上谁最了解她，绝对不是生她养她的妈，而是怎么看都跟她怎么不搭的我。

沐音应该是所有家长都会喜欢的那种孩子，勤快、懂事、贴心、学习好，不说别的，就我妈她老人家来说，巴不得我跟沐音对调，这样她就能省不少的心，谁让我是一个疯疯癫癫的女生外表汉子本质的"奇葩"，而她则是任何时候都乖巧懂事、女神范儿十足呢。

在小孩子的世界里，绝对不喜欢侵占自己领土的外来者，更别说她占领的还是我的老妈，所以小的时候我是无比仇视这丫头，什么画个圈圈诅咒、买了零食故意在她旁边显摆等手段使了个遍，但是在别人骂她欺负她的时候我又爱跳出来两肋插刀，想当初我绝对算得上"村霸王"，我一发话方圆百里的孩子莫敢不听，偶尔有不听的直接武力解决，当然，我绝对没有助人为乐的觉悟，而是在我家老太太十年如一日的诵经模式下，充当沐音的卫士已经成了我的光荣使命，所以即便心里不爽还是见不得她受欺负。

"人都到齐了，准备上车出发。"尹大神和代曼聊了几句后队伍便正式出发了，12个人大包小包的基本上装满了一个车，不知道的还以为跟着包工头出去务工的。

班车皮椅的皮臭味，对一向晕车的我来说，真真是有下十八层地狱的感觉。先是犯晕想要睡觉，半个小时左右在车子的颠簸中就醒来了，一通猛吐后，感觉自己心脏都快吐出来，所以每次坐车都会尽量坐靠前的位置，这次也不例外，成功抢到了第一排的座位，刚坐下找出眼罩准备去约会周公，有人开始提议了。

"大家往后的十多天里都要在一起相处啦，不如现在每个人做个自我介绍吧，大家提前认识认识也好啊。"不用回头看，我闭着眼也能听出这是闵敏的声音，这声音实在是太有特色了，每句话后面都忘不了加个长长的尾音，是不是故意的我不知道，但我是委实不喜欢这种调调，这几次成员开会下来，我只记得两个名字，一个是代曼，一个就是闵敏，代曼是因为她从来没出现过，而闵敏则是因为她的声音实在是太特别了。

"真能装！"坐在后面的沫音再度轻声开口，声音不大，但足以让我听到，我探头向她看去，她正拿着水瓶喝水，依旧笑靥依旧，不过从我这个角度看去，她嘴角的讥讽显露无余，不禁深叹一口气，这还刚出发就看不过了，往后这些天可怎么办？两个还都是一看一眼就知道不怕事找她，就怕事不找她的妹子。

晕车

七月份白天十分热情，一热起来可以把人活活晒死，这不，车子还没开多久，车厢已经变成了烤箱，即便是拉上帘子依旧晒得我头昏眼花，从包里掏出了一把伞撑开靠在座位上遮住大部分阳光，整个人清醒了不少。

"呕"车子正在转弯，一个甩尾颠得本来就已经胸闷的我再也忍不住要吐出来，"师傅，给我一个袋子。"开车师傅扭头看了我一眼，估计是怕迟了我会吐在他车上脏了他的宝贝车子，赶紧伸手扯了个袋子给我。

"袋子不要扔在车子上，待会下车记得带下去。"

无暇顾及他说了什么，我接过袋子埋头便开始吐了起来，待我好不容易平复了心里的"惊涛骇浪",整个人已经像霜打的茄子——蔫了,口里全是昨晚吃的烧烤的味道,身上也难闻得很,连我自己都不禁嫌弃起我自己来。

一只手伸到了我的眼前,光看着略显粗壮的手臂就知道是队里为数不多的男生之一,准确说没有之一,因为队里四个男生,一个胖,一个黑,还有两个比较正常,而尹大神都算是比较正常那一个。来不及确认到底是谁这么好心,赶紧接过他手里的水,瓶盖已经拧开了的,仰头漱了口,手臂的主人又递了一把纸过来。

"谢谢。"我一把接过擦了擦口角,低头整理吐出的污物。

待我整理完毕,抬头看去,映入眼帘的是一张棱角分明的俊脸,有点熟悉,又有点儿陌生,捶了捶晕乎乎的脑袋,忽然想起来这人和田宇有些相像,也就是那个被我定义为非洲黑人的那个男生,不过也只是五官有些像罢了,他的是健康的小麦色,短袖衬衫外露出的胳膊看得出他很爱运动,嘴角的笑容让我想起了我的偶像彭于晏。

彼时他正在百无聊赖地玩手机,没注意到我的眼神,我扭头又看了看后边的田宇,并在心里对两人再次做了个简单的比较,一不小心田宇抬头撞上了我的眼神,冲我笑了笑,一口的白牙倒使我想起了黑人牙膏的广告。

忽地觉得有些尴尬,好歹是个女生,这样被人盯着看总还是有些不好意思,当然,我是坚决不会承认是我先盯着人家看的。"咳,咳。"假意咳了两声,调转目光扫了一眼车里的众人,大家都在歪头大睡,不对,还有两只黑溜溜的眼睛在滴溜转,定睛一看,是最后排右手边的闵敏,再顺着她的眼神看过来,对着的正好是他!

难不成她看上了?准备下手?

压下心中的好奇,看看时间,到江海市还早,更别提到江县山城乡堰塘村了。拉下眼罩准备入睡,但却怎么也没有睡意,脑海里全是阳光洒在他身上的画面,整个人泛着圣洁的光芒,他手指滑动手机和简单的挑眉动作,让我平静了二十年的心"咚,咚,咚"地跳个不停。

易珊,你真丢脸,又不是几辈子没见过男人了!

装什么少女情怀?没吃过猪肉还没见过猪跑吗?

你也真够出息的,居然还心跳加速,面红耳赤?

……

内心似有无数匹马在奔腾，更是把自己给鄙视个不行，可还是忍不住偷偷掀开眼罩瞅了他一眼，他正好对着这边，刚一碰上他的目光，只觉一股电流击中了我的全身，心底有个声音在呼唤我。

"将他拿下！将他拿下！"

但也只是一瞬间，我忙调转了目光，很自然地将眼睛交给眼罩下的黑暗，可心跳却是越发快速了，这绝对比回家吃到妈妈煮的牛肉面还让我激动。

色即是空，空即是色。

…………

理智告诉我要赶紧压下这份悸动，首先，我是一个女生，我绝对不能太主动，因为有人说过，在爱情里，谁主动谁就输了。其次，我即将大二，英语四级、计算机二级、普通话二甲、三笔字技能我还没过，更别说还有教师资格证、驾驶证等"硬件"，所以我没有时间去想这些事。最后，我也没有资格去任性。

最后我总结得出，现在的我不适合谈恋爱，虽然我已经二十出头了，不过在我的世界里，从来不觉得有什么丢人的，因为在男女比例一比十的师范院校里，女生当男生用，特别是对于我这种能一手拎一桶水上五楼的人来说，一个人也挺好的。

自我催眠了半天，总算压下了胸膛的那份火热，眼皮也越发地沉重，渐渐陷入了沉睡。

…………

"快到了，快到了！"迷迷糊糊地听到了尹老大的大嗓门，一个惊醒，赶忙扯过一张纸擦掉已经流到下巴的口水，想起刚才的梦，不禁再次鄙视自己，看来自己真是春心萌发了，要不然怎么一连两天都梦到男人，还都看不清人家的脸。

揉揉睡眼，将一切不切实际在尹大神的五指山扣下来之前丢掉，迅速收拾行李下了车，一辆飞速跑过的摩托车带来一阵滚滚沙尘，等尘雾过后，显现在眼前的两米宽的泥马路充分证明了尹大神"条件很艰苦，同志们需克服"所言不虚。

暧昧

"这什么鬼地方？"代曼不停地拍身上的灰，一边嘟嘟囔囔地念叨，"整个就是知青下乡嘛。""真不知道这日子怎么过！""鸟不拉屎的鬼地方。"……

"闭嘴！"尹大神出口吼道，虽说是吼，脸上却没半丝的不悦，倒更像是情侣间的打情骂俏。而代曼则是冷着一张脸，墨镜推到了额头上，深邃的眼妆、白瓷般的皮肤和鲜红的口红衬得脸蛋越发瘦小。不过，这样的一个人明显和周围的环境有些不搭调，这不，就停顿这一会儿，不少路上行人一步三回头，大多的目光都是落在她的身上。这也难怪，在山村里很少出现像她这样吊带搭超短裤，肚脐露在外面，外加一头杂乱无章的黄发的打扮，按我家隔壁王大婆的说法就是"伤风败俗"。当然我也暗自庆幸，自己出于怕晒的原因选择了长裤，虽然上车时被沫音嘲笑说过冬，但至少现在在路人的目光中，我算是最正常的了。

"提上行李，跟上。"尹大神一手接过代曼手中的行李走在前面，我们剩余的十一个，哦，不对，应该是十二个，怎么把他给忘了，虽然极其不想走路，但这条小马路估计也就只能过摩托车或者小型面包车，加上经费本来就少，大家只能认命跟在后面。

"大家坚持一会儿，还有半小时就到了，李书记打电话来说他们已经在村口等着我们了。"尹大神一手一个箱子，背上还有一个包，可能是学体育的原因，我们后面一群人累得上气不接下气，他却好像打了鸡血一样，越走越带劲。

"赶紧跟上！"他走了一会儿发现后面没有动静，转身一看，我们其余的十四个人要么一屁股坐在地上，要么就是靠在土坎上喘着粗气，无不满头大汗，特别是代曼，城里人没走过这种泥巴马路，一路上念念叨叨的，再加上她穿的是高跟鞋，即便没了行李的负担，行进的速度也比我们这些提行李的人慢了不少。

"真能装。"身旁的沫音又在"打抱不平"了，"尹师兄都给她提了行李，走起来还扭捏得不行，一步三回头的给谁看啊。"很不屑扯了扯嘴角，见我闭着眼睡觉没搭理她，安静了一会儿又自顾自地打开了话匣子，"尹师兄怎么这么帅呢？你看他的肌肉，真是十足的男人……"不用睁开眼我也知道她绝对是满眼泛着桃心。"真是太男人了，比那什么田宇、杨扬帅多了……"

"那你去追，别成天在我耳边叽叽喳喳的，烦死人了。"就是再好脾气的人也受不了她这般念叨，直接把我的瞌睡虫吵飞了，"走了！"与其继续受折磨，倒不如赶紧赶路的好。

"姗姗。"沫音可怜兮兮的声音在身后响起，似乎还泛着点儿哭调，我这才后知后觉地发现自己话说得太重了，心下不忍，转身揽过她提的包，"我有点儿晕车……走吧。"从来不喜欢向别人道歉的我径自提了包走在前面，沫音提着另外的行李跟在身后。

眼角不经意扫到她那一张委屈不已的小脸，眼睛不住地往我这边看，委实有些无奈，虽然反感她的某些做法，但一直以来我都把她当孩子，遇到什么事儿都义无反顾地帮她解决，所以看到她这副样子内心滋生了不小的罪恶感。

"帽子戴好，别半个月回去你爸都认不得你，我妈估计也得念我一段时间了。"我腾出手把她斜戴的帽子给拾掇好，"别给姐姐我说你带的都是短袖"突然想起这丫头平时的穿戴风格，要真全是短袖，又加上易黑体质……我都能想象得到我妈数落我的样子，不禁头疼不已。

"嘿嘿……"沫音讪笑不已，"你不是带了吗，穿你的就好了。"

还真是理所当然得过分啊。

"得了，赶紧走吧。"无奈地瞥了她一眼，加快了步伐，她绝对是我人生最大的克星，从小到大只要她喜欢的而我又有的，最后全变成她的了，谁让我妈把她当亲闺女呢。别说物质上的，我甚至怀疑以后我俩要同时看上了同一个男生，我妈估计也得让我让给她。以前还愤愤不平又哭又闹，后来倒是淡然了，用我爸的话来说，"找个地方安放你的耐心。"

忘了介绍了，我爸是村里的小学教师，教语文的，小时候村里就一所小学，而且还没有五、六年级，加上又在偏僻的乡村，整个村里连上完初中的都没几个，就连这几个都嫌教师工资太低，一个二个的全去东南部打工去了，老爸腿脚不好，出去干苦力没人要，所以就留在学校教书，一个人负责一到四年级的语文，小学上课一般是早上9点到下午4点，可我爸常常天没亮就出去，大晚上才回来，家里的农活全是我妈负责，所以小时候我每天都是在我妈的骂声中醒来，"教你的瘟书，一天到晚都不着家，山上的活你不管，姗姗你也不带，每天就只顾着你的两本书，干脆和书过日子别回来了，家里庙小容不下你这尊大佛……"农村大多是烧柴做饭，效率低，做一顿饭没一两个小时是绝对完成不了的，可是我妈往往一起床就念叨起，等停下来的时候早饭已经做好了，中间还不带停下来喝水的，这也就是我这么多年每天六点钟就起床的原因。

为此我还跟踪过我爸，最后发现他一大早去到学校就开始背诗，课余时间就埋头研读课本，放学人都走了，他还一个人躲在梧桐树下看书，那些什么《三国演义》《红楼梦》啥的都翻烂了还舍不得丢，所以每次我妈拿他没办法就放狠话，"我把你屋里的书拉去烧了，我看你还一整天钻在书里。"只要我妈一说这话，我爸马上就屁颠屁颠儿地去做我妈吩咐的事，这几年我在外面读书，每次回去总是忘不了给我爸带上几本书，不过为此我妈也数落了我不少，什么"父女一条心要气死她啦"，听多了便完全没感觉了。

到达

江海市江县以山地为主，山城乡更是典型，南北向的河流将山从中间劈开，东西两侧的山颇有点儿云南梯田的味道，只是更高更陡，从山顶一条泥巴马路下去，九曲回肠十八弯后，我们终于到达了坐落于半山腰的堰塘村堰塘小学。

众人远远地就看到守在村口的两排人，真有种抗战即将胜利的快感，大家也似乎忘了一路上的疲倦，边走边收拾自己的着装。

"姗姗，给我提一下包，我扎一下头发。"

"易珊，帮我也拿一下包。"

"田宇，麻烦帮我拿一下包可以吗？"

"杨扬，这就交给你了，有助于你减肥，千万不要感谢我。"苏茉直接把行李往胖子身上一丢，极其欠揍地说道。好在胖子脾气好，屁颠屁颠儿的提着行李跟在后面。

"牛气，可以帮我拿一下吗？""牛气"，也是所谓的"琦帅"，是队里三个男生之一的刘琦，白白胖胖的很讨喜，因为名字谐音的原因，所以大家爱叫他"牛气"或者"流气"，他也不在意，对人总是一脸笑容。

"帅哥，可以帮我拿一下吗？"自然，这帅哥就是我之前所说的那位田宇的"兄弟"，而开口的人就是在车上偷瞄他的闵敏，我扫了他们一眼，他很自然地接过她的背包，脸上若有若无的笑容再次让我想入非非。

最后的结果就是除了尹大神之外的四位男生和我都是提一袋，背几包，还抱一袋，正应了那句话，"女生当男生用"，当然，这里的女生只是狭义的专指我而已。

"给，帮我提一下。"代曼见我们实在拿不了了，上前一步把包递给尹易，尹易很自然地伸手接住，然后她拿出镜子补起妆来。

此时大家自然而然地认同他俩的情侣关系。而我不转身也知道，沫音这会儿绝对是嘟着小嘴一脸的不爽，而且，一、二、三，果不其然，背后想起了轻微的顿脚声，不知为何，我却暗自高兴。

"没戴工作牌的赶紧戴上，加快脚步，别磨磨蹭蹭的。"尹大神发话，大家停止收拾，向着终点前进。

我突然想起我还要拍照，赶紧把沫音的行李还给她，可是我自己的包怎么办？难道又要发挥汉子本色？咬咬牙，把从杨扬那儿拿的照相机调好挂在脖子上，一手拧着行李包，另一只手举起照相机，这会儿我甚至庆幸没借到单反，不然操作起来可就麻烦了。

"给我吧。"清歌伸手过来，还没等我开口已经接过了我手里的行李走了上去，虽然不好意思，但自己委实轻松了不少，心里对他的好感又上升了一个层次。

"可算等到你们了！"刚一走进，一位大概五十来岁的中年人拿着烟枪上前握住了尹队长的双手，我赶忙冲到他们正前方去举着相机，"咔嚓"一声照下这至关重要的一幕，然后给两位"领导"让开路子，自顾自地到一边修照片去了。

李书记大约四十出头的样子，中分的头发梳得油光水亮，白色的汗衫已经被汗水湿透贴在了背上，西装裤管不住他的大肚腩高高的挺起，黝黑的皮肤衬得一口牙出奇的白，让我再次想起了黑人牙膏。或许是因为肥胖的原因，声音低沉暗哑，胖乎乎的脸蛋估计伸手去就得掐出一手的油来，旁边的人大多也是黝黑的皮肤，洁白的牙，身材倒是比较正常，甚至说得上健硕，满头的大汗让人心生不忍，估计等了好半天了。

老乡们上前接过我们手中的行李，李书记挎着他的大烟斗走在前面。边走边向我们介绍村里的有关情况。

"村里青年人都出去打工了，一年回来不了一次，大多是老人和娃儿在家，还有一些娃儿没妈，没办法，人家嫌这村穷。个别的在外挣了钱，就回来把老人孩子接了出去……"李书记声音有些激动，还皱着个眉头，与着装十分不搭的不和谐的烟杆头头磕在路边的石坎上"当当"作响。

可是……

李书记这一口地道的江海方言尹大神听不懂啊，人家东北来的，就我跟他交流时偶尔来一句方言他都弄不明白，更别提这不带喘气儿的方言，这不，他真拧着眉头听着，眼神一片茫然，我只好好心给他翻译一下。

"村里的小学条件不好，很多老师来待了一段时间又调走了，根本没人愿意留下来。"后面的一位老乡开口说道，"这几年村里家家户户日子也慢慢好起来了，加上现在国家各种补助，大人们都愿意让自家娃儿们多读点儿书，可是娃儿们就是不争气，大多初中没读完就跑出去，即使逼着读完高中也考不上大学，但是像我们这种地方不读书就没出路……"老乡语重心长地说，我也埋头深思起来。

"易珊，今天你必须给老子去上课！"初二那年，我爸有生以来第一次打了我，原因是我吵着闹着不去读书，不是因为我成绩不好，而是看着一起长大的伙伴们相继辍学，半年或一年回来后一身名牌，腰上还别了个手机，那时的我觉得外面的生活真是无比的潇洒。

"我都说了我不去！我出去挣钱回来你们用不好吗？！"我哭着吼着冲

了出去，那年妈妈生病住院，爸爸一个乡村教师又挣不了几个钱，家里捉襟见肘，当时我认为辍学打工是一个伟大的"牺牲"，而爸爸的态度让我十分伤心。

我和我爸对峙了两天，那两天里，我绝食以示抗议，我爸不管我，任由我折腾，第二天下午我们班主任到我家来了，很严肃地跟我聊了一席话，晚上吃饭时我告诉我爸，我第二天去上课。

记忆拉回到现实，看着眼前这几个恨铁不成钢的大人，他们就像当初我爸爸一样，即便自己苦点儿累点儿都希望自己孩子多读点儿书，那次我回学校后，我爸除了上课外还要承担家里的家务和农活，还要一日三餐的给我妈送饭，但我记得，好几个深夜我起床上厕所，他还开着台灯在看书，有时候或许是太疲倦了，看着看着抱着书就睡着了……

进校

"你们是城里来的大学生，娃儿们交给你们我们放心，需要什么就跟我们村委会说，我们尽量满足。"李书记推了推从鼻梁上快滑下山的眼镜，为了照顾尹易，说话的时候放慢了速度，"这些日子就委屈你们跟着我们这些农户住了。"

"好啊，好啊"队友安梦琪高兴地叫了起来，"我从小到大还没在乡下住……"

"不用麻烦了。"尹大神打断她的话并瞪了她一眼，"学校里应该有空出来的屋子吧？你们只要给我们提供一些凉席和棉被就好了，反正是夏天不容易感冒，我们将就着能睡就行了，这样我们队员们做起事来也比较方便。"他扫了一眼整个队伍，确定所有人员都跟上了，"对了，李书记，我们还有五个其他学校的朋友要来，还请您多准备几床棉被。"然后又回头询问"他"："清歌，晓夏他们下午应该能到吧？"

"恩"清歌几不可闻地应了声，然后又安安静静地当他的美男子。

"原来他叫清歌。"我努努嘴，名字和他人倒是挺配的，够清冷，说话也好听，就是不怎么搭理人。

"总共 18 个人，男生 8 个女生 10 个，就麻烦书记您帮我们安排一下了。"尹易算了下人数，然后对李书记说道。

尹大神面对村民们谦逊有礼，完全不是我们认识的那个样，我也学着沫音的语气道，"真能装。"

梦琪之后还想说什么，但一看到他眼神，整个人往后退了退，估计是想起了尹大神的那句，"一切行动听指挥，不听的别怪我不客气。"

我抬头看代曼，她正低头打量她的纤纤细指，不时地蹙眉，但我敢肯定，那绝对不是因为住宿问题，而是……，她的指甲油没涂均匀。

而苏茉她们几个女生虽然不是很满意这个安排，但大多数人都是农村土生土长的，也很快就接受了。男生们自然不用说，全都没什么意见。

借着眼角偷偷瞄了清歌一眼，他还是那副表情，冷冷淡淡的，偶尔抬眼看一下前面的路，白色的衬衫显得他更加清瘦。

"姗姗，走了！"沫音的声音拉回我的思绪。我一回神就对上他的眼神，羞得我赶紧向前走了几步。

好丢脸，好丢脸，我竟然又犯花痴了，而且还当着人家的面。

他知道了会怎么想我？花痴？幼稚？

"姗姗，你慢些走，我跟不上你！"或许是因为心虚，我步伐加快了不少，沫音在后面小跑才追上我。

顺着街道一路过去，两旁的房子大多是二楼，鲜有的一楼也是横数好几间，全都粉刷得光鲜亮丽，还有好几家小卖铺，虽说比不上城里的杂货店，但卖的东西还挺齐全，街道的地面也打了宽敞的水泥路，只是很奇怪进村的那一段路怎么还是泥巴马路。心下好奇，但我妈说过，出门在外要少说多听，免得得罪了人也不知道，尽管我非常不认同，但事实总是一次次地证明了我妈的另外那句话："不听老人言，吃亏在眼前。"

……

没多一会儿便到了学校，因为是假期，所以走的是侧门，进门去，一眼就将整个学校看得一清二楚，教室一律是一楼平房，瓷砖上已经遍布了岁月的痕迹，左上角有间小瓦房，走近看，中间用布隔开了，一边是厨房，灶头是 20 世纪八九十年代的大锅灶，上面全是锅灰，角落里堆了几摞蜂窝煤。另一边是餐桌，两张农村普遍使用的回风炉，估计也有些年头了，表面的漆已经脱落了不少，就像人长了麻子一般不受看，这应该就是老师们用餐的地方了。学校大门比寻常农户的大门大不了多少，正对上来的旗杆或许是承受了太多的撞击，原本光滑的杆体变得坑坑洼洼，一如操场的地面，厕所应该是近几年才翻新的，比起破旧的教室受看不少。零零散散的几个小花坛遍布在四周，里面大多种的万年青，此时正值夏季，郁郁葱葱的，倒给这所破旧的小学添了些许的生气。

"既然尹队长已经说了要住在这里面，那就这上面这一间吧，这是原来的教室，由于后来新修了一排教室，所以这间教室就废弃了下来，正好这儿隔厨房近，你们也方便。"李书记打开教室的门，因为这会儿天暗了下来，而且这教室后面靠着土墙，所以显得有些暗，他伸手开了灯，一排排长木桌清晰地出现在我们的眼前，不过桌子比较矮，拉来凑着倒也能睡人。

尹大神上前将代曼的包扔在桌子上，然后和李书记带着剩下的几个男生去了隔壁的屋子，之所以说是屋子而不是教室，李书记解释说那屋子以前是一个老师住的，后来她调走了就空了出来，屋子不大，只能并排摆下四张木板床，剩余的空间甚至不够自由活动。

"先去馆子吃饭，就当我们村里给你们接风洗尘，吃了饭再回来收拾。"李书记招呼大家一起去吃饭，大家坐了半天的车肚子也饿了，见队长没反对，心里暗自高兴，一群人跟在李书记后面到了餐馆。

安排

"唐三，可以摆饭了不？"餐馆就在学校的正门前面，店面不大，仅摆放了三张餐桌，两台风扇"呼呼"地吹着，像一头大限将至的老牛，吹得有气无力，右上角悬空安装的老式电视机里，新闻正在报道贵州一留守儿童自杀事件。

"唉"里面人应声而出，"就差一个汤了，马上就好，您先耐心等一会儿。"老板娘也就是李书记口中的唐三提着茶壶出来倒茶。

"兄弟，喝茶。"只见她约三十岁的年纪，个子偏高，大概有一米七左右，身材略瘦，但曲线突出，五官精致，照旧是一口白牙，估计是嫌披发不方便，放下茶壶将一头微卷的黄发随意地绑在后面，修长的脖子立刻显现了出来，嫩黄色的裙子搭上卡通围裙，倒给人一种别样的风韵。

"上菜了，上菜了。"一个男人端着菜盘子出来，个子明显比他老婆矮，小眼睛配上一顶油亮亮的光头，白色的围裙沾满了油污，脸上挂着一粒饭粒，莫名的有一种喜感。

叫唐三的女人回头嗔怒了一眼，然后收着杯子进了厨房，不一会儿端着菜出来，"这是我们这儿的陈记回锅肉，来这儿吃饭的都爱点。"

这时出来一个十一二岁的女孩，皮肤暗黄，面无表情，规规矩矩地依次给我们添好饭，又一声不吭地进了小厨房，没几秒钟又端了两盘鱼出来，可能是太烫了，整个人小心翼翼的，生怕一不小心将盘子掉在地上。

两盘鱼终于顺利着陆，小丫头明显松了口气，转身再次进了厨房。

"这鱼是葫芦寨的河里钓的，野生鱼，肉质鲜嫩，你们慢慢吃。"唐三不满地瞪了小丫头一眼，转身笑意嫣然地向我们介绍道。

"有河吗？大不大？鱼多吗？"梦琪是海南人，从小见惯了大海，对于这种乡村的小河倒是兴趣颇浓，更是对钓鱼这件事神往已久。

尹大神抓着筷子在桌上敲了敲，梦琪忙止住了这个话题，若无其事地端起饭碗往嘴里塞饭。

"尹队长，你们大家先吃饭，下午休息半天，晚上八点我们在学校会议室开个会，镇长估计也会来，到时候我们再详细说一说未来半个月你们的工作安排。"李书记拿起他的烟枪站了起来，象征性地敲了敲烟灰，尽管并没有烟灰出来，继而，他清了清嗓子叫老板娘出来。

"李书记，"唐三一脸招牌笑容疾步走了出来，"可是味道不对？咸了还是淡了？您尽管跟我们说。"

"算一下账。"李书记侧对着她，唐三赶紧把账单递给他，他随意扫了眼，"先记在账上，月底一并算给你。"自始至终没给她一个正眼。我伸头瞄了一眼账单，我的妈妈呢，就这么个山疙瘩，一顿饭下来竟然两百多，一盘红烧肉竟然要价25，比我们大学校园的商业街还贵。

"好咧。"唐三依旧是满脸的笑容，见李书记要走，更是哈着腰送他出去，我们也不好坐着，也放下碗筷起身送他。

送完李书记，我们回来继续吃饭，队长趁着这个时间安排了一下下午的任务并再次明确了每个人负责的内容。

"我们只在这儿待半个月，而且这其中还包括来的这天和最后汇报演出那天，中间还要拿出半天来开运动会，半天去敬老院，还有半天来做汇报演出之前的彩排，所以算起来我们只有不到12天的时间来正常教学，这短暂的12天里，我们做不到大幅度地提高孩子们的学习成绩，而且我们在尽可能地保护孩子们的自尊心的前提下，还是不要和他们有太多的接触，免得他们过多地依赖我们，等离开的时候舍不得，还有，根据我们这个队伍的专业特色来说，我觉得可以分为五个专项班：田宇负责武术，杨扬负责跆拳道，倪端负责美术，苏苿负责健美操，"尹大神安排着，然后掉头看了看又在盯着手指甲发呆的代曼，"你，负责音乐。"

点到的五个人中四个人依次点头，代曼没发表言论，大概是默认了吧，尹大神对于她的态度也没说什么，似乎来之前他说的让我们大家尊重他全是废话，不过一路上我们也见怪不怪了，只是心里默默地将两个人配成了一对儿。尽管我们觉得两人有点不太般配。

"刚刚说的是专项课的老师，下面是其他人的任务，元瑶，你负责给孩子们补习外语，闵敏负责数学，沫音负责语文，安梦琪负责大课和活动主持，平时没事儿你们就帮着各专项的老师一起带班里的孩子。"尹易继续安排，"易珊负责新闻，至少两天一篇，必要的时候一天一篇。"

"嗯"我点头应道，继而问道"那微博呢？不会也是我吧？"要真是我，我就真的无力吐槽了，新闻我是没问题，可是上次学校所有的实践团队开会时也安排了，除了新闻之外，每三天还要做一篇工作简报，加上放假之前老师给我安排的任务以及后期可能还会有突然下达的任务，我实在是感觉压力山大。

队长皱了皱眉头，显然很不喜欢我说话这口气，也不忙着回答我，端起碗刨了几口饭后才缓缓开口，"我负责总体事宜，顺便把微博发了，梦琪平时也帮着我发，还有就是照相的问题，由于没借到单反，只能用代曼还有杨扬的相机来将就着了，两个相机易珊那儿放一个，我拿一个，平时没事儿的队员们也拿着相机去专项班照些照片，晚上传到群里，然后易珊自己去挑选来给新闻配图。"

英雄救"美"。

"队长"我不想说话的，免得他又瞪我，"我弱弱地问一句。"

"说！"

"学校里有WiFi吗？"这才是我关注的问题，倒不是为了看正在热播的《花千骨》和《旋风少女》，虽然我的确想看来着，但是，真要是没网你让我怎么传新闻？更别说我还要在网上连载小说。

"对啊，你可别跟我说没WiFi！"一直没开口的代曼终于将她的注意力从她的纤纤玉指转移到了人身上。

"这个我也不清楚，你们搜一下附近有没有WiFi。"他这话说完再一看大家，全都掏出手机在搜WiFi，那叫一个积极。

"报告皇上，臣已成功连上WiFi，密码为987654321，嘿嘿。"杨扬"蹭"的一声站起来报告，由于太突然，挨着他坐的田宇一个没注意，板凳一翘，整个人向另一边倒去，我正好坐在田宇旁边，情急之下伸出一条腿搭在已经高高翘起的板凳上，一只手已经拉住了他往下倒的身躯，并将他重新稳稳地扣在了板凳上。

"感谢女侠救命之恩，小生愿意以身相许。"杨扬反应过来，欠揍地挤出一脸笑容，娇滴滴地说了句让我极度想把他一脚踹飞的话。

"哈哈……哈哈……"其余人看着我们笑得前俯后仰，苏茉最过分，直接站起来叉着腰笑得无比张扬。只有"他"还算正经，只是微微扯了一下嘴角。

"给我闭嘴！"愤愤地冲他们说了句，一屁股坐下来端起饭碗使劲往嘴里塞饭，众人也各自坐好，安安静静地吃饭。

"噗！"我终于忍不住笑了，然而由于嘴里还在咀嚼饭菜，所以，我很不幸地被呛了，一张脸瞬间便涨得通红，赶紧伸手端过茶杯猛灌，刚才的汉子形象瞬间成了泡沫。

"珊珊……"离我最近的沫音赶紧伸手给我拍背顺气，"你是饿死鬼投胎吗？！又没人跟你抢！不知道慢点儿，女孩子家家的。"

我无力地翻了翻白眼，"咳、咳……"地呛个不停。

清歌伸手拿过空茶杯重新倒了一杯，然后递到我面前，这时，我才发现，这是他的茶杯，也就是我刚刚用了他的杯子，尽管我并不知道他到底有没有喝过，我的脸还是再度不争气地变得更红了。

"好点儿没有？"尹大神出言化解了我的尴尬。

"没事儿。"我摆摆手，接过沫音递来的纸埋头擦拭嘴角，趁机收拾一下波涛汹涌的内心。

"我再次强调，我们是来支教的，安全是第一要务，一切行动听指挥，不要私自出校门，对于孩子们，我们最主要的是保障他们这十几天的安全，听到没有？！"大家都吃完饭了，尹大神再次强调道，大家纷纷应下，然后收拾东西离开饭馆。

到了放行李的大教室，我们实在没办法将它称之为寝室，至少目前是这样的。

"遭了，我的包忘拿了！"沫音后知后觉地发现自己的手提包落在了餐馆里，作势就要跑回去拿，无奈她穿的是裙子和坡跟鞋，我只好跑回去帮她找包。

"你是不是傻？！只差每天揪着耳朵跟你说，让你手脚利落点儿，你倒好，为了偷懒，两次当作一次做，要是烫到人怎么办？！你负得起责吗？！"还没走进餐馆，便听到了唐三大大咧咧的骂声，隐隐约约还有抽泣声，显然是那个孩子的，我站在外面不知道该不该进去，人家父母教训孩子，作为外人没有资格去干涉，但是，即便是自己的子女也不能这么对待，让我就无视也做不到，更何况我以后还要走上讲台教书育人，不再考虑结果，我抬脚走了进去。

"妹子，你怎么回来了？"入目，唐三跷着二郎腿坐着，小丫头站在她面前，低着头，脸上一滴将干未干的泪水孤零零地挂着，看得我心里一酸。唐三见我，站起来招呼道，还是一脸灿烂的笑，我想说些什么，终归还是住了口。

"我包落这儿了，回来找找，红色的单肩包，老板娘看见了吗？"我扫了一眼屋子里没见到，开口问道。

"哦哦"唐三一副"我也不知道"的表情，"我帮你找找，估计被我家那个捡来放着了，也估计被人顺手带走了，你也知道，人来人往的，啥也说不定不是吗？"

"不是捡来放在厨房的柜子上了吗？"小丫头抬头问道，脸上没什么表情，"是不是包上有一串五角星……"

她还想说什么，我及时打住了。

"真感谢您帮我们捡到了，要不然又得好一顿焦急。"我还能说什么，只能耳观鼻子鼻观心地表现出我的谢意。

"死丫头，既然你知道，就赶紧去拿来，没看到姐姐着急吗？"唐三也顺着我给的台阶下，脸上的笑容有一瞬间的僵硬，不过也只是一瞬间而已，大概是平时笑得太多了，眼角的笑纹此刻更是深了不少。

小丫头跑进去给我拿包，我和老板娘对坐着，我抬头看她的时候，她似乎想说什么，可是对上我的眼神，最终什么都没说。

"姐姐，给你拿来了。"小丫头把包给我拿了来，我接过，伸手摸着她的头，问她的姓名和年纪。

"我叫小丽，十三岁了。"小丫头显然有些不适应我的靠近，身子往后缩了缩，像是一只受惊的小鸭子。

我的手落空，尴尬地笑了笑，挎着包再次向老板娘和小丫头道谢，然后赶回学校。

"放屁"乡长

"首先，我代表山城乡人民热烈欢迎你们的到来，呃……，到今年为止，彬城师范大学……呃……'追梦者'志愿服务队已经连续……呃……四年到我们乡来进行支教活动并取得了良好的成绩，得到了家长和学生的一致好……呃……评，你们深刻贯彻落实了大学生进入基层、服务人民的原……原则……"台上所谓的大山乡乡长正在发言，不知道是身体原因还是中午吃得太多，不时地发出"呃、呃"的单音节，极其简单的一句话从他嘴里吐出来，比老头爬山还艰难，可他却是说个没完没了，先是客套一番，紧接着就是回忆他的大学生活以及他读书时的困难，感叹时光易逝，颂扬国家政策，然后谈及社会不良青年，顺便……，本着尊老爱幼的优良传统，我很认真地听了十来分钟，可是听着听着他那胖硕的身躯在我眼边飘荡，慢慢地模糊起来，后来直接开始有一下没一下地与桌面做着亲密接触。

"噗"迷迷糊糊中我听到周围一阵爆笑，还没等我从周公手里逃出来，这声音就像按了开关一样，一下子消失了，努力扯开耷拉的眼皮，虽然四周的事物充满了一种朦胧美，但透过我五百多度的近视镜片，我还是清楚地看到了沫音一本正经下强制着的笑容。

不会是我出什么洋相了吧？

伸手一抹嘴角，还好还好，是干的，再检查一遍我的造型，也挺规矩的。

不会是我睡觉被大神发现了吧？

赶紧调转眼光看队长，队长埋着头在记着什么，严肃的面孔下也是隐忍着笑容，而其他人也是如此，只有正中央坐着的贾乡长面色微微有些尴尬，还来不及等我弄清楚状况，乡长大人又继续发话了。

"我们乡政府接县政府通知，今年将启动'2014江县儿童平安计划'，所以在这里我们也希望在未来的十几天里，志愿者们能够协助我们开展这个活动，还有就是，山城乡今年准备开展'全民健身活动'，但苦于没有专业人士带头一直搁置，如今你们来了，正好你们又是专业的，所以，我希望来自彬城师范大学的大学生志愿者们能利用你们晚上休息的时间，带领我们走上轨道……"

听到这儿我真是郁闷了，什么"平安计划"也就算了，把我们当牛使还是咋的，大晚上的还健身？这么个鸟不拉屎的地方，你确定真有人来跳？别到时候就只剩下了我们。

我一脸的不满还未退去，"噗"的一声响起，这声音，还有这突如其来的味道，天啊，赶紧以迅雷不及掩耳之势捂住鼻子，再看向始作俑者——贾乡长这会儿是怎么也憋不下去，捂着肚子甩下一句断断续续的"我……呃……去去……去去就来"，迅速离开了"战场"，那速度，绝对和他的身材以及说话的速度不成正比。

等他的身影消失在门口，屋内的众人刚要张口大笑，李书记一个眼光扫下来，纷纷憋住笑意，拿起笔埋头认真地记着，我鬼使神差地在纸上写了"世上官员千千万，再牛不过贾老汉，开会口吃大放屁，憋得我等难喘气。"然后偷偷传给沫音，沫音看了，"噗嗤"一声笑了出来，但马上又咽了回去，一个不留神，本子又到了代曼手里，她看完也是憋不住的笑意。

等贾乡长回来，我们已经消化得差不多了，一个个的当作什么事都没发生，奋笔疾书地记着所谓的"会议重点"，因为万恶的尹大神说了，他会不定期检查我们的笔记。

"对了，还有，我希望你们能够每天交给我一篇工作简报，最好上面还配上图，以便让我了解你们的工作进程。"贾乡长还未入座，又开始为我们安排工作，可能是解决了"三急"问题，这下说话流畅了不少，不过由于乡音比较重，说起普通话来有些咬音不准。

"好的，我们会根据您的意见重新调整工作安排，首先，我谨代表全体队员感谢您给我们工作提出建议，同时也希望山城乡政府能给我们一定的支持以及必要的监督……"作为我们的队长，尹易自然充当了发言人，尽管我在下面狂翻白眼，但是我也不得不承认这种场合下他这么做无可厚非。

"我们会尽量给予你们帮助，但是，你们也知道，政府的公费不多，所以……"贾乡长终于说了句顺畅的话，可是听着怎么那么不是滋味呢？

"没关系，政府只要给我们一些必要的支持就好了。"尹队长适时开口打断贾乡长的话，很懂事地向他表达我们的诚意，通俗点来说，你们只需要给我一个地方，其余的全部不需要你们管。

汇合

送走了大腹便便的贾乡长，众人拖着疲倦的身躯回到学校，"雨花石"

实践队剩余的五个小伙伴已经到了，四男一女，和我们这边女多男少的情况形成了极大的反差。

"哥们儿，抱歉哈，临时有点儿事，所以来迟了！"唯一的一个女生，应该是他们的队长，见到我们，大大咧咧地上前一拳打在尹易的胸膛上，力道应该不轻，没留神的尹大神跟跄了几步。

"你个小丫头片子，这是要谋杀呢？"尹易返还她一拳，继而勾着她的肩膀，把她的小脑袋夹得死死的，容不得她溜出来，"磨磨蹭蹭的，这可不是你晓夏姐姐的风格哦。"

原来她叫晓夏，不过这名字倒和她本人相差极大，应该说不光是她的名字，单看她的服装，中分的乌黑长发，黑亮的大眼睛，樱桃小嘴，高挺的鼻子，白皙的皮肤，一袭白色长裙，搭上缀满水钻的白色单鞋，若是安安静静地站在一边，绝对是大家闺秀一枚。

"才多久没见，你怎么越发和 pig 靠近了？看来日子过得不错，姐姐也就放心了。"好不容易挣脱尹易的魔掌，160 cm 左右身高的晓夏，偏偏踮着脚把手搭在尹易肩上，一副大姐大的模样惹得众人忍俊不禁。

"pig？"看着尹大神一副摸头不知脑的样子，尽管他自己也清楚这不是个好词儿，但就是想不起是什么意思。

"噗嗤"晓夏终于忍不住笑了出来，紧接着大家都纷纷憋不住露出了笑声，尹大神照例冲着我们瞪眼，不过看着他这副样子，我们的笑声倒是越发大了。

"小易易，你真是越来越可爱了，和我家小白一样！"

"慕容晓夏！你竟然说我是猪！"尹易终于反应过来，一张脸红一阵青一阵的，煞是好看，"还敢把我和你家小白比，皮子痒了？"

"的确不能把你跟我家小白比，更不能侮辱 pig，因为……"晓夏缩着步子慢慢靠近代曼，"因为你猪狗不如。"

"噗嗤！"这会儿大家是再也忍不住了，"雨花石"剩余的几个队员也绷不住发出了笑声。

"慕容晓夏！"尹大神这会儿真是有些火了，走上前去要抓她。只见代曼一个眼神扫来，马上偃旗息鼓。

"闹够了吧，还队长呢，没长大一样。"代曼伸手揪住慕容晓夏的耳朵，

"到这儿来干吗的还记得吗？"

"记得记得，曼姐姐手下留情。"刚才还气焰嚣张的慕容晓夏这会儿完全像个被欺负的小女孩儿，看得人一阵心疼，不过大家一想起刚刚她的行为，顿时收起了同情的心情。

……

等他们收拾完，大家坐在一起，分别做了个简短的自我介绍，首先是"雨花石"实践队的队员，我站在旁边照相。

"我叫慕容晓夏，即将成为一名大三的学生，所以你们可以叫我晓夏姐姐哦，同时我也是'雨花石'实践队的队长，我们来到江县主要是来搞一个'天天快阅'的读书活动，旨在提高堰塘村甚至于山城乡人民的阅读能力，希望在往后的半个月时间里能和'追梦者'志愿服务队的同学们互帮互助，和谐相处！"最后还不忘再强调一遍，"记得叫我晓夏姐姐哦！"

众人一阵无语。

"我叫夏至，凉山人，正好是夏至那天出生的，所以我爸妈就给我去了这么个名字。"叫夏至的男生礼貌地站起来介绍自己，可能是大家的注视让他不太放得开，本就书生气的脸庞染上了些许的胭脂色，让我不自觉地想起了《红楼梦》里的贾宝玉。

"我叫沐陈逸，重庆人，很高兴认识大家。"这是个高高瘦瘦的男生，鼻梁上夹着圆圆大大的镜框，眼睛很小，眯着只剩一条缝儿，给人一种没睡醒的感觉。

"各位同学，我是乐亦，'有朋自远方来，不亦乐乎'中的乐和亦哦，小弟初来乍到，还请各位兄弟姐妹多多支持。"又是一个眼镜兄，瘦瘦小小的，多亏长得白，不然真像一只猴子，尽管看上去很是文气。

"姓名金小洛，性别女，性格不男不女。"最后一个"男生"站了起来，可这位仁兄不言则已，这一开口，除了知情的几个人以外，其余人的眼睛都巴不得粘到她身上，验证一下她的话的真实性。这也难怪我们大惊小怪，她大概一米七的身高，黄色短发，穿着印着贝克汉姆头像的大号T恤，一条牛仔裤上面全是洞，更别说那一双缀满铆钉的鞋，一张脸阴柔不足阳刚有余，这搁谁谁也不会认为她是个女的。

"她是要跟我们住在一起吗？"这不，梦琪的公主病又犯了，一张小脸皱得跟几十岁的老太太一样，就跟什么脏东西粘到她了似的。

"无语问苍天啊。"苏茉、沫音他们也在底下窃窃私语，但更多的怕和她住在一起发生争执。

小洛可能是这种场面经历得多了，对于大家的议论也没什么反应，不过，尹易的表情就好看了，活像打翻了七色盘一样，赤橙黄绿青蓝紫一一闪现。

叹了口气，我举起手来，"小洛，我是易珊，和你一样性格不男不女，你跟我一起睡吧。"

当年我爸班上的一个学生出事后，尽管学校并没有追究我爸的责任，但是那段日子那个孩子的家人每天跑到我家门口来谩骂，乡邻们也指指点点，我在学校也没人跟我玩，同学们甚至结伴在回家的途中骂我爸是刽子手，从学校一路骂到家，我也是一路哭个不停，以至于后来再面对别人异样的眼光时，我已经练就了金刚不坏之身。

看到小洛，我就想起了当初的我，她喜欢怎么穿着是她的爱好，可是外人总是喜欢用他们的眼光来审视，强迫别人接受世俗的观念，就像当初所有人都认为我们家所有人十恶不赦一样，与其百口莫辩，倒不如任由他们说个尽兴，漠视是对别人最大的惩罚。

"好的，姗姗。"小洛很坦然地接受了我的邀请，看着那张黄发覆盖下的充满稚气的小脸因为我的一句话而笑成了一朵花，就像当初被所有人孤立的我，因为"他"的一句"我们做朋友吧"而感觉整个世界都是美好的一样。

禁爱令

"我叫宋清歌，贵州人，往后的日子请大家多多关照。"很简短的介绍，此时灯光映衬下的他俊美异常，脸如雕刻般五官分明，眼神一如既往的清冷，浅蓝细格的衬衣，手腕处松松挽起，简略中带了丝文艺，又有几分说不出的性感……

罪过罪过！

急忙刹住我漫无边际的想象，暗自念起了清心咒，同时也无比鄙视自己，竟然端着相机都能走神，估计再看下去，我都该给自己一巴掌清醒清醒了。

"雨花石"实践队的小伙伴儿们介绍完了，就该我们这边，先从尹大神开始，依次下来，轮到我时刚好是第六个，刚刚因为花痴而满脸的红晕还来不及褪下，羞得我急匆匆地说了一句和小洛一样的话"姓易名珊，性别女，性格不男不女。"忙捂着肚子跑出了教室，自己在厕所里用凉水拍拍自己脸蛋，让自己的脑袋清醒清醒，看着镜子里的我，包子脸、小眼睛，还带了点点雀斑，就像童话里的灰姑娘，平凡的不能再平凡。

怎么可以有不该有的想法，易珊，你要记得你现目前的任务是读书，只有读完书找一份好工作，才能减轻家庭负担，你也才有资格去想那些有的没的。

等再回到会议室时，"雨花石"的队员已经去了别的教室开自己队伍的会议，我们队所有人也留下来开会。

"今天下午忘记强调一点。"尹易的声音打断了叽叽喳喳的说话声，"实践期间不准给我要朋友，无论是组内还是申请外援，我们是来当志愿者服务的，不是专门来这儿谈情说爱的，请你们给我记住。"

"队长，你这是赤裸裸的禁爱令，我们又不是办公室同事，有必要吗？"果不其然，第一个发出怨言的就是闵敏，一路上她的目光时常停留在清歌身上，更是抓住一切机会拉近和他的距离，大家对她的想法大多心知肚明，不知清歌是情商过低，还是故意为之，愣是没什么反应，每每回答闵敏的对话都是"恩""是的""不错"，很难从他嘴里听到一句长句，不过闵敏丝毫不在意，那抗打击能力都要赶超唐僧西天取经经历九九八十一难了。

"队长，你要为我们想想啊，全校一万六千多人，就有一万二的女生，剩余的四千男的不是名草有主就是无心与此，剩下的为数不多的几个根本不能看，好不容易出来一趟，还想着顺便勾搭一个外校的脱单，你这禁爱令一下，不是要毁了我们的终生幸福吗？"

此时我真是对闵敏佩服得五体投地，这胆量，这专业知识，还有这花痴精神，那实在是杠杠的。估计除我之外的其他人也是这个想法。

"哈哈，闵敏，你真是太可爱了。"我们眼中的尹大神的"女朋友"——代曼开口了，"妹子，没听过这句话吗？"然后伏在闵敏耳边嘀咕了一会儿，然后拍拍她肩膀，以一种"我家有女初长成"的表情看着闵敏，"放心，大不了回学校去我给你介绍一个。体育系的，阳光帅气的可好？"

"你说的！"闵敏怕她反悔，"啪"的一声击了掌，不过本着她"世上男人千千万，实在不行姐就换，扫遍情场无敌手，独领风骚数百年"的情场法则，然后调头重新说道，"不过，队长，这禁爱令真的太不人性化了，俗话不是说了吗，男女搭配干活不累，你这……"

"还记得在来之前我说的话吗？！"尹易确实是生气的，尽管这会儿看上去脸色似乎比刚才的调色盘好一些，但经过这些天的相处，大家都知道这阎王的性子，越是云淡风轻，说明越是生气。

"记得！"很难得除了代曼之后的所有人众口一致，"我们是来实践的，不是来享福的，一切以队长的话为准！"再次重申面前这尊菩萨的"金规玉律"。

大家再次正襟危坐聆听尹大队长教诲。

"易珊！"他突然点到了我的名字。

"在！"

"总结一下今天的情况，再说一下存在的问题，并提出解决问题的方案，以及之后工作要注意些什么问题。"

这下我又犯难了，你让我怎么说？先发表一下官方言论，从出校门开始，大家如何地团结，来到这儿后大家顾不上歇息又"奋不顾身"去开会，再讲一下李书记如何的热情，贾乡长的讲话多么的慷慨激昂，以及这会儿我们的会议内容着重于自我反省，最后还要强调一下这是在您老人家的英明指导下完成的，突出您高大威武的形象？

编谎话我倒是一套一套的，毕竟作为一个编辑部的新闻记者，尽管只是在校园里打转的，但如何把一件平淡无奇的事说得天花乱坠，如何突出领导的卓越领导才干，如何凸显一个团队的正能量，这点儿在过去一年的实践中，我早已经驾轻就熟了，可是，写下来我是没问题，但要我就这么在大庭广众之下，昧着良心说出这么一番感天动地的言辞？尽管这所谓的"大庭广众"只有十二个人，"感天动地的言辞"也只是用来描述一个微不足道的社会实践团队，但是，我还是仰天哭诉一声"臣妾做不到啊"，而且，说谎话我是没事儿，可是就我这从小一说谎话脸就红得跟猴屁股似的，真要说了这么一番违心之言，估计我直接被自己烧死了。

"这个……"等我神游回来，尹大神还在等着我的发言，咬咬牙，壮士断臂般开了口，"哎呀，我的头怎么这么痛，难道今天早上被砸坏了。"双手抱头，一脸痛不欲生的表情真的是见者流泪啊，这不，吓得沫音赶紧扶着我，其余的人都忙凑过来嘘寒问暖，这场景，真的是让我热泪盈眶啊。不由得自己默默地在心里佩服起自己的演技，就这本领，简直无人能及了。

老鼠事件

就我这样子，即使尹易再不人性化，也不敢冒着众怒让我继续发言，大发善心的让沫音扶我回寝室休息，其余人继续开会。

欧耶，姑奶奶我终于摆脱魔掌了！

等沫音一离开，我从床上一跃而下，赶紧找出电脑打开，以最快的速度把今天的新闻"编"出来了，又顺便把那个贾乡长布置的一天一篇工作简报的事儿也给处理了，等一切都完成了，沫音、梦琪、元瑶、倪端推门进来了。

"其他人呢？"我好奇地问道。

"说是去买晚饭，和'雨花石'他们一起，我们几个不想去就先回来了。"沫音回答我，然后很自觉地打开我的行李找了件长袖穿上。

我本来想说什么的，看到她裹成一团的样子又不忍，只是自顾自地叹了口气。

江县的天气"阴晴不定"，白天艳阳高照，晚上月亮不出门，最初跑出来的几颗星星也赶回家去了，再吹点凉风，倒感到了几丝的凉意。

"好点了没有？"很意外的，从来没和我说过一句话的元瑶第一个走过来关心地问道。从在学校第一次开会，到现在大家住在一起，我听她说的话绝对两只手都数得清，而且这其中还包括第一次开会她的自我介绍。

"元瑶，外语"相比于当初我的"长篇大论"，她真的简洁得不能再简洁了，其后每次开会，她总是安安静静地坐在最后，安排任务时也只是点头示意，一双大眼里满是冷漠，对，就是冷漠，偶尔和她对视，那眼里的冰冷总让我不由得调转目光。

"好多了，谢谢。"有些受宠若惊，忙客气地回道。

她没说什么，她往她的床走去，自顾自地换睡衣，换鞋，留给人一种孤独冷寂的忧伤。

"姗姗！"突然，在一旁整理行李的沐音叫了一声，我还没看清怎么回事儿，她直冲冲死死地跳过来抱住我，"老……老……"这丫头明显被吓得不轻，舌头都捋不直了。

"啊！老鼠！"苏茉也鬼吼了起来，这时其他两人也开始惊叫了起来，梦琪正在泡脚，听到有老鼠，鞋都来不及穿，一个大跨步跑到我面前，然后很"仗义"地把我推到了最前面，倪端也向我奔过来，可是，一不小心勾到了拖在地上的电脑的充电线，脚下一滑，然后华丽丽地拜倒在我的面前，我还来不及去扶她，这姑娘像是半点儿痛感没有，站起来顶着一头乱糟糟的头发躲在了我的身后，元瑶依旧看着她的书，似乎已经老僧入定，俗世情缘一概不管。

"没事儿，没事儿，老鼠不咬人的。"我扒开沐音死抱住我的手，捡起放在一旁的扫帚向老鼠走去，"我这就去把它收拾了给你报仇，让它有来无回。"

三步、两步……

只有最后一步了，暗暗在心里算了一下我与老鼠的距离以及扫帚的长度。

就是这个时候！

说时迟那时快，"啪"的一下扇去，只听得两声"吱吱"的叫声，然后就没有了声响。

"按住了吗？按住了吗？"梦琪光着脚跑了上来，拽着我的手，兴奋地问个不停。

我慢慢、慢慢松开手，四双眼睛聚焦在同一个位置，期待看到该死的老鼠的尸体。

可是……

怎么没有？

老鼠长翅膀了？

望着空空如也的地面，我不禁长叹一声，果然是三天不练手生啊，想当年姐姐我徒手一抓一个准儿，真是往事不堪回首啊。

"哇！"一声惊叹声传来，我挑眼望去，元瑶正倒提着一只老鼠，脸上依旧淡淡的，好像抓只老鼠对她来说就是再平常不过的事情。

"瑶瑶，你好厉害！"沫音和梦琪一脸崇拜地跑过去围住小老鼠，"小老鼠，好可爱啊，吱吱、吱吱的，真让人心疼。"

"给你。"元瑶将老鼠递到梦琪面前，"接着。"

"不、不……"梦琪吓得往后退了两步，完全没有了刚才被小老鼠萌到的表情。

我走过去，一只手接过，盯着它研究了一会儿，露出一脸纠结的表情。"你们说是清蒸好呢，还是爆炒好？抑或是油炸？"

"什么？！易珊你要吃了它？"梦琪这会儿急了，也顾不上害怕了，"真残忍！"

"珊珊，就放了它嘛，又没有几两肉，何必费神。"沫音的话让我觉得有些意外，不过想了想也就释然了。

"你们都在屋里吵什么呢？"他们买晚餐的人回来了，女生们直接推门进来，其余几个男生留在外面。

"老鼠！！！"我还来不及说，这几个女生一进门看到我手里提的，那叫一个花枝乱颤，闵敏和苏茉呆在了进门口，代曼直接吓得跑了出去，外面的几个男生闻声冲了进来。

"赶紧拿出去扔了。"尹易见是老鼠，和闵敏他们站在同一阵线，远远地指挥我，"丢远一点儿。"

没想到霸道专制的尹大神竟然怕老鼠，这个发现让我一下子好开心，这不，你越是害怕，我越是往你面前凑，让你一天到晚端着个架子，活像别人欠了他千儿八百似的。

"赶紧拿去扔了。"尹大神看出了我的意图，"你们赶紧收拾好了出来吃晚餐。"

"哇噻！好可爱！"我刚提着出了门，小洛不知从哪儿跳出来吓了我一跳，"给我吧，我去把它解剖了，哦，忘了告诉你，我是临床专业的。"

好吧，我承认比起这丫头，我实在是太慈悲了！

"赶紧过来吃东西。"闵敏又在叫了，我索性把老鼠扔给小洛，随便她怎么处理。

然后就是，大家一起吃晚餐时，小洛一直没出现，然后其他人问我看到没有，我只说了一句，"估计她正在解剖老鼠尸体。"然后，代曼、梦琪她们直接恶心得吃不下去，尹易皱了皱眉没说什么，晓夏也是一个胆大的主，跑去给小洛打下手，其他几个男生一副见怪不怪的表情，就我一个人埋头吃个不停。

舍生取义

第二天，天还蒙蒙亮，周围人家的公鸡还在打盹，刘琦和闵敏早起买早餐，我是习惯性的早起，出了门来，映入眼帘的是东边天际渐渐探出脑袋的太阳，怯生生的，可是不一会儿，它就像个顽皮的小男孩，一下子跳出了地平线，顿时，大地上的一切都变成了金黄色，像披了一层闪着金光的纱衣，世间的万物也都活跃了起来，校园也被它唤醒了，花瓣上晶莹透亮的露珠从栖息地滚落了下来，兰花含羞带怯地露出小脸蛋，松树愈加的青葱挺立，鸟儿叽叽喳喳的叫声进入人们的美梦，空气也变得十分的新鲜，有点儿清凉，有点儿湿润，让我感到十分轻松。

伸个懒腰，扭扭四肢，顿时清醒了不少，然后围着操场跑了起来。小时候刚会走路，老爸就每天大清早地带着我散步，再大一些，就他在前面跑，我在后面跟，等到上了高中，我长大了，他老了，就换成了我在前面跑，他跟在后面，总是跑不了几步就气喘吁吁，而我则是越跑越来劲，慢慢的，我注意到了他眼中的那种失落，开始放慢脚步等他，就像儿时他在前面等我一样。

"苍茫的天涯是我的爱，连绵的青山脚下花正开，什么样的歌谣是最呀最摇摆，什么样的歌声才是最开怀……"校门口那块广场传来了已经火了好几年的歌曲，给寂静的校园增添了几分活力和喧嚣，我怎么叫也叫不起床的队友们也被这"和谐"的音乐声逼得起床洗漱。

闵敏和刘琦去买了早餐来，大家随便吃了点儿，陆陆续续有家长带着孩子来了，但人群中大多是爷爷奶奶，而且大多拄拐杖来的，极少是年轻父母，为了保证孩子们的绝对安全，贯彻落实尹易尹队长的会议讲话精神，我们分工协作，代曼、尹易、沫音负责引导，元瑶、杨扬、田宇负责解说并登记，倪端、苏茉、梦琪负责把家长和孩子们带去相应的区域等着，剩下的闵敏和刘琦负责维持现场秩序，尹大神总控全局，我就拿着那个不知已有几百年历史的老相机到处"咔嚓"。

大概过了半小时，还有人陆陆续续的来报名，老人们站累了，提着孙子孙女的书包颤颤巍巍地走到旁边的花坛准备坐下，可惜台子太低，老人们膝盖不好，试了几次也没法儿像年轻人一屁股坐下去，只好再走几步走到坎子下靠着，我举着相机正好拍到了其中一个老人的背影。

佝偻、沧桑，还夹带了一丝的无奈。

看着入了神，突然感觉自己的衣角一紧，低头一看，是个小妹妹，扎着两根马尾辫，穿的是一身印着小黄人图案的衣服，额头中间点了一颗红点，两只小眼睛滴溜溜地转，让我一眼就喜欢得紧。

"小妹妹，怎么了？"我蹲下身子问她，手抓在胖嘟嘟的小身子上一会儿就起了几个红印，顿时让我有些负罪感。

"我……"小丫头怯生生地看着我，水灵灵的眼眸让我不忍直视。

"小妹妹，你叫什么名字？"我从未觉得我如此的有爱心，而且还是顶着可能被尹大神批评的风险，"怎么了？"

"我叫王静雯，我说了你不许告诉别人。"

"嗯。"我竖起两个指头再三保证，只差发誓说违背誓言天打雷轰。

"我尿尿了。"小丫头小脸儿一扭，看着我就像要哭了一样，不知道的人还以为我欺负了她。

"你爸爸妈妈呢？我去叫他们来给你换裤子。"我一听这事儿，赶紧拉着她要去找她家长，小丫头拉着我的裤子不让我走，我疑惑地看向她，她小手一指，我顺着看去，是一位老奶奶，大概六七十的样子，拄着拐杖靠着操场边的树上，笑着和旁边的家长们说着话，沟壑似的皱纹顿时像久旱的土地裂得越加厉害，嘴里幸存的两颗牙齿孤零零地镇守阵地，身上是老式的妇女服装，很像戏服又不是，大夏天的头上还包着白帕，地地道道的农村妇女。

"那是你奶奶？"怎么也不可能让老奶奶去给她换裤子，我只好认命地抱起她往厕所走。

"不是，是我外婆。"静雯摇摇头，低头玩着自己的手指，两个马尾辫像冲天炮缭绕着我的下巴。

好不容易给她脱了下来，可是这裤子是湿的，学校又没有她能穿的裤子，总不能让我就这么把她领出去吧？而且，这小丫头还害羞地躲在厕所里，怎么叫也叫不出来。

好吧，我只能舍生取义了，咬咬牙，一股脑跑回寝室找到新买的黑色打底裤，再跑回来给她穿上，但由于裤子不大，小丫头穿上倒像是正儿八经的长裤，裤筒更是像风筒一样，配上上身的小黄人图案，莫名的给人一种喜感。

给她换完裤子，将就着在厕所里给她把脱下来的裤子洗了晾在外面的石头上，然后抱着她回到了操场，这时家长们也到得差不多了，尹易站在讲台上检查线路和音响设备，代曼难得正经地站在台上调试话筒，一身红裙显得她的身材愈加的高挑显瘦，精致的妆容配上盘着的头发，两撮头发中分而下，给人一种职场丽人的感觉，最主要的是那一份淡定从容让我不觉心生佩服，仿佛舞台天生就属于她，果然这就是艺体生与普通学生的区别。

"易珊！"尹大神在叫我了，赶紧收回自己的注意力，小跑上去，"刚跑哪儿去了？就知道偷懒！"

有些委屈，不过也就是一瞬间而已，我是出了名的脸皮厚，而且我又没有做错，自己心里明白就好。

"发什么呆？！过来帮忙！"

看着面前这比我还高的音响，他的意思是要检修底部，让我撑着，我再次无语了，真的是女生当男生用！我是很汉子没错，可是就我这小胳膊小腿儿的，也就尹大神不知道怜香惜玉，不对，是对代曼之外的女生而已，可是尽管心里极度不爽，我还是认命地挽起袖子开干。

开学典礼

等他弄完，我整个人都麻木了，可是志愿者见面会开始了，又马不停蹄地加入了新一轮的忙碌中。

"家长们，小朋友们，大家上午好！"我竟然不知道杨扬这胖子也有一副好嗓子，看他穿一身正装一本正经地站在台上抑扬顿挫地主持，突然觉得他得形象高大了几分。

"又是一年酷暑，彬城师范大学的志愿者们又来到了江县这片土地……"代曼紧接着开口，极尽一切形容词赞美我们怀揣着一片赤诚丹心来到江县山城乡这片热土传递爱与希望，彰显我们的青春热情，凸出我们是多么的伟大，我在台下听着，脸红得不行，怕别人问起，忙用相机遮挡。

紧接着是请贾乡长和李书记依次上台发言，照例又是一通热情洋溢的赞美词，其后便是对"追梦者"志愿服务队这个团队及团队成员的介绍，然后志愿者代表讲话并授旗，最后向各位家长讲明我们的要求，第一点是家长必须接送孩子，奉行从家长手中接过孩子，把孩子交到家长手中；第二点是家长要充分配合志愿者们的工作，比如举行亲子游戏之类的。

七月的太阳就是毒辣，这不，场上的家长们额头上都出了汗，年轻的不知从哪儿找了纸板、扇子来遮在头上，老人们就只能老老实实地接受它的热情，而小孩子们则被大人护在怀里，看着乱哄哄的操场，而上面的主持人还继续说个没完没了，我索性眼不见为净，回了寝室编写新闻。

大会结束，大家正准备做饭，李书记带来了一个中年男人，拄着拐杖，走起路来一歪一歪的，显得很是吃力，他皮肤黝黑，身材矮小，有点儿微胖，一看就是典型的庄稼人，身上一件蓝衬衫可能是洗得多了，已经有点儿泛白，但是洗得很干净。

李书记向我们介绍说他叫陈勇，贾乡长考虑到我们平时要上课，做饭可能来不及，特意让他找人来给我们做饭，正好陈勇本来就是给学校老师们做饭的，索性就找了他来，不过只做中午饭和晚饭，早餐我们自己解决。还有就是菜蔬问题，李乡长再三表示为难，我们只好善解人意地表示我们自己能解决。

听了他的话，虽然对菜蔬这事儿心有芥蒂，但我的内心还是一改之前对贾乡长的"放屁"乡长的印象，由衷感谢他的大恩大德。

由于时间紧，并且厨房里只有之前剩下的土豆，加上队长跑去买了一斤牛肉，最后煮了一大锅土豆炖牛肉。"雨花石"实践队的成员在另一个地方设立书摊，中午自然是不能赶回来，于是，我们十二个人像刚放出大牢的饿狼一样，最后吃得连汤都不剩。

下午正式上课了，应贾乡长的要求，第一节大课用来讲安全知识，由于是大课，我们只好把会议室当成教室，安排孩子们列队席地而坐。

"小朋友们，大家下午好，我是杨扬哥哥，外号'懒洋洋'，以后的每天下午由我来和你们一起谈谈安全的重要性……"

杨扬主讲，见识了今天上午一本正经的他，这会儿又站在讲台上化身"奶爸"侃侃而谈，自称"懒洋洋（杨扬）"，迅速和一百多号孩子打成了一片，看着孩子们争先恐后地叫着"懒洋洋哥哥"，我实在很难把他和平时那个只知道傻笑的杨扬联系起来。

杨扬讲得很生动，孩子们在其他志愿者的再三要求下规规矩矩坐好，整堂课围绕交通安全、游戏伤害、陌生人敲门等诸多儿童常见安全问题，通过情景模拟、科学讲解、经验讲述、动漫人物再现等方式，让孩子们在轻松愉悦的气氛中懂得安全的重要性，并掌握一些简单的安全常识。随着课程的深入，孩子们从一开始的扭扭捏捏慢慢变得自觉起来，时而大笑，时而寂静无声，时而认真思考，活脱脱的一群小大人。

第二节课是专项课，按照尹大神之前的安排，各专项老师分别把自己班上的同学带到相应的教室，由于报跆拳道的人太少，而且杨扬又要负责大课，索性就把跆拳道和武术合并，由田宇统一负责，杨扬辅助，两个相机一个给阎王一个给沫音，由他们负责拍照，我就几间教室轮流转悠，这儿站站，那儿靠靠，偶尔帮倪端打打下手，教美术班的孩子剪纸，最后一节课有老乡好心给我们送来了一些蔬菜，作为尹易眼中的闲人加汉子，我就义不容辞地充当招待人员了。

热情地接过老乡的东西，招待他在就餐间休息，再三表示我们的谢意，本来以为他待一会儿就走，可是这老乡拉着我一直摆龙门阵，问了我是哪儿的人，就说他老婆的后家（娘家）的舅妈是我们那边嫁过来的，又问我什么辈分，然后就在那儿算我该怎么称呼他，算来算去说是要叫我姑婆，我忙摆手拒绝，让一个四五十岁的男人叫我姑婆，我还怕折寿呢，然后又继续聊，他有几个孩子，女儿嫁在哪儿，儿子在哪儿打工，媳妇是从哪儿嫁过来的，又有几个孙子孙女，都读几年级，老两口帮儿子女儿带孩子多么的困难，说的我都怀疑自己是查户口的。

聊了半小时后，老乡终于说到了正题，原来他孙子和外孙女也在学校上课，他觉得孩子们因为父母没在身边，性格有些孤僻，而他们老两口没什么文化，也不知道怎么解决，所以希望我们能引导一下孩子。人家说吃人的嘴短，拿人的手软，何况我们是来当老师的，我除了满口答应之外还有什么办法？

送人回家

好不容易送走了这位老乡，孩子们也放学了，家长们排着队在校门口的小门处接孩子，按照尹大神昨天的交代，杨扬和田宇守在门口，各专项依次下来，叫到一个对应孩子的名字，我就负责把孩子带出校门交到家长手里，一百多号人，其中还有些孩子没人来接，我们打电话一一确认，家长来不了的，就只好挨着把孩子送回去，可是有一个孩子怎么问他都不开口，我们只好按照电话中老爷爷说的地址一路问去，但是，谁能告诉我这到底是什么路？先是连续走了好几个陡坡，然后又是钻洞，洞里黑漆漆的，又有很深的积水，我和杨扬打开手机里的手电筒也看不清路，又因为洞太矮，大概平均只有一米六五左右高，有的地方连我这种一米六不到的都碰到了头更别提杨扬了，只听得一路下来，他"啊""嘶"的呻吟声此起彼伏，好不容易见到了光明，又要翻过一座山，山高且陡，路窄且险，走得那叫一个心惊胆战，我还好，从小走山路习惯了，这种路况还是能够接受。杨扬是城里人，加上有些许的恐高，一路上只听他不停地在后面叫着"易珊，你等等我嘛！""喂喂，你们慢一点儿！"我放慢脚步回头看他，这小子满头大汗，原本红润的一张脸惨白的像馒头一样。

　　一路上小男孩冷着一张脸走在前面，我时不时地问他一两句，起初他有些不耐烦加快脚步把我们甩在后面，后来问得多了，也偶尔回答我一声，我也从他断断续续的答话中知道了他叫王胜，跟着爷爷奶奶住，我问他父母在哪儿打工，小胜没回答，反而再度加快脚步拉开和我们的距离，我也只好作罢。

　　等把这孩子送到家，入眼所见的三间未装修的平房，暗沉的水泥砖，泛黄的木门，灰扑扑的窗子，无不显示出房子已经有些年岁了，仅能两人并排站的檐坎上，右边半截晒着玉米粒，中间放着两个背篓，正门这边一把扫帚倒在地上，一只黑色的小猫正在上面睡觉，睡得迷迷糊糊的大黄狗听到声响从窝里跑了出来，"汪汪汪"地叫个不停，杨扬吓得忙往我后边躲，我心里也是怕得不行，脸上却是假装正经，小胜看了我们一眼，上前把狗撵到一边去，然后带我们进屋去。

　　进门去，两个老人一个坐在凉椅上"吧嗒吧嗒"地抽着旱烟，一个坐在凳子上挑豆子，客厅面积很小，屋里陈设极为简单，正中间一张回风炉，斜侧面是一台老式的彩色电视，一眼看去都能看到上面的灰尘，旁边是一张古朴的八仙桌，上面放着茶盘，茶盘里是为数不多的几个杯子，大的小的，绿的白的，颜色不尽统一。电视对面是一张手工做的凉椅，上面的竹条已经开始腐烂，剩余的几条板凳一贯都是棱角磨平了的，唯一还没有岁月痕迹的是老太太坐着的胶凳子。见我们进来，奶奶连忙放下手里的活去给我们倒茶，我接过来喝了一口，苦涩的味道让我差点儿反胃，可是出于礼貌，我还是笑着表示感谢，下意识地瞥眼看向胖子，原本以为他这公子哥喝不下去，可是这小子竟然面不改色地喝完了，还笑嘻嘻地跟老人家聊了起来，逗得老人家呵呵直笑，不知道的还以为他是人家老奶奶的孙子呢。

"奶奶，您儿子媳妇呢？"杨扬见奶奶正高兴，趁机问道，听到这话，我忙伸腿踩他一脚，"啊"他下意识地惊呼出来，见我正在瞪他，他赶紧挤出一脸笑容。

老奶奶听了这话抬头扫了我们一眼，只是止住了话头站起身来，接过我们手里的茶杯，转身一拐一拐地向着茶几走过去，可能是年纪大了的原因，到了茶几放下茶杯，老太太右手撑在桌子上歇息了两秒才缓缓地转过身来，一进门就跑到其他房间的小胜这会儿推门进来，手上端着个盆子，盆子里是白瓜子，应该是自家种的，老太太接过来倒在炉子上，招呼我们抓来吃，我也不好客气，随意抓了几颗放进口里，却是味同嚼蜡。

要走的时候，老爷爷在猪圈门那儿"嚯嚯嚯"地磨镰刀，听到我们要走，抬头看了我们一眼，浑浊的眼睛中蕴含了一丝对生活的无奈与沧桑，这时我才注意到他的长相打扮，一颗西瓜头稳稳地扎在沟壑纵横的细颈上，没有水分，没有光亮，只有像霜打了的橘皮似的一张饱经风霜的脸，身上是一件洗得皱巴巴的白衬衫，尺寸明显大了，一根麻绳系在腰上，下面是一条帆布裤子搭一双草鞋，膝盖上的破洞和草鞋莫名的搭配，看着他瘦小的身躯，我真怀疑一阵大风吹过来他会被吹走。

"小胜，老师要走了，出来送送。"老太太扯着嗓子叫道，我往屋里看了看，没见到人，杨扬冲我嘟了嘟嘴角，顺着他的眼神看去，最右边厨房门口露出一个小萝卜头，两只眼睛滴溜溜地转着，而外边的地上放着一个绿色的脸盆，里面泡着衣物，还没消失的洗衣粉的泡泡在阳光的反射下五彩斑斓，我冲他笑了笑，谢绝了老奶奶送我们一程的好意，拉着杨扬离开了。

不平

回来的一路上，杨扬唠叨个不停，什么"从来没看到这么破旧的房子"

"那家人穿的衣服真破。"什么"那老头子怕是失聪了"……"那孩子太孤僻了，一看就不招人喜欢。"

"你很了解人家吗？你怎么知道人家不招人喜欢？你懂什么，有何资格在这儿评头论足的？"我终于忍无可忍地爆发了！"我倒是忘了，你妈在银行工作，你爸在大公司上班，你从小衣食无忧不懂人间疾苦，但是我请你记住一句话，永远不要用你现在所以为的高贵去践踏你所认为的卑贱，因为你不配！"好久没发这么大的火了，即便我看不到我的表情，但脸上的热度告诉我此刻的我绝对是双眼赤红。

"你……你……你"他明显是被我吓到了，想说什么又说不出来，一脸的憋屈。

"我什么我，给我滚一边去，别跟我这种'无产阶级'打交道，免得污染了你这种公子哥的眼，我可赔不起。"说完也不甩他，快步前行，他看出来我真不是逗他，一个人在后面跟着，一前一后，一路无话。

过了一会儿，怒气被山风吹散了不少，冷静下来的我才意识到我又冲动了，小时候奶奶总喜欢骂我是个丧气鬼，因为哥哥是因为我而死的，逢年过节妈妈也时不时地提起他们逝去的儿子，想象他要是还活着该多好，回忆他短短八岁的生命里表现出来的聪明才智，爸爸虽然没说什么，但我知道他也很想哥哥，周围的人偶尔也在我耳边讨论，说我们两兄妹长得很像……，因为愧疚，我变得不爱说话，看到外人总是想找个地方躲起来，内心也变得很敏感，无论处在什么环境都觉得旁边的人在讨论我，面对别人也总是沉默不语，脾气自然地变得暴躁不安，处理争端也是奉行拳头说话，同学的家长找上门来，父母一个劲儿地赔礼道歉，我害怕惩罚，早早地就跑去山上躲着，惊得街坊四邻大晚上的到处找我，后来转学遇到了"他"，一同上学，一同放学，只有他不像其他人那样，还愿意和我当朋友。在他的带动下，我也慢慢变得开朗起来，开始做任何事儿都很拼命，试图努力打造一个比哥哥还优秀的我自己，一是为了让父母有所欣慰，而是为了逃避自己内心的惩罚。但是即便我变得如何的优秀，但自小养成的敏感与暴躁还是隐藏在骨子里，平时一脸嬉笑，碰触到我内心的痛苦时我还是无法忍住我的脾气。今天那孩子，和当时的我又何其相似，尽管原因不一定相同。

但杨扬又有什么错呢？人家自小家境殷实，没受过苦难，难道这就是他的错？可是今天在那家人家里他表现得那么从容，你自诩与他们是同一阶层的人，可是喝那杯茶时皱起眉头又是怎么回事儿？你又有什么理由去指责人家？为了你那不讲理的敏感，你将你所认为的痛苦施加于别人的身上，你不觉得可耻吗？何况人家并不知道。

一瞬间，挫败感、羞愧感涌上心头，感觉到后面杨扬始终与我隔着一定的距离，喘着的粗气暴露了他的疲惫，来的时候是下坡路比较轻松，现在爬坡，对他这个一百六十斤重的大胖子来说自然艰难，但又不好叫我停下来休息，只好在后面紧赶慢赶。

我索性止住了脚步，一屁股坐在草地上，这会儿已经是傍晚，地表热气已经消散了不少，又是山顶，自然更加凉快。他见我坐下了，也顺其自然地坐在我旁边，自然得我都怀疑刚刚我骂的人不是他。

"易珊，你说下面的那些土地怎么都长那么高的草了？没人种粮食吗？"幸亏他没追究我刚才发火的原因，要不然我又得不好意思了，不过，这问题问得真够白痴的，我翻了个白眼。

"那天李书记不是说了吗，村里年轻人都出去打工去了，家里就剩些老弱病残，土地自然就打荒了呗。"

"那打工又不能打一辈子。"

"给你举个例子。"我无法给这公子哥讲道理，只好换种方式跟他沟通，"如果一家人有两个劳力，一年种十包玉米种子，也就是二十斤，从正月开始播种，二月底估计能够播完，三月底又要除草，又是半个月，四五月追肥，六七月收获，没个半个多月是弄不完的，然后还要打成粒晒干，还得是遇到天气好，不然晚上你觉都睡不安稳，最后按这几年的玉米的价格 1元1斤来算，最好的结果也只能卖个八九千，减去种子钱、肥料钱"我换了口气继续说道，"如果出去打工，就算是半点文化也没有光干苦力，两个劳动力一个月怎么说也得挣四五千，半年算下来的话，远超过种庄稼的，换做你，你会留在家里面朝黄土背朝天吗？"

"走吧。"没等他回答，我站起来，抖了抖衣服裤子上的灰。

都说土地是农民的根，可是这些年粮食的价格赶不上肥料、种子上涨的价格，往往一年辛勤的劳作还不如人家出去挣得多，而且打工相对还没那么累，所以青壮年都选择背井离乡出去打工，别说堰塘这儿，整个江海都是这种情况，本来山地就多，根本没法儿学人家东部发达地区采用机器耕种，这也是加剧荒芜的乡村形成的重要原因。

闹鬼？

回来时大家正准备开饭，"雨花石"实践队的人也回来了，一张桌子根本不够，大家索性去抬了教室里的并着，然后菜直接用盆子装出来，二十个人围着三盆菜坐了下来，一盆小豆酸菜（我只看到了酸菜没看见小豆）、一盆腊肉炒芹菜（肉是下午老乡送来的）、一盆土豆丝，后来又端上了一盆玉米棒，据说也是老乡送来的，大家你一个我一个的抓着就啃，生怕自己慢了别人又多拿一个，就连代曼也饿得不轻，完全不顾形象的埋头狂啃玉米棒。

吃完饭帮陈大叔收拾完，又到了一天总结工作的时候，按大神的说法就是做得好的要多加表扬并再接再厉，做得不好要严格批评及时改正，一个队伍一定要纪律严明、奖惩有序，当然，今天该批评的人中首当其冲的就是我了。

"易珊，作为队伍的宣传人员，你看你今天都干了些什么？一个不留神你就不知道去哪了，还有，昨天你写的那是新闻吗？不够简洁，不够突出，不够……以后的新闻写完了让我先检查一遍。"噼里啪啦的就是一通责怪，我懒得和他争辩，他爱检查就检查呗，我就不信他一个学体育的能整出什么花样来。正如狗咬你一口你是无论如何也不会咬回去一样，索性站在进门处埋头看我的鞋，他见我难得的没还嘴，脸上面子也有了，掉头批评其他人去了。

沫音把两个相机都递给我，一个是尹大神拍的，另一个是沫音拍的，反正关于我的批斗已经完了，我就自顾自地打开相机挑选照片，可是，才看了几张我就看不下去了，这拍的都是些什么嘛，每张都像给模特照相一样，那姿势，那表情，怎么看怎么刻意。就拿第一张来说，是田宇抱着美术班的一个小女孩，孩子手里举着刚刚完成的"杰作"，两人对着镜头一脸的微笑，其后很多都是这种模式，这完全和我一贯主张"自由"拍照的原则抵触，我一直认为随意捕捉的镜头才是最真实，也最容易让人感动的，太"规范化"的动作总会给人一种虚假的感觉。我们不是在拍电视剧，而是来支教服务的，最主要的是孩子们还那么小，现在就学会"粉饰太平"，那以后还不得人前一套人后一套？

"大家一定要谨记，晚上不要出校门，有急事儿就跟我说，我安排男生陪同。"就像等了几百年一样，会议终于结束了，然后，苏茉、安梦琪和尹易、刘琦要去看跳健美操的场地，其余的人回寝室洗漱休息。

照例的，回来的第一件事儿就是打开电脑，把今天的新闻稿传给师姐，本来规定的是两天一篇，可是尹大神安排了今天必须写，没办法，领导的话不能不听，幸亏今天是第一天支教，活动内容多好写，打开 QQ 发现聊天窗口在闪动，点开第一个，是尹大神发来的他修改后的新闻稿，不看还好，看完我只差一口气喘不上来。这都什么呀？他所说的热血激情是有了，可是给我改得面目全非，错别字、病句甚至连第一人称都出来了，他老人家到底知不知道什么是新闻稿？幸亏我早就传了，要不然让他这么一折腾，我都不好意思在最后署名了。

该做的弄完后，出去的人还没回来，其他的人端了凳子出去坐在操场上赏月，我实在是累了，连洗漱都没顾上就这样倒在床上睡着了。

有人说，大姨妈要来的时候，天王老子都挡不住，更别提睡觉这件小事儿，所以，大半夜的，我就被它老人家给折腾起来了，翻遍行李箱找到卫生巾，然后以风一样的速度向厕所冲去。

学校的厕所是老式的那种，每个坑三面围着，风吹进来直扑人面，并且经过外面的斜坡和树梢"呼呼"作响，四周传来的蛐蛐声、蛙声，我不敢说话，耳朵尖锐地听着周围的动静，双手捂在自己的胸前。

当其他器官被封闭时，剩下的器官会无比的敏锐，正如此时的我，厕所外面的落叶声、远处传来的犬吠声一股脑地钻进我的脑海里，等等，似乎还有人的哭声？

"呜、呜、呜……"

这声音断断续续的，听音色应该是女的，可是，这大半夜的怎么会有女人在哭？

我突然打了个冷噤，想起了白天偶然听到的家长们的谈话，他们说学校是修在坟堆上的，而且为了修学校还把有些已经找不到后代的坟头给铲了，所以这下面压了无数的怨灵，晚上就会跑出来哭泣，哭声凄惨哀怨……，当时只当是个笑话听，毕竟姐姐我好歹是个大学生，"无鬼论"的思想已经深入我心，更何况，要真是有鬼，我哥怎么不来找我？

啊、啊、啊……

不要再想了，在这样的黑暗中，我全身一阵阵地冒着凉气，头皮发麻，感觉前后左右有无数双眼睛在看着我，吓得我缩成了一团，眼睛紧闭，不敢直面黑暗。

大概半刻钟过后，四周似乎静了下来，哭声也不大听得见了，我才准备起身站起来，可是，该死的，这蹲久了，突然一站起来，腿很可悲地抽筋了，此时的我真的有种想找块豆腐撞死的想法。

好不容易解决了抽筋的问题，正准备以百米冲刺的速度冲回房间，耳边又想起了阵阵哭声，而且这次比上次还激烈，吓得我刚走出厕所的身子又缩了回来，只探出个头看向外面。

"啊！"突然有什么东西拍了我的背一下，吓得我不自觉地低呼了一声，"鬼"，心里冒出这么个字眼，但又不敢转过头来，"要是把我吃了可怎么办？""爸啊，妈啊，女儿不孝啊"一时间无数念头在脑海中响起。还有那一幕，折磨了二十年的那一幕，二十年来我从未跟人说过的那一幕，再一次浮现在我的眼前。

"奸情"

"哥哥，河水好清啊，还有小鱼儿游啊游。"

“你在这儿等着，我去拿鱼竿，千万不要下水去。”

可是……

“哥哥……，唔……唔……”我好难受，眼前的景物越来越模糊了。

“嘭”的一声，没一会儿，在我失去意识之前，有人拉住了我的手，然后我被拉着向岸上浮……

等我醒来的时候，哥哥睡着了，妈妈哭泣着，爸爸眼中的悲伤……

即使过去了十几年，可那些画面却如昨天发生的一般，如今想起来，一股化不开的悲伤席卷心头，黑暗中的我一时喘不过气来，周围的黑暗也似乎消失了，只剩下一地的悲伤，不过这份悲伤倒让我此时丢弃了那份害怕，反正我已经是罪人了，还有什么好怕的，索性坦然地转过身来，只见一双绿色的眼睛在黑暗中抬头看着我，见我转了身，“喵”的一声叫了出来。

这该死的猫！大半夜的差点儿把我整得突发心脏病！

一边咬牙切齿地骂着不知从哪儿冒出来踩过我的背顺利着陆的大肥猫，一边由于又起风了，只穿了睡衣出来的我此时冷得瑟瑟发抖，一门儿心思的就巴不得赶紧回我温暖的被窝。

经过了刚才那一吓，这会儿心里坦然了不少，裹着身子照着手机小心翼翼地往寝室走。

“你就真的不能原谅？”

咦。有人在说话，还是男人的，听声音好像是从斜坡的竹林丛中传出来的，在好奇心的驱使下，明明应该往寝室走的双腿不自觉地向竹林靠近，可是，这男的声音怎么那么熟悉呢？

“原谅？！你当我是什么人？就这样不是很好吗？就当作没我这个人，这不也是他们当初的想法吗？”回答的是个女的，还带着抽泣，这和刚刚我在厕所里听到的哭声如出一辙，她的声音有些暗哑，我一时无法判断出她的身份。

这大半夜的，一男一女在这么个偏僻的地方，一个哭泣，一个求原谅。这不是言情小说里的经典桥段吗？脑海里突然冒出一个词——“非奸即盗”，看这情况，估计不到两秒钟，两个人就得抱起来一阵乱啃了……

好吧，我承认我是腐女，急忙拉回我神游的思绪，只是，等我看清楚他们俩是何人时，我巴不得一个雷把我劈死得了，因为，我分明看到，那对着我这个方向的那个男人，就是我们铁面无私的尹易尹队长，也就是昨天才给我们下禁爱令的家伙，而那女的，虽然没看清楚她的脸，但就那身形和说话的语气，除了代曼没有别人。

奶奶的，这明明就是只准州官放火，不许百姓点灯的行径啊，人前一副道貌岸然的样子，可这会儿呢？咦，怎么回事儿，此情此景不是应该按照我的剧本发展下去吗？怎么就成了两个人相对无言了呢？再不济，尹易作为一个男人也该递张纸巾、拍拍代曼肩膀之类的吧？就这样在哪儿杵着，夜色太暗，看不清他脸上的表情。

"喵……"这该死的猫，好死不死的这会儿叫什么叫！原本还想继续看下去的，这会儿自己都快暴露了，还看什么看，恶狠狠地蹬了脚边这只肥猫一眼，提溜着它的腿就往寝室走。

"太阳当空照，我去上学校，太阳说早早早，你为什么去得这么早……"魔音啊！一脚把周公踹到一边去，手下意识地伸到一边，抄起拿到的东西朝魔音发源地扔去。

终于清净了，伸个懒腰继续睡，可是"嘭"的物体坠地声再度把我拉了回来，揉着一头乱发，眯着眼睛找眼镜，好不容易戴好了，可是谁能告诉我，我面前这个满头乱发的恨不得把我撕了的女疯子是谁？

"易珊！！！"大清早的，这一声叫声那绝对是惊天地泣鬼神了，树上的鸟儿也吓得"扑哧扑哧"地飞走了，我对着面前这个疯子——金小洛，还有一边抱着枕头眼睛里泪水打转的沫音，以及其他顶着熊猫眼极其幽怨地看着我的人，我巴不得我土地爷附身遁地逃跑。

就在这一群如狼似虎的女人的眼光下，我弱弱地问了一句，"大清早的，怎么了？"

"还怎么了？！"首先说话的是晓夏，瞪着我的两只眼睛像火把一样，只差把我烧得粉身碎骨，"你昨晚大半夜的梦游，回来睡着了又开始说梦话，还越说越来劲，整得大家都没睡好，这我刚睡了一会儿，你就一脚把我踹下来……"那幽怨的语气配上猪窝头，真是有够潮流的。

"梦游？"我一下子抓住了关键字，迅速看向代曼，只见她抱着手臂坐在床上，睡眼蒙眬的样子，看向我的目光坦坦荡荡，没有一丝的隐藏。

"可不是，闹得我们都没法儿好好睡觉，昨晚的面膜白敷了。"最爱美的苏茉跳出来嘟嘟囔囔地抱怨个不停，"你知不知道，睡眠对女孩子很重要的，你可别今晚继续梦游，不然我漂亮的小脸蛋就毁在你手上了。"

"要是你多买点儿东西给我晚上吃，你就是每天梦游都没事儿，嘿嘿。"吃货梦琪刚一说，立马遭到了众人打击。

"别忘了谁说的，要变成一道闪电劈死我的。"

"衣服型号又得大了。"

……

"我哪儿胖了？！"梦琪一屁股坐在床上，一脸的不服，"我也没觉得我多胖，只是骨架比较大而已。"

众人又是一阵打击。

我难道真梦游了？

不可能啊，我怎么不知道我有这个毛病？就连跟我一条开裆裤穿大的沫音也没说过我有这个习惯啊。

梦游

大姨妈、厕所、闹鬼竹林，代曼、尹易，就连那只该死的猫我也还记得清清楚楚。

我无比清醒地记得昨晚的事儿，也再次确定我不是梦游，最重要的是我还记得回来睡觉时乐亦正在说梦话，沫音在磨牙，我还特意推了推乐亦，她翻了个身安静了之后我才躺下睡的。

难道这个学校真的闹鬼？

想到这儿，我不禁打了个冷噤。

"珊珊，你是不知道你昨晚那魔音，那叫一个狰狞，大喊大叫的，偏偏又说不清楚，要不是我手机没电了，我一定给你录下来让你听听。"沫音一副看热闹不嫌事儿多的样子说道，"今晚我一定好好听着，顺便问问你的银行卡、支付宝、淘宝密码，反正账号我知道。"

那欠揍的模样气得我捡起另一个枕头就给她扔去，砸死她最好。

"银行卡号啥的就算了，不过我们可以问问你的私人感情。"小洛难得一脸正经，可是说出的话却让我极其想揍她，"比如说，你暗恋什么人啊，初恋男友怎么样啊，这我挺感兴趣的。"

"你直接弄个八卦协会吧。"这白眼儿狼，也不想想前天是谁好心收留她的，现在和大家混熟了，大家也慢慢接受了这个与众不同的姑娘，一天到晚耳朵边都荡漾着她的魔性笑声。

难道真的是梦？

还是我魔怔了？

没等我细细琢磨，外边叫起床吃饭的声音响起，我赶紧爬起来洗漱整理。

又是包子、豆浆、馒头，郁闷地随意吃了点儿，我一边咬着包子，一边观察代曼和队长两人，可是这两人和平常一样，疏离中夹杂着一丝暧昧，完全没有我所期待见到的"虐恋情深"的画面出现。

家长们又将小鬼头们送来了，我也顾不上去研究代曼和队长，忙着扛着老式相机"咔嚓"去了。

一个、两个、三个……一百五十九个，还差一个。

我一向对数字偏执，从小就喜欢数数，干活、吃饭、失眠、高兴、哭泣都爱数，后来去乡镇上初中，两个小时的路程我硬是一步步的数回来，但忘性也大，路上谁叫我一声我准保忘记数到哪儿了。

核对了一下名单，是个叫宋幺妹的孩子没来，尹易马上打电话给家长，是一个老大爷接的，耳朵估计不大好使，尹大神连续提高了几个音调那边才听清楚是怎么回事儿，不过老大爷说，孩子早上割了一背篓草就背着书包来学校了，听到我们说孩子没来学校，老人的老伴儿也在旁边着急起来，问及孩子父母，老人只说不在家，我们也自然而然地以为他们外出务工去了。

这下好了，孩子没在家里，也没到学校来，让家长找吧，老人一把年纪了，折腾他老人家我们也于心不忍，我们派人去找吧，一来我们只是来支教的，孩子没到学校就跟我们没关系，二来我们十二个人每个人都有各自的任务，实在没法儿出去找。

正当我们急得团团转的时候，只见清歌拉着一个孩子匆匆跑来。

"是宋幺妹！"倪端眼尖地认出了这孩子正是迟到的宋幺妹，大家心底绷着的弦一下子松了下来。

看到我们，幺妹有些不好意思，低着头，怯生生地拉着清歌的手，抿着小嘴，暗红色的衣服明显是手工做的，袖子、领口、口袋倒是有些中山装的式样，下面搭了条牛仔裤，洗得挺干净的，脚下一双红色小凉鞋，上面粘了只胶蝴蝶，平添了几分俏皮。不过穿的时间长了，鞋缝里都是灰，看起来脏脏的。

"这孩子在我们昨天搭的书摊桌上睡着了，问她什么都不说，我估摸着是你们辅导班的，就给带过来了。"清歌大致交代了几句，又忙着赶回去了。

尹易走上前去要拉幺妹儿的手，这孩子往后缩了缩，抬起头来看了一眼我们这群人，又马上低下头去，我看出她有些害怕，蹲下来拉过小丫头的手，另一只手给她理理乱糟糟的头发，这孩子倒也没挣扎，估计觉得我这个一脸笑容的姐姐比较好说话吧。

"大家都散了吧。"队长脸上有些挂不住，让其他人各就各位，又眼神示意我把这小丫头搞定，我点了点头，跟美术老师说了待会儿把幺妹儿给她送到班上去，就拉着这孩子去了会议室。

我走在前面，幺妹儿跟在后面，差不多一百米的路程，我慢她也慢，我快她也快，始终和我保持两步的距离，进了会议室，我径自去饮水机接了两杯水过来，她背着手抵着门站着，这会儿人少了，她也抬起头平视着我，依旧咬着嘴唇，脚趾头不停地动着。

"过来吧。"我冲她招手示意让她过来坐着，这孩子慢腾腾地移了过来站在我面前，两只大眼睛盯着我，看似镇定的眼神里有丝丝的颤动。

"别怕，没事儿，我不批评你，就是和你聊会儿天而已。"我伸手拉住她的手，"你把我当姐姐就可以了，你看我也没那么凶嘛。"为了打消她的顾虑，我放弃了我一贯的女汉子气势，耐心而又温柔（虽然只是装的）地跟她交流。可是这孩子就是不说话，一个劲地盯着我看，弄得我都怀疑自己脸上长花了。

"坐这儿。"我索性拉她坐在椅子上，把水放在她面前，"我问什么你就好好回答姐姐，好吗？"

小丫头点了点头。

熊孩子

"今年多少岁了？读几年级？"这些问题资料上也有，我大致猜测这孩子估计有些厌学，不然怎么不来上学跑去睡觉，只不过拿来"抛砖引玉"罢了。

"十岁，五年级。"声音细如苍蝇，我皱了皱眉，尖着耳朵才能听清。

看来这孩子不太自信。

"学习成绩怎么样？觉得语文好学还是数学好学？"继续诱"敌"深入，声音也尽量亲切一些，让她感觉是和朋友们谈话。

"还好。"小丫头放在腿上的小手不断地交叉、放开，再交叉，"都挺好学的。"

不是厌学？难不成是不喜欢志愿者们教的课程？

"那志愿者姐姐教得好吗？你都学会了些什么？"终于转到了正题上，今天我势必要问出她不来上课的原因。

"老师教得挺好的，昨天还教我们画小鸟呢。"小丫头这会儿声音大了起来，脸上也扬起了笑容，"老师还夸我画得不错呢。"

这我就郁闷了，既然教得挺好，也学得不错，那这丫头为什么还逃课睡觉呢？

"那你今天为什么不来上学呢？"想了想，还是开口问了出来，眼角注意她的反应。果然，我话声一落，这孩子马上收住了笑容埋下了头，但就是不吭声，我看着她这样子，心里一下自责了起来，这孩子才十岁，刚好处于懵懂的时候，我这样直接地问她，她说不定自己就会乱想了。

我像这么大的时候，因为爸爸班上出了事儿，那些人骂得他不敢去学校，也不敢回家，只好躲去外婆家，又正好是收获的季节，妈一个人完全忙不过来，我放学回家也帮着做，所以第二天在课堂上就不可避免地打起了瞌睡，那时的数学老师是个刚毕业的年轻小伙子，对我这种蔑视课堂的行为极其生气，直接课堂上点名批评我并且罚我打扫教室，我觉得很委屈，一生气，直接把桌子推倒在地，对着他噼里啪啦吼了一通，并信誓旦旦地跟他保证，期末考试数学考不到九十分以上我就不读了，然后就当着他的面收拾东西回家，后来我还真的考了九十一，还是全乡第三名，领奖的时候我那叫一个神气，后来六年级换了老师，偶尔碰到他我也很有"骨气"地不打招呼，等再后来我认识到自己的错误的时候，他已经调走了。

"不想说就算了，回教室去吧，明天别迟到了。"沉默了两分钟，幺妹儿一直低着头，不知道想到什么，神情有些落寞，我一下子急了。

可别哭了，不然我就罪过了。

要是尹大神知道，估计又得说我态度不对，又得帮我回忆他定的规矩了。

幺妹儿犹豫地看了我一眼，站起来埋着头往门口走。

"嘭"的一声响起，我忙转身一看，这丫头撞在门上了，不过小小年纪挺能忍的，只是用手按着，腮帮子鼓着，泪水在眼眶里打转，见我盯着她，还扯出一丝笑容，不过听这声音估计撞得不轻。

"给我看看。"我又好气又好笑地走过去把她捂着头的手拉下来，额头红肿得有些厉害。我找出杨扬放在会议室里的酒精和棉签，拉过发愣的小丫头扣在我怀里给她处理伤口。

"走路小心点儿嘛，这下额头长了个福气包不是？疼吧？下次你就长记性了。"忍不住发挥起我的唠叨本质来，"做事儿不要心不在焉的，下次要是掉河里了怎么办？"

处理完收拾好医药箱，这孩子还没走，我以为她是怕被美术老师责骂，干脆送她到教室。

"走吧。"我拉开门，阳光照进来，正好洒在我的脸上，暖暖的。

"我太累了，想睡觉。"

后面幺妹儿的话传来，我愣了一下，不过马上反应了过来。

"你晚上没睡好？"现在的孩子啊，都巴不得爬进电视和手机里去，不睡觉不吃饭都要尽兴，就像我那个六岁的小表弟，每天除了看电视就是玩手机，什么《俄罗斯方块》《开心消消乐》都过时了，屁大一点儿的孩子都迷上《大话西游》《三国杀》了。

"小孩子，晚上早点儿睡，别总是看电视，对眼睛不好。"我伸手揉了揉她的头发，牵着她的小手边走边开玩笑，"你看姐姐我都成四只眼了，眼镜一摘就是瞎子一个。"

把宋幺妹送回教室，给倪端打了声招呼，去健美操和武术班逛了一圈儿，孩子们学得挺认真的，踢腿儿、伸臂、跨步，个个儿"正经"得不得了，特别武术班里有个小鬼头，皮肤黑黑的，小眼睛半天不带眨眼，穿的衣服又有些大，估计也就四岁左右，打起拳总是比别人慢半拍，在一众七八岁的孩子中尤其显眼，大脑袋让我一看到他就想起了小时候最喜欢的动漫人物大头儿子。

休息时间到了，孩子们围坐在杨扬和田宇周围听他们俩讲故事，杨扬嘴皮子利索，田宇知识面儿广，一个负责搞笑，一个负责说理，逗得一众孩子呵呵直笑，不过我注意到那个小鬼头一个人缩在最后面，仰着个头盯着房顶，时不时地叹一口气，一张小脸一直绷着，似乎旁边人的笑声完全影响不了他，给人一种"众人皆醉我独醒"的感觉。

我本来就喜欢孩子，更别说还是这么一个幽默的小老头子，更是难逃我的魔掌。

可是、可是……

要不要这么打击人的！

装嫩、搞笑、摆架子……，十八般武艺都使出来了，这丫的就是不搭理我，除了最开始看了我一眼后，就一直盯着门看，我都要怀疑到底是门的魅力太大还是我的魅力太小了。

到最后我直接"霸王硬上弓"，硬是把他脸掰来对着我，可是，他的举动再次让我哭笑不得，只见他慢慢抬起小手，缓缓升到了我的眼角。

这小子不会这么没礼貌想要揍我吧？

这是在眼睛被蒙住之前我脑海中冒出来的最后一个念头，然后，我的眼镜被他摘了，再然后，我眼前一片黑暗了，只能感受到他胖乎乎的小手在我脸上的触感，我的心瞬间融化了。

伸手把他的小手拉下来，这小子正看着我笑呢，两个小酒窝分外好看，不过和我对视了两秒之后就又调转了头去看门，小手紧紧地拉着我的手，任我怎么问他都不回答我。

得呢，又是一霸道总裁。

打 杂

又跑去美术班打了个转儿，今天倪端教他们做纸鱼，我这一进门去就被她理所当然地差遣去剪鱼鳞，平时只会"舞刀弄棒"的我这会儿拿起剪刀安安静静地坐着剪纸，这可真够难为我的，不过，在四五十双期待的小眼睛的注视下，再为难咱也得憋出一脸的笑容不是。

"易老师，给我点儿鱼鳞。"

"易老师，给我削一下铅笔"

"易老师，把笔递给我一下好吗？"

"易老师，你看我做得怎么样？"

……

这群小鬼头一口一声"老师"的，我只能认命地给他们当仆人了，脸上还不小心沾上了铅笔墨，不过在这样的环境中，我的心却难得的安静下来，即便坐下来看着他们也觉得很开心，在学校里相依为命的手机也失宠了，静静地躺在我的包里等着我偶尔的召见。

制作纸鱼首先要在双层纸上画出鱼的大体轮廓，再用剪刀剪下来，紧接着用倪端发下去的纸夹子给缝好，最后贴上我剪的鱼鳞即可。虽然简单，但对这群平均年龄不到六岁的孩子来说确实不易，不过这群孩子却格外的安静，尽管室内气温已经达到了 35 摄氏度，一个个的附在桌子上认真地完成他们的作品，害怕他们伤着自已，我们得在旁边留意着。

巡视了一圈，发现宋幺妹一个人做了三条纸鱼，准确地说，是两条大的，一条小的，三天鱼各在一边，心下好奇，便多嘴问了一句。

"这条是爸爸，这条是妈妈，"她拿起小鱼小声地告诉我，"这条是我。"

"那你为什么要这样摆放呢，不是一家人吗？"

"妈妈不要我了，爸爸出去打工，两年没回来看我了，"小丫头又低下了头，两只手拽着自己的衣角，"奶奶说，我有后妈了，还有一个弟弟。"

说着说着，声音开始颤抖起来，其他孩子也看着我们，倪端投来责备的眼神，估计是认为我吓着幺妹了，我不知道说什么，伸手拉上幺妹出了教室，正好遇到尹大神从走廊上经过，看到小丫头哭得那么可怜，不可避免的，我又成了嫌疑犯，甩我一个责备的眼神，不过我没心情搭理他。

"哭的像只小花猫一样，真难看，别哭了。"我最怕别人哭，更别说还是这样一种情况，平时我能说会道的，这下子却招架不住，除了给她擦眼泪，只能一遍又一遍地说着"不哭了。"

"他们……，他们不要……我……我了。"可能这丫头憋得久了，好不容易今天说了出来，这一哭起来就没完没了了，好不容易止住了哭声，这一说话泪水又流出来了。

我虽然没遇到过这种事儿，但还是能理解这种感受，那种觉得全世界都抛弃了自己的孤独感，会像海绵一样把身上的精力全吸干，看不到一丝阳光，没有半分温暖，只要把心中积蓄的所有不满全宣泄出来，给自己的心灵放一个假，才能稍稍轻松一些。

这种情况下，我安安静静的做一个倾听者就好，同时，我也明白了幺妹今天迟到的原因，回想一个小时前在会议室里和她的谈话，暗自庆幸今天没有说出过分的话。

等她情绪稳定了把她送回教室，第一节课也结束了，孩子们全都跑到操场里，上厕所的、跳皮筋的、逛教室的，一个个兴高采烈地，火热的太阳也不敢他们的热情，不时地传来杨扬他们提醒小心的声音，我突然想起了小时候的我，比他们还皮，学校后面的竹子基本上我都爬上去过，还像猴子一样从这根跳到另一根去，一根接着一根，完全不会去考虑安全问题，还有学校外那根枝丫伸进来的大核桃树，每年核桃缀满枝头，夏末秋初开学，我就悄悄爬上围墙去摘，核桃树下主人家的大黄狗一听见动静就开始"汪汪汪"地叫，不出半分钟，女主人就会出来，我手脚很快，在她还没开骂之前已经装满了衣服包包，然后跳下围墙迅速跑进教室，往往坐在教室都能听见她的骂声。

现在想来，比起面前这些孩子，那时的我才真真儿的顽皮，后来年纪慢慢大了，懂了很多道理，人却不灵活了，别说爬树，就是一道坎高了点儿，都得小心摔了伤了，上次小学同学聚会，听他们说起我那时的英雄事迹，一阵哄笑中那些记忆恍若昨日。

年纪越大，心越小。

最真的年纪我们不懂事，懂事后我们顾忌太多，人就是一种不知满足的动物，得一望二瞧三看四，追求着最美好的风景却忽略了身旁的风景。

我正在发呆，一个孩子跑过来撞到我身上，我还没看清她是谁，她已经匆匆跑开了，扎得高高的马尾辫划破时空，只听得她爽朗的笑声。

虚惊一场

"姗姗！"对面传来沫音的叫声，"发什么呆？队长找你呢。"

我心头一震，不会是逼问我刚才的事吧，虽然这真不是我的错，可是总不能让我告诉他实话吧，尽管幺妹也不知道，而且这也只是小事儿，但从小老妈就告诉我，背后说人是非是长嘴妇的做法，这种事儿姐姐坚决不干，何况为人师表，学高为师，身正为范，今天我只是支教，保不准明儿咱就成了正儿八经的老师了呢，所以这件事咱必须正确对待。

在去会议室的一分钟的路程中，我的脑袋已经九曲十八弯转了无数遍，当看到尹阎王见我进去乐呵的给我招手让我坐下的时候，脑海中迅速闪过几个念头。

无事献殷勤，非奸即盗！

欲擒故纵？

还是……脑子被砸了，不过似乎比以前更像一个正常人了。

难不成是他知道昨天晚上我偷听他和代曼讲话的事儿，然后给我来个先礼后兵，准备"杀人灭口"，顿时我感觉到脖子凉凉的。

"你愣着干吗，赶紧坐下！"一脚勾个凳子推到我面前，脸上诡异的笑容还是没有消失。

本着能坐着绝不站着的原则，抱着好死不如赖活着的信念，默念着"十八年后又是一女汉子"，我壮士断臂般一屁股坐下。

"队长，我……"与其让他兴师问罪，还不如姑奶奶我自己招了吧，至少主动权还在我手里不是吗？"今天……"

"易珊啊，昨天的新闻稿你写得不错，你看，都上官网首页了。"队长打断了我的话，然后把手机递给我看，"你想说什么？今天怎么了？"

"没、没什么，就今天天气晴朗，鸟语花香，真是个难得的好天气。"我接过手机，装模作样地看着，偷偷为自己逃过一难窃喜。

他明显有些不信，不过这时正在兴头上，他也不再问下去，只是勉励我再接再厉，再次给我强调宣传工作的重要性，提醒我一定要记得把工作简报给贾书记发过去，我点头称是，转身准备要走，他又让我叫闵敏过来，他们一起去赶集卖菜，当然，这种好事儿沫音怎么可能放过，硬是死皮赖脸地跟着去了。

青椒炒土豆丝、腊肉炒土豆片加上一盆粉丝，这就是我们的中午饭，不过在这样的条件下，又劳累了半天，一个个儿的端着碗埋头就吃，吃得差不多了，才反应过来盐少了。陈叔叔笑着给我们加了盐，一个人坐在旁边的石凳上"吧嗒、吧嗒"地抽着旱烟，我们让他跟着一起吃，他说家里还有一双儿女，也在补习班上课，待会儿回去一起吃。我们也不好强求，只得由他。

吃完饭回屋子休息，"雨花石"的伙伴儿也回来了，一群女生兴致勃勃地谈论着上午发生的趣事儿，我提桶接了水蹲在门口洗换下来的衣服。

"姗姗，顺便帮我洗一下，相信你不会拒绝的，嘿嘿。"沫音一脸嬉皮笑脸地询问我的意见，我还来不及反对，已经把衣服、裤子、鞋全给我抱来放好拍屁股走人了。

得，我除了认命还有什么办法，反正我就"小白菜"的命，也不指望翻身农奴把歌唱的一天。

"音乐班上有一对姐弟，姐姐对她弟弟可真好，给他背书包，削铅笔，送他上厕所，他弟弟还挺凶，一点儿不高兴就哭，人小姑娘也没不耐烦，啧啧，明明才八九岁的孩子，表现得跟个大人似的。"梦琪若有所思地说道。

"这算什么"苏茉插过话题，"以前我读小学的时候，我们班一个女生，每天背着弟弟上学，因为不好坐着，只好拿着课本站在教室最后面，弟弟一哭，连忙放下课本出教室去，等他不哭了再回来，就这样，她都还能每次考全班第一。"

"我要是也有这样一个姐姐，那可真是太美好了，不过呢，姗姗，我有你就够了。"沫音听完感叹道，一脸向往的样子。

"谁要有你这么一个妹妹，不得气死才怪！"我打击她道。不是我见不得这丫头，而是按这丫头"三天不打，上房揭瓦"的个性，谁要当她姐姐绝对气死，成天一幅可怜兮兮的样子，然后穿我的衣服，戴我的帽子，用我的行李箱、护肤品不算，还得给她洗衣服，我真想仰天长啸，我上辈子到底是造了什么孽。

可是这丫头当作没听见，躺在床上敷起面膜来，美其名曰要修复一下今天赶集被太阳灼伤的皮肤。

八卦

"今天我看到'雨花石'他们摆的书摊了。"闵敏神神秘秘地说道。

这世上，有一种动物，时常胡思乱想、挑三拣四，酷爱口是心非、朝令夕改，还爱凑热闹、追求时尚，更是将"食色，性也"发挥到极致，没错，这就是女人。

"在哪儿在哪儿？"有句话果然说得不错，异性相吸，同性相斥，这不，一关于男人们的消息，这群女生就如狼似虎的开始刨根问底了，不是说我们内部没有雄性，而是在这个看脸的社会，没点儿颜值是不行的，所以我在十八岁颜值定性以后，索性就破罐子破摔，在老妈天天骂我没个女生样的话语里，我依旧不爱裙装爱戎装，不爱长发偏偏爱短发，不爱高跟鞋爱运动鞋，学不会静如处子，就来个动如脱兔，但是，即便我已经长残了，但请相信，对于一个心理健康的成年女性来说，我还是不能免俗地喜欢帅哥，尽管不能收为己用，但饱饱眼福还是可以的。

闵敏拉张凳子来坐着，摆开龙门阵架势，吊足了好奇者的胃口，正当她觉得差不多该说时，人家沐音开口帮她说了。

"出校门口左拐直走半个小时路程即可看到。"沐音这小丫头的一颗芳心还挂在尹阎王身上，所以对于别的花花草草就没心思了，一反众人激动的样子，倒杯茶来慢慢抿着，等她喝高兴了，再缓缓道来，我从来没觉得她如此装过，急得姐姐我忍不住想把带水的衣物扔她脸上。

"那你说说他们都干些什么？就守着书摊？这么多人围着书摊打转，肯定轻松得很。"梦琪唧唧喳喳地说着，"真是羡慕他们，唉，我们就是苦命啊。"噘着个小嘴儿，不知道的还以为我们队里虐待她，重活累活全让她一个人做了。

"一边自怨自艾去。"一向在自己世界畅游的代曼一屁股将梦琪挤到旁边去，凑上话来，"给我说说小眼睛干吗呢？"

"小眼睛？"众人一下懵了。

"就是那个沐陈逸啊，你们没觉得他眼睛很小？随时给人一种没睡醒的感觉？"代大姐一脸"你们真笨"的嫌弃表情看着我们，"你们没觉得他很可爱吗？小眼睛、圆眼镜、胖脸蛋，一看到他就想开他玩笑。"

没觉得，只能说，大姐你的口味太重了，怪不得和尹阎王是一对儿。这是此时此刻除她以外众人的一致看法。

一提及"雨花石"实践队的男生，毫不意外的，闵敏马上跳了出来，"我还是更喜欢清歌，温文尔雅的，光是跟他说说话我都醉了。"还用双手拖住小脸蛋，摆出"薛杉杉"的招牌卖萌动作。

"我也觉得，我也觉得。"清歌粉丝二号也赶紧举双手赞同。

"我倒是觉得尹易不错。"晓夏也加入我们的讨论，"虽说长得不帅吧，但也不算丑，而且人家能力在那儿摆着，刚好符合带得出去，带得回来的标准。"边说还伸出手指挨着我们扫过，"你们谁要是看上了就给我说一声，我做主把他许给你们。"

这话一出，众人马上盯着代曼，大家都知道尹易和晓夏是从小一起长大，这两天也对她和阎王嘻哈打闹的相处方式见怪不怪了，所以对她的话倒没有大惊小怪，大家更关注的是代曼的反应，可是代曼的反应显然让大家失望了，只见她一副"事不关己高高挂起"的表情，没有半点儿不好意思，甚至还露出了一丝厌恶的表情。这倒让我想起了昨天晚上的事，虽然他们都说我是梦游了，可是我就是不相信。

"我还是对夏至比较感兴趣。"倪端不开口还好，这一开口，众人马上甩给她一脸"你丫的重口味""你丫的已经无药可救"的表情，别说他们接受不了，就连我，光是想想夏大哥走起路来那个扭捏样，还有他那句"哎哟哟"的口头禅，我都忍不住全身起鸡皮疙瘩。

"我只是说感兴趣，又没说怎么样。"众人的反应让倪端急了，赶忙拍桌子澄清道，"姑奶奶我是有男朋友的人，别把我想得那么龌龊，我只是……"她急切地想找个借口来解释，怎料，一不小心，"哎哟"一声，咬到自己舌头了，说话也不利落了起来，"平时逗他玩儿还是挺好的。"

别的我们没听进去，但关键字眼"男朋友"这三个字还是听得很清楚，这不，众人开始审问起来。

"看不出来，你小姑娘还有内情，给俺如实交代！"首先开口的小洛，手按在桌子上一撑，屁股潇洒利落地坐在了桌子上，二郎腿一翘，梦琪狗腿地递给她一个衣架，"刷刷"的在空中挥舞两下，"啪"的一声打在桌面上，"坦白从宽，抗拒从严。"

"台词不对。"沫音幸灾乐祸地插嘴道，抬腿站在小洛旁边，"咳咳"清了清嗓子开口道"我是叶良辰，我命令你如实招来，我让你招你就招，你若是感觉有实力跟我玩儿，良辰不介意奉陪到底，呵呵，我会让你明白，良辰从不说空话，因为，我的地盘我做主。"说完四下看了看，最后从床下找出一只拖鞋学着小洛的样子狐假虎威一把。

"赶紧招……"

"免得受皮肉之苦……"

……

言情狗血剧

在众人的威逼胁迫之下，倪端终于开口了，原来她男朋友是和她一起长大的，算得上青梅竹马，可是倪端父母出车祸去世之后，男生家长就不准他们来往，后来男生爸爸做生意发财了，去年在外地买了房子，全家搬了出去，两人只能悄悄联系。

我去，又是一出言情剧，具备了车祸、豪门、地下情、王子配灰姑娘等必备因素，可是我们却不能做到像看言情剧那样笑笑就好。

"我很爱他，我知道他也很爱我，可是，现实不像言情小说，不是灰姑娘和王子最后都能在一起，即使在一起了，两个人悬殊太大也不会幸福……"倪端没有了往日如花的笑容，窗户投过来的阳光打在她脸上，眼角的阴影遮蔽了所有的光芒。

"那你，你是要准备放弃吗？"苏茉打破了众人的沉默。

"我想过放弃，尝试着不和他联系，可是第三天他就跑到学校来找我，那天下着雨，他就一直站校门口，我不去他就不走。"说着，倪端哭了起来，哭声越来越大，像一只小锤子，不停地击打着我们的心。

我无法对她的舍和不舍的纠结感同身受，只是一方面羡慕她有个如此爱她的人，一方面又为他们艰难的爱情而唏嘘。

一直坐在床上玩电脑的元瑶站了起来，走到她身边，从兜里找出一张纸给她擦着泪水，"这世上有很多的无奈，你除了接受还有什么办法，况且，这世上没有谁少了谁就活不下去。"说这句话的时候她依旧木着一张百年不变的脸，真让人怀疑她是不是整容了没有表情包。

"哎呦，别哭了，你好歹还有个人爱你，我倒贴都没人要呢。"梦琪也搭话进来，"好歹本姑娘也是有着貂蝉的容貌，王昭君的大义凛然，杨贵妃的身材，西施的妩媚，可惜啊，长得太美也是一种错，二十出头仍旧待字闺中。"

"噗"听着她自吹自擂的话，大家实在忍不住笑做一团，连哭得正伤心的倪端都破涕为笑，元瑶漠然的表情也有一丝松动。

"我看你除了有杨贵妃的身材之外，别的都没有。"突然，尹阎王的吼声从外面传来，"还不赶紧休息，下午的事情还多呢，到时候可别给我呵欠连天。"

大家忍住笑意回各自床上躺好，等外面的脚步声一消失，又小声地叽叽喳喳起来，我昨晚没睡好，这会儿眼皮像胶水沾上了一样，也懒得脱衣服，就这样倒在床上睡死过去。

睡得昏昏沉沉的，耳边传来杂乱的穿衣服的声音，想睁开眼皮看一下，可是这该死的眼睛就像坠了千斤的石头一样死活睁不开，试着动一下身子也不行，只能任由意识感知。

嘘，有人在说话，还有脚步声。

"你怎么了？"这人声音好熟悉，但是我就是一时无法和主人对上号，"给，喝杯水。"

"没什么，你睡吧。"另外一个人说道，然后就是床摇晃的声音，"不用管我，我自己待会儿就好。"

"那我陪你聊聊天吧。"我终于听出来了这说话的人是谁——闵敏。"你为什么来这儿参加社会实践呀？我看你不像是为了那点素质学分来的吧？"尽管她尽可能压低了声音，我还是听到了她的招牌语气词"呀""呢"。

然后是一阵沉默。

过了好一会儿，另一个人才开口，"我是来找人的。"这应该是她不可碰触的伤疤，一提起声音也开始哽咽起来。

啊啊啊！谁来解救一下我，不然我听了什么不该听的秘密就怪不得我了，我在内心大声地呐喊，可是这身体器官就像借出去了一样，任由我怎么呼喊就是发不出声音来。

"找人？"闵敏完全没有点到为止的意思，反之还充分发挥了"打破砂锅问到底"的精神，我的耳朵也只能被迫地偷听下去。

"不说了，起床收拾吧，下午事情还多呢。"然后是一阵轻微的穿衣服的声音，"我出去走走，等会儿你记得叫他们起来。"

不一会儿，尹阎王勾魂夺命的嗓门响起，我的身体和意识也终于归于一体，赶紧一跃而起，可是，你知道这世上什么事儿最耐不住寂寞？那绝对非倒霉事儿莫属，它们从来都是成群结队、拉帮结派，从不肯独立作战，这不，屋漏偏逢连夜雨，说的就是我，两秒钟之前还未从迷糊的痛苦中解脱，这会儿又龇牙咧嘴地承受着抽筋而不敢动的痛苦。

沫音忙跑过来试着给我揉腿，元瑶直接过来一把推过她，捏着我的脚踝用力一扯，哎呀妈呀，那痛苦的滋味，怎一个爽字了得。

我试着站起来，一点儿痛感都没有了，正准备开口道谢，她已经开门出去，万年冰山脸依旧冷得吓人，很让人怀疑，她要么天山雪女转世，要么魂魄已经离开了肉体，用一个词来形容就是"行尸走肉"。

不可避免的，我又遭到了尹大神的一通臭骂，幸亏我脸皮厚，要是想不开出校门右拐直走五十米，"扑通"一声栽进池塘里，估计尹大神也无动于衷。

下午又是一通忙活，刚把前三天的工作简报打包发给贾乡长，伸了个懒腰，脑袋昏昏沉沉的，正准备趁着没人眯一会儿，外面的吵闹声又把我从睡梦中惊醒。

我差点破口大骂，对于我来说，人生最大的痛苦就是想睡的时候没办法睡。该睡的时候失眠，不想睡的时候被人逼着睡，今天诸事不顺，真想提块砖头出去往罪魁祸首头上一碰，然后回来继续梦我的周公。

"姗姗，姗姗……"脑袋还没完全清醒，沫音鬼吼八叫的大嗓音在耳边响起，"出事了！出事了！"

到底是火星撞地球了，还是外星人入侵了？抑或是冰山融化淹到学校来了？至于这样考验我的耳朵承受能力吗？

心里不爽归不爽，但我也清楚我现在的身份，尽管连临时教师都算不上，但人家出家人都知道当一天和尚撞一天钟，何况姐姐我这才高八斗、兢兢业业，从小立志成为人民教师这一光荣职业的接班人的辛勤园丁呢？还是拉开门走了出去。

这世上有一种特殊的群体，你烦她恨她，但又爱她怜她，对于她们来说，护犊情深、无理取闹是天性，大吼大叫、舌灿莲花是本事，这就是妇女，如果非要再描述得准确一点儿，那就是泼妇了！

这不，我这脚刚跨出会议室，一串串龌龊难听的话语就拼命往我耳朵里钻，实在是挑战我的耳朵承受极限！

"今天你们非得给我一个说法，我算是看出来了，你们纯粹是挂羊头卖狗肉，打着支教的口号，干着不要脸的勾当。"因为隔得远我只闻其声不见其人，校外看热闹的人群围作一堆，这会儿又正值下课时间，看热闹不嫌事多的孩子们也凑上前去，里三层外三层的，黑压压一大群。

"还说是什么大学生，别欺负我农村妇女不长见识，有你们这种大学生，这国家都得被你们败完了，一个个的，打扮得花枝招展的，小妖精似的，到底是来教书的还是来勾搭男人的？"这女的还越骂越来劲儿了，气都不带喘一口的，出口的话却像垃圾一样一句比一句难听，还懂得充分发挥弱者优势煽动观众情绪，如果是平时在大街上遇到这种情况，我说不定还会拍掌叫好，可是她骂的是我认识的人，甚至还把我也骂进去了，士可杀不可辱！

这会儿我也从沫音的口中了解了事情缘由，原来这正在骂人的人是那天餐馆的那个唐三，因为昨天苏茉和梦琪去看跳健身操的场地回来肚子饿了，在他们馆子里吃炒饭时苏茉随口和她老公聊了几句，后来两口子吵架，平日里忠厚老实的老公还了几句，最后还摔门出去，而且还彻夜未回，凭着妇女的天性判断，苏茉就成了"勾引"他老公的小妖精。苏茉虽然是体育系的，皮肤稍显黝黑，但给人一种别样性感。昨天上完课，她没将运动小背心换回来，愈加显得身材高挑。由于平时跳健美操的原因，她说话做事比一般的女生出落很多，总是很容易让人一眼便心生喜欢，更别说旁边还有一个胖乎乎的梦琪来衬托，倒不是说梦琪长得丑，而是这小丫头一看到吃的就两眼放光，毫无半点儿形象，再帅的男人在她面前还没有食物有吸引力。

"你别闹了，我们回家去。"她男人的声音响起，弱弱的，俨然又是一个"妻管严"，这种人就算有贼心也没贼胆，真怀疑沫音口中那个摔门而出的男人会是他。

"回去？这会儿你要脸了？眼睛长在她身上去的时候怎么不觉得丢人？还在老娘面前含情脉脉的，当我瞎的？我说你怎么长脾气敢给我甩脸子了，原来是已经和这狐狸精勾搭好了……"然后群情激愤，时而传来一两声代曼、倪端、杨扬他们的声音，不过碍于我们来之前学校的规定，不能和别人吵架斗殴，即便再气愤也只能憋着。

"队长呢？"我边跑边问沫音，尹阎王虽然对我们比较苛刻，但怎么也不至于对这件事袖手旁观吧。

"刚才李书记找他有事出去了。"

"臭女人！老娘把你脸撕烂，看你还出去勾人！"只见里面人头攒动，不一会儿苏茉披头散发地跑了出来，后面唐三举着高跟鞋光脚板追着，代曼拉着她，不过代曼平时再怎么厉害，对于这种油盐不进的人也没办法。

不过我是谁？从小在骂声中长大的，比这更不堪入耳的话我都听习惯了，而且还能运用自如，过去二十年的斗争经验告诉我，对付这种人，你只有比她更无理取闹。

眼一瞟，正好墙角有块砖头，捡起来掂了两下，好家伙，够分量，无视沫音惊讶的目光，我一嗓门吼了过去，"都给我闭嘴！"

或许是我声音太大，或许是我举着砖头的样子太吓人，刚刚还像菜市场讲价还架的众人一下子鸦雀无声，就这样看着我板着一张脸走过去一把将梦琪拉到我的身后，然后把唐三手中的高跟鞋接过来递给沫音，顺便把砖头递给杨扬，让他赶紧拿去丢了。

"没天理了，大学生打人了！我不活了！"这女人一回过神来，马上一屁股坐在地上呼天抢地起来，"你有种往我头上砸啊，最好往这儿砸，一砖头砸死了我最好，正好成全了他们这对狗男女！"

得，这会儿还喘上了，真当我们是软柿子，任由你揉捏来着，给你点儿颜色你就开染坊，老虎不发威你真当姐是病猫！

反　击

酝酿了一会儿情绪，在她再度开口之前，我先开口了，"哎呀，大爷大娘们啊，我们人生地不熟的来到这里，劳心劳力的给你们教娃儿，吃不好睡不足，我们也没什么抱怨的，都说一日为师终身为父，我们不指望你们对我们多好，可是，总不能把我们隔离起来，话都不能跟你们说一句吧。"为了达到声情并茂的效果，我还咬牙趁人不注意使劲掐了大腿一下，没想到用力过猛，眼泪一下子"飚"了出来，边哭还很没形象的用袖子一顿乱擦，要多可怜有多可怜。

"就是啊，这群孩子还真挺可怜的。"

"唐三，可能是你想多了吧，这孩子一看就挺老实的。"

"人家大学生来这儿受苦受罪的，我们还冤枉他们……"

……

一时间，刚才还对苏茉指指点点的乡亲们开始变得义愤填膺，当然，针对的人是唐三。

"你，你胡说！"唐三见形势不力，开始急了起来，"乡邻们，你们也看到了，刚才她还拿了砖头想砸我，要不是你们看着，这会儿我估计已经躺地上了。"

"大娘！"我无语地叫了一声，虽然这称呼完全是为了讽刺她，"我拿砖头只是好玩儿而已，而且你看，我现在手里什么都没有，怎么可能砸你。"伸手接过沫音手里的高跟鞋，提到跟前打量了两眼，"如果我没记错的话，这应该是您的，再看我们队友这副样子，应该是你砸我们才对吧？人证物证俱在，当然，这可能只是您跟我们闹着玩儿而已，您说是吧？"

我已经给她台阶下了，再不息事宁人那就是她不知好歹了。

"好，很好！"沉寂了两秒钟后她紧紧咬着牙憋出几个字，那一口银牙估计也快被咬碎了。"我们走着瞧！"

说完上前一步扯过我手里的高跟鞋埋头穿上，我俯下身子在她耳边低语了几句，听完我的话她身子明显一震，然后一拐一拐地迅速逃离我的视线。

我果然没猜错，这件事是她的小辫子，我看她以后还敢不敢没事儿找茬了。

围观的人群迅速散了，孩子们也各回各班，剩下几个队友中除了沫音外，其他人用一种很奇怪的眼神看着我，不是佩服也不是抵触，而是惊讶，当然，换作我身边有一个平时不声不响、"唯唯诺诺"的人突然大爆发，那么我要么送她去精神病院，要么自己去医院看看眼科医生，毫无疑问，此时他们正是这样的感觉。

"该干吗干吗去，别杵着了，沫音，扶苏茉回寝室整理一下。"我实在受不了他们的眼光，那样子好像我是珍稀动物，只待把我捉去研究所好好研究。

"队长回来怎么交代？她要是去李书记、贾乡长那儿告我们怎么办？"还是田宇脑袋转得快，立刻提出了这个大家都担心的问题。

我笑了笑，冲他们摆摆手，见他们一副疑惑的样子，有些事情说得太直白就不好玩了，只好甩给他们一句"队长那儿我去交待，至于李书记、贾乡长那儿就不用担心了，她绝对不敢跑去告状的。"然后迅速撤回会议室。

趁着空隙给老爸打了个电话，小学已经放假了，家里这两天除了挖土豆也没其他忙的，老两口还挺清闲的，这两天他正在看我给他在网上买的《莎士比亚全集》，随便跟他讲了一下我这边的情况，老爸反复嘱咐我自己在外注意身体、收敛性格，我"嗯"了半天正准备挂电话，老妈声音传来，毫不意外的，第一句问的就是"沫音可好？"等我再三向她确认沫音能吃能喝，过得潇洒灿烂之后，我的亲亲老妈才想起我这亲身闺女，照旧是一顿数落，让我注意这儿注意那儿的，絮絮叨叨的，我都怀疑她是不是到了更年期了。

刚挂了电话打开电脑，尹阎王推门而进，我忙正襟危坐打开电脑假模假样地浏览起网页来，尖着耳朵听到旁边椅子拉动的声音，然后好半天没有动静，我偷偷瞟了一眼，队长双手抱头埋在桌子上，看不清他的表情，但空气中散发着一丝若有若无的抑郁。

阎王的反常让我警钟大作，难不成他已经知道了我的"英雄事迹"，然后想了很多个惩罚我的方法，正在纠结哪个可以更好地杀杀我的威风？还是觉得我野性难驯，准备将我放养，等到一定时机直接砸杀？

那我是应该畏罪潜逃还是慷慨就义？抑或是抱着侥幸逃脱的心理得过且过，指望阎王高抬贵脚？这又是一个问题。

时间一分一秒地过去，就在我以为他已经睡着了，为我的小命暂时保住了而沾沾自喜的时候——

"易珊！"我正蹑手蹑脚地准备逃出去上个厕所，一声叫唤吓得我差点儿尿裤子，赶忙三步并作两步回到原位坐好。

夏至未满

"在呢，在呢。"定睛一看，好小子，还闭着眼呢，原来是说梦话，可是，我怎么在他梦中？他不会在梦中提把菜刀四处追杀我吧？怪不得刚刚的喊声中气十足的，不过我好像也没做什么十恶不赦的事情吧？何况我也是为了解救小伙伴于水深火热之中，一没杀人放火，二没翻墙越狱，就算是对乡亲态度不好，那也是他们逼得好吗？至于做梦都不放过我吗？

"真是有够小肚鸡肠的，到底还是不是男人了？"我撇了撇嘴，忍住往他脸上挥拳头外加吐口水的冲动，站起来再度小心翼翼走出门，然后以百米冲刺的速度向厕所跑去。

独处

"成天唠唠叨叨的，你烦不烦啊，我都多大了？还把我当你的玩具，给颗糖果我就给你摇摇尾巴？"

刚跑到厕所门口，元瑶讲电话的声音让我及时刹住了脚步，就这语气，啧啧，火药味儿甚浓，完全不符合平日里她波澜不惊的性格。

"对了，我卡里的钱快完了，记得给我打在卡上。"似乎又想起了什么，"不准进我的房间，更不准动我的东西。"

我算是听出来了，感情她是和她父母在讲电话，可是哪家子女跟父母要钱是她这种态度？就这两天的相处下来，尽管她总是一副不食人间烟火的样子，但对我们还是挺好的，私底下更是偷偷干了不少事儿，比如每次开完会扫地啊，帮陈大叔洗碗啊，我们甚至私底下还打趣她是背后默默付出的女人，这会儿，我真不能将刚才听到的话语与她本人联系起来。

人有三急，姑奶奶我实在憋不住了，清了清嗓子咳了两声，隔了几秒，估计元瑶已经整理好了，我才抬脚走了进去，装作什么都不知道跟她打了声招呼，元瑶面色坦然，并无半分不妥，这倒让我不知所措起来，就像小人无意听了君子的秘密，君子没什么，小人倒不安起来了。

"你没事儿吧？"怕我不明白她说的什么，特意补上一句，"我指的是，老大没责备你吧？"

"没事儿，我什么样你还不清楚吗，别的没有，脸皮倒可以和墙壁相媲美了。"我笑呵呵地掩饰刚刚的不自然，既然她都不介意，我又何苦自己给自己找堵呢。

这会儿已经是傍晚了，天气异常闷热。没有一丝风，树枝一动不动，只有那聒噪的知了叽叽喳喳叫个不停。旁边竹林的泥土里蚯蚓打着滚儿，成群结队的蚂蚁在搬运粮食，不计其数的蜻蜓在低低地盘旋，天空涌现一层厚厚的乌云，霎时一道闪电划破了天空，接着就是一声声惊天动地的雷声，它似乎要把整个宇宙震碎了似的……

"妹妹，快点儿走，待会儿老天爷要哭了，泪水要把你淹没的。"

"妹妹，你看，蜻蜓！"

……

哥哥的话语充斥了我的耳膜，雨还没开始下，我已经满脸泪水，泪眼蒙眬，那些记忆的碎片一片片地拼凑起来，越来越清晰，痛苦如潮水般席卷而来，瞬间将我淹没在记忆的深渊中。

"砰"的一声，额头和肋骨相撞的声音将我从对哥哥的记忆中拉回，我才后知后觉地感觉到额头上传来的痛。

"对不起，对不起。"埋着头不住地道歉，跟个点头机器一般。

"这道歉也太没诚意了吧。"调笑的声音传来，熟悉的声音将我出窍了的魂魄拉回了身体，不好意思地抬头，清歌似笑未笑的脸庞映入了我的眼帘。

"怎么哭了？"声音一如既往的清冷，可是在这电闪雷鸣之际我却觉得分外的温暖，好听得让我一下愣住了神。

这句话，他也对我说过。

怎么哭了？"

"我们当朋友吧。"

……

在我最伤心的时候，他的话语就像一道雨后的阳光射进我冰冷的心房。

可是自从他失踪以后，这些话就被我藏在了记忆的深处，时间一久，即便偶尔夜深人静回首过去，那块渐渐愈合的伤疤，也仅仅只是个印记。

"喂！"清歌伸手在我眼前晃了晃，"怎么又失神了？这是不礼貌的行为哦。"

清歌从来不是一个话多的人，对人对事习惯平常心对待，可是从第一次在车上看到面前这个姑娘，以后每每看到她迷糊的样子总是爱多管闲事，虽然他并不是太注重女生外表，可是就她这种长得普通、牙尖嘴利，时时在状况之外的女生怎么也不符合他的审美，刚刚在书摊上听到路上说起学校的事，也知道她已经解决了，心里还是不放心，这不，一收摊就急匆匆地跑了回来。

"没事儿，想到了一些事情而已。"我挤出一脸笑，自认为端庄有礼地回道。

这时下起了小雨，雨丝洒在脸上，凉悠悠的，我才反应过来我和他还站在操场上，抬眉看他依旧眉角带笑的模样，丝毫没被这天气所影响。

陌上颜如玉，君子世无双。

脑海里突然想起这句古诗，虽然是评价古代才子俊男的，但此时用在他身上却没有半分的不合适。

真是有够迟钝的，心里自嘲了一句，男生都喜欢迷糊的女生，因为这会让他们充分发挥保护欲，可要是让他们遇到我这种傻傻的，估计得把他们吓跑。

"傻笑些什么呢？一会儿哭一会儿笑的？不会真傻了吧？"

"你才傻了，下雨了也不知道找地方躲一下，姐姐我真伟大，还陪你淋雨，赶紧感恩戴德吧。"看着他的笑容，心里的阴霾都驱散了，这下又恢复了平时的牙尖嘴利了。

"你们就下班了？"我和他坐在教室外的凉椅上，淅淅沥沥的雨点打在树叶上的声音格外的清晰，对面的教室传来"让我们荡起双桨，小船儿推开波浪……"的歌声，还有武术班时不时传出的"嘿、哈"的声音，欢声笑语让这雨中的校园分外的和谐。

"恩。"旁边传来他的鼻息声，轻轻浅浅的，明明隔我有一臂的距离，可我却觉得他好像伏在我的耳边，脸蛋烧乎乎的，都可以烙烧饼了。

"你们真轻松！"找不到别的话题，也不想再次陷入沉默，只好随便说着。

"也并没有你说的那么轻松，大太阳的，热得快出痱子了，还得挨家挨户地发动乡亲们，腿都快跑断了。"

"呵呵。"原谅我此时幸灾乐祸的笑声，"要下课了，我先去维持秩序去了，拜拜。"我站起来说了声"拜拜"便向校门口跑去。

看着她匆匆跑开的身影，风中飘扬的马尾辫和记忆中的一些碎片重合在了一起。

"飞飞哥哥，飞飞哥哥……"

那个在自己梦中出现了很多次扎着马尾辫、小脸脏的像花猫的小女孩又涌上心来。

"飞飞哥哥，你不要我了吗？"

风声、树叶"沙沙"声、哭泣声、呼喊声……，明明如此陌生，却又似乎似曾相识。

或许自己真的和她有某种联系吧，既然时机未到，自己也不必强求，谁知道缘分是不是见鬼了呢。

百人齐跳健身操

今天是来到山城乡的第三天，正式支教的第二天，开展"百人齐跳健身操"的第一天，匆匆吃完晚饭（苏茉和梦琪因为是领跳，所以提前去了场地），一群人有说有笑地赶去敬老院外边的坝子。

到的时候苏茉她们已经在热身了，大音响放着青春活力的音乐，吸引了街上的行人，三五成群地摆着龙门阵，敬老院的老人们搬了凳子坐在各自的房间门口，笑得眼角都眯了起来，布满皱纹的脸上尽是慈祥。

过了一会儿，贾乡长姗姗而来，圆滚滚的肚子把宽松的运动服撑得满满的，两撮小胡子一抖一抖的，眼角一颗大黑痣，好似害怕鸽子在上面打滑伤及无辜，时不时地用手去摸一摸光秃秃的头顶，李书记鞍前马后地听候差遣，这次估计是出门着急了，他竟然没带上他的道具，也不能随时挎在手臂上，说话时拿出来指点江山了，不停地说着"小心脚下"，倒让我想起了我家隔壁王二奶奶教小孙子走路的情景，只是把"小祖宗，你小心点儿"改成了"乡长，您小心点儿"而已。

自然地，尹大神上前发挥他卓越的交际才能，首先解释这次"百人齐跳健身操"活动的安排，感谢乡里和村里对这次活动的大力支持，以及对贾乡长和李书记的前来表示诚挚的谢意，最后请领导发表一下意见。

"倒弄得像我们自愿组织这个活动一样，狗腿。"沫音凑过来在我耳边上悄悄抱怨道，她正好说出了我的想法，本来就是贾乡长自己提出来的，我们只是给他们当义务劳工而已，现在倒成了他们配合我们工作，我们还得感激涕零。

"我看啊，这又是个面子工程，看到没有，县城的记者都来了，搞得好像挺隆重的，不过在我看来，这完全是吃饱了撑的没事儿干，就一个小村子，白天干农活已经够累的了，你还指望人晚上来给你跳健身操？今天第一天还好说，大多都是来看热闹的，明天估计就没什么人了。"刘琦撇了撇嘴，操着一口流利的东北口音嘲讽道。

"牛气，说这话可得小心点儿哦，你家老大听到了又得批斗你了，到时候拉你出去枪毙十分钟再拉回来五马分尸就有的你小子受得了。"田宇也凑了过来提醒道，"有些话放在心里就好，反正我们又待不了几天，人家要怎样折腾管他的，我们做好自己的本分就行了。"

"那你说，扰民也是我们的本分工作？"元瑶站在一旁插了一句，"人老爷爷老奶奶晚上睡得早，我们在这儿弄个大喇叭天天晚上放着，还让不让他们休息了？"

元瑶绝对是气氛制冷剂，刚刚还讨论得热火朝天的，她一句话扔来，顿时气氛就冷了下来。

可是谁让这是领导安排的呢，面子是他的，我们充其量就是个充面子的，没做成怪我们，做好了算他的功绩，可是问题是，让我这种平日里只会舞刀弄枪的女汉子在大庭广众之下跳健身操，真是光着屁股拉磨——转着圈的丢人。更何况我还有表现恐惧症，一让我当着众人的面表演节目啥的，我就巴不得晕过去。

自从知道要跳健身操这件事情以来，我是逮着机会就在尹大神面前求他放我一马，可是这人拽得千八百的，每次就看着我说得可怜兮兮的，最后甩我六个字，"必须跳，没价讲"，让我无语问苍天。

滚你丫的尹易，老娘说不跳就不跳，看你能把姐姐怎么样。魔高一尺道高一丈，反正我是写新闻的，拿着相机拍照你总没话说了吧。

心里得意地打着小算盘，美得不行。

"姗姗，你在想什么呢？"突然一个人一下子跳过来从背后抱住了我，把我吓得不行，扭头一看，小洛正嬉皮笑脸地看着我。

"没个正经样。"伸手在她头上敲了两下，无奈地说道，这丫头自从跟我熟了之后，成天说着"人家都说一日夫妻百日恩，我们俩都睡在一张床上几晚上了"，然后学着沫音尽情地剥削我，连吃饭时饭碗空了，直接往我手上一递，我只好认命的给她打饭去了。

"你这可是对师姐的不尊重，中华民族几千年的尊老爱幼的优良传统都没学会，真是孺子不可教也。"翘着兰花指，学着闵敏的口气嗲声嗲气地说道，得，又是一个给点儿颜色就开染坊的人。

"我倒是想尊老，可是您老人家爱幼了吗？何况，本来就是小屁孩儿一个，年龄还没我大呢，成天让我叫你姐姐，你也不怕折寿。"都怪我老爸，小时候非说什么让我大点儿去读书更能学好，硬是让我多玩了一年，搞得我从小学到现在，永远比班上的同学大一岁，再加上小洛智商高，从初二直接跳级高二，更是比我小了好几岁，可是因为她已经读大三了，硬是逼着我叫她师姐。

"说什么呢？我也来听听。"梦琪跳到我们面前，手里拿着一包薯片，"嘎吱、嘎吱"地吃个不停。

"就知道吃吃吃，都快胖成猪了。"实在是对她无语了，都快开始跳健身操了，作为领跳的她竟然还在争分夺秒地吃个不停。

"还说呢，茉茉姐都不让我吃晚饭，肚子都在闹革命了，这让我怎么跳嘛。"梦琪一张胖脸皱得跟团纸一样，不知道的还以为我们虐待她不给她饭吃呢。

"你看这衣服都快被你撑爆了。"沫音伸手去捏她腰上的肉，"你看，一坨坨的，丢锅里都能熬一大锅油了。"

"就是。就是，我都找不见你腰在哪儿了。"

夏至未满
071

"再胖下去你就没人要了。"

"看到你，我想到我家小白了。"

……

梦琪的悲哀

女生们凑在一堆，一句比一句厉害的打击的话不停地变成炸弹向梦琪飞去，"噼里啪啦"的炸得她体无完肤。

"得了，还是乖乖给我吧。"我笑着伸手接过薯片，"正好我没吃饱，"掏出一块扔进嘴里，"沫音，你也来一块，给给给，大家都抓点儿。"

"唉唉，梦琪，你过去点儿，姐姐我帮你把这万恶的根源给解决了。"闵敏不怕死的一屁股将她挤到旁边去，还大义凛然地给了她一个理由。

"啊、啊、啊，你们太过分了，我不管了。"梦琪实在受不了了，重新挤进人群来抢薯片，"呜呜，你们怎么可以这样对我？"可是，只剩一个空袋子了。

就在我们以为她已经"山重水复疑无路"时，没想到这丫头又从包里掏出一包辣条吃了起来，为防我们再抢，还特意跑到老爷爷老奶奶身边去，见我们无奈的表情，扬起一副胜利的表情看向我们，那样子，要多欠揍有多欠揍。

看来，梦琪减肥之路遥遥无期了，众人只能在心里默默哀嚎，她已经在成为大胖子的路上一去不复返了。

"雨花石"实践队的人也来齐了，即便大家心里对在大庭广众之下跳舞十分膈应，但是晚上七点整，贾书记一声令下，众人还是不情不愿地跳了起来，作为技术担当，苏茉和梦琪自然是站在最前面的，贾乡长和李书记夹在其中，还有几个辅导班里的小孩子也参与了进来，而我侥幸逃过一劫，举着相机三百六十度无死角照相。

Hey!

(Hey)

I want you to want me

I need you to need me

I'd love you to love me

I'm begging you to beg me

I want you to want me

I need you to need me

I'm begging you to beg me

Shine up your old brown shoes

Put on a brand new shirt

Get home early from work

If you say that you love me

Didn't I, didn't I, didn't I

See you crying?

……

  在乡村的敬老院大跳健身操也就算了，还整了首英文歌曲，连我这个好歹上过几年学的人都听不大明白是什么意思，你还指望旁边看热闹的大爷大妈们能接受这所谓的时尚？

  一群小姑娘小伙子中夹着两个中年男人，还都挺着个像怀孕三个月的大肚子，特别是贾乡长，本来身材就肥硕，这一跨步、向上跳、V 字步，可真是够难为他的，被衣服勉强撑住的肥肉这一运动也跳了出来，一坨一坨的，十足的像菜市场肉摊上最不受待见的大肥肉，更别提他还长了两条小短腿，一蹦起来，脚不离地，身体震动倒是不小，总是身体前后晃、左右摆，一个不留神，估计就得去亲吻大地了，不过人贾乡长跳得倒是挺嗨的，满脸的笑容像肉夹馍一样，眼睛眯成了缝儿，两只招风耳"扑哧扑哧"地扇着，泛白的嘴唇喘着粗气，身上的衣服像是谁泼了他一身水似的，湿得透底，都能看到他的红色大裤衩了。

夏至未满

中途休息，贾乡长早就命人去买了一提矿泉水来，李书记拿起一瓶拧开瓶盖递给坐在一旁大口喘气的乡长，又一人甩了一瓶，招呼他媳妇回家弄了条湿毛巾来亲手给乡长擦手，那样子，不知道的还以为贾乡长半身不遂呢。

　　这会儿七点半，聚集的观众越来越多，临近人家搬了板凳、端了茶水来，招呼大家坐着，挨个儿倒茶，妇女们揣了新晒干的瓜子，你一把我一把地磕着，嘴还不落闲，信息通达的年轻人说着罗大爷家新娶的傻媳妇见人就骂，聊着陈大妈的远房侄子打工在工地上死了，赔了多少多少万，话语里荤素不忌，人群中时不时地发出一两声爆笑。老人们也聚在一块儿，这个说着自家养的母鸡下蛋厉害，那个说着自家孙子在外面打工回来给自己买了衣服，家长里短中不乏自豪的语气。这跳舞的场地倒成了他们聚集摆龙门阵的最佳场所，我们跳舞的无非是给他们助兴的小丑而已。

　　"大家安静一下！安静一下！"李书记不知道从哪儿掏出一个话筒，还是不带线的那一种，站到檐坎上叉着腰，正站在旁边欣赏乡间百态的我被他突然地吼声吓了一跳，"今天是'百人齐跳健身操'活动开展的第一天，然后……"可悲的，他忘词儿了，半天也没接上，忙哈着腰把话筒恭敬地递到贾乡长手中，自顾自地"啪啪"拍手，无奈乡亲们对这种事不买账，低着头继续说着，一两百人的场合只有李书记和我们这二十个志愿者在鼓掌。

　　"嗯、嗯"贾乡长照例清了清嗓子，李书记赶紧找了个凳子，用纸擦了两遍，然后塞在乡长高贵的屁股下，乡长一屁股坐下去，不知道是他屁股太大，还是凳子早已经奄奄一息，这最后的稻草一压下去，只听得"啪"的一声，凳子应声而碎，贾乡长一个机灵往前面闪，可是他忘了前面是檐坎，小短腿儿无法够到地，这前腿刚一往前面跑，后腿儿马上跟上，眼看着贾乡长就要去亲吻水平地面，李书记伸手力挽狂澜，两个大男人扭作一团一起往地面降落，说时迟那时快，尹易他们几个男生也赶紧发挥英雄本色，硬是抓着了他们自由降落的身子。

　　"没看出来嘛，这书记、乡长还是武林高手来着。"梦琪撇了撇嘴，从口袋里摸出根棒棒糖满足地吮吸着。

　　"给你说一个脑筋急转弯。"晓夏挽着梦琪，笑嘻嘻地说道，一看她这样子，就知道梦琪又得被整了。

"说呗，姑奶奶我是谁？倾国倾城、冰雪聪明……"

"花见花开，车见车爆胎，五千年难得一见的绝世美女是吧？"小洛绝对是补刀高手，"别的我没看出来，身材倒是和杨玉环差不多。"

"你……"梦琪那叫一个气啊，顿了顿脚，小脸儿一甩，"晓夏，你说呗。"

"听好了！"晓夏不怀好意地笑了一声，然后慢悠悠地说道，"一个胖子分别从三楼和三十楼摔下来的区别。"

"噗嗤"知道答案的人都不由得笑了起来。

"什么呀！"这下梦琪是真的急了，扭头就要去抓晓夏，可是尽管她是学体育的，奈何身上肉太多，只能被晓夏逗着满坝子地跑。

为官之"道"

贾乡长也休整好了，又重新拿上了话筒，这回李书记学聪明了，自己先试了试凳子的承重，再三确定不会再出突发事故了才放心让贾乡长坐下去，然后又站到槛坎下面守着，两只小眼睛随着乡长的动作一上一下，随时做好为领导牺牲的准备，以防乡长再来一个自由降落。

真是乖儿子服侍年迈老爹的戏码，不对，估计它家老爹都没享受过这种待遇。

心里对这种狗腿行为嗤之以鼻，手下"咔嚓"几声，就把李书记这幅嘴脸给照了下来，再翻出前几天进村时他的照片对比一下，只能无奈地说一声，同人不同命啊。

"唉、唉、唉"靠在闵敏肩上的代曼冲沫音招呼道，"你不是要考公务员吗？好好学着点儿，这就是江湖上流传已久的为官之道，也就是八字真经——吹、拍、哄、贡四字真诀，以及狠、准、稳、忍四字心法，只要你勤加修炼，假以时日，绝对功成名就，到时可别忘了来孝敬师傅我。"边说还边装模作样的用手抚着下巴，好像真长了胡子似的。

"可别忘了一句话"一直站在旁边听我们讲话的元瑶插话进来，"人在江湖飘，哪能不挨刀。"然后自顾自地去上厕所，晓夏边喊"姐姐、姐姐"的边跟在后面。

"……感谢彬城师范大学的志愿者们，正是因为有了他们我们这个活动才能开展得起来，同时也希望乡亲们参与进来，每天运动一小时，健康活到一百岁。"贾乡长终于讲完话了，迫于尹大神的眼神，我也装模作样地掏出笔记本随意记了一下，当作素材。

"好！"李书记最激动，带头鼓起掌来，然后接过话筒又发表一番他的观点，"感谢贾乡长的讲话，感谢乡政府的支持，感谢彬城师范大学同学们的帮助，堰塘村一定会好好搞好这次活动，不负众望，同时我在此宣布一个决定，从明天起，每家每户都得派出一个人到这儿来参加我们的'百人齐跳健身操'活动，每天都得签到，特别是住在街上的，更是得做好带头示范作用。"

我已经晕了！好好地对着乡亲们，好好的方言不会说，非要说普通话，字音又咬不准，乡亲们也听不大懂，这也算了，本来在这么一个贫困村里搞健身操活动就已经够搞笑了，还强迫人家每天来跳健身操，真以为这村里是城市，每天吃饱了撑的没事儿干，光来给你捧场子了？

这不，上面话声一落，下面的人就嘀咕了起来，起先还算小声，充其量算是石头淹没在大海中，掀不起什么浪花，渐渐地一个人提高了声量，其他人也纷纷跟上，一时间不满之音迭起，迅速湮没了音响放着的音乐。

"老子每天要去帮人摘烤烟，老婆要干地里的活，谁给你跳舞？！"

"开工资吗？一天一百老子就来。"

"整这整那的，还不是做给上面的人看的，李老根（李书记的名字），别以为老娘不知道，再过几天就是村委会换届了，你指望着做点事儿，但也别拿我们当憨包。"

"就是，还让你老婆到我家来跟我说，让我男人投你的票，见鬼去吧。"
……

"哼，还大学生志愿者，说得倒是好听，想着法儿的整我们。"

"你们没见吗，今天下午都敢拿砖头砸人了，明天说不定就直接虐待娃儿了，我可不敢再让我家娃儿去什么破辅导班了，就待在家看一整天电视我也乐意。"

本来听着他们骂村上和乡上我还挺幸灾乐祸的，没想到说着说着就扯到我们身上来了，还把今天下午的事儿给扯了出来，这下我背着尹易都能感受到他杀气腾腾的目光，估计今晚少说又是一顿训斥，这都还是其次，反正我没觉得做错了什么，可是，你说我一个人就算了，为啥还得加上个推测，虐待？真是搞笑。

"你们看看，她这什么眼神啊？砸人还有理了？还说不得了？"此时的我熊脾气又上来了，鼓着张脸，握着拳头，眼前众人的嘴脸又让我想起了以前。

"我说他怎么好心给娃儿们补课，原来是背地里干拐卖儿童的生意……"

"就说当一个民办教师一个月没多少钱，他家怎么大房大屋的修好了，原来用的都是昧心钱，亏我们还'易老师易老师'地叫他，我呸。"

"人不要脸树还要皮，真是比畜生还不如。"

下厨

一波一波的骂声在耳边响起，过去那些不堪再一次血淋淋地揭开，成天堵在家门口的受害人父母、以泪抹面的老妈、"吧嗒吧嗒"抽着烟的爸爸、那个总是叫我珊妹妹的哥哥，还有无数发表慷慨激昂言论的不认识的人。

"闭嘴！"八年过去了，我也不是当初那个只会躲在被窝里抹泪的小女生了，尽管这些年我逐渐变得偏激、尖酸刻薄，得罪了不少人，和同学老师发生矛盾甚至开打也成了家常便饭，老妈的责骂、老爸的叹息、老师恨铁不成钢的教导更是成长的伴奏曲，但是，至少我不会哭，只会看着别人哭。

这两年因为妈妈生病，家中的积蓄都投到了里面，我辍学不成，只能遵循父命好好读书，假期去餐馆、商铺做兼职挣生活费，但我这样的性格总是容易和客人发生矛盾，往往干不了两天就被老板扫地出门。

当环境和你发生矛盾时，只能你去适应环境，而不是等待着环境适应你。

这个道理我一直都知道，真当接触到社会时，才发现无论你有多锋利的棱角，它都能把你磨成它所期待的人，所以，我慢慢变了，变得沉默，变得安静，变得我都不认识我，但我又还是我，骨子里的那股倔强和暴力还存在。

"姗姗，别激动。"在场的人，沫音是最了解我的，毕竟我们是同穿开裆裤长大的，一见我这表情，就知道倔脾气又来了，忙上前拉住我。

"忍一时风平浪静，他们说他们的，我们是来支教的，又不是来和他们吵架的，而且他们的主要矛头并不在我们这儿，时间一到我们走了，爱怎么闹是他们的事儿，跟我们没有半毛钱关系。"代曼凑到我旁边来低头说道，"再说了，你也照顾一下尹易的面子，别弄出个什么和乡民不和，回学校去也不好交代。"

"大家都站好队了，下半场马上就开始了，收到队长的眼神，苏茉加大了音响的声音，把外套脱了，和梦琪开始跳了起来，其他人也不好再说什么，赶紧跟上节奏扭动起身躯来，一时间敬老院的坝子里又充满了青春活力。

下半场，李书记和贾乡长实在跳不动，中途先行离开了，观众们也陆陆续续回家去吃晚饭，到了最后结束的时候，就只剩下志愿者们、敬老院的老人们，以及十来个街上的孩子，我这会儿也没心思拍照，尹易也顾不得搭理我，自顾自地找了个凳子坐下来看他们跳。

等拖着疲倦的身躯回到学校的寝室，大家顾不得洗漱，直接倒在床上就睡着了，相比他们，我没怎么跳，倒不觉得累，扯了被子给他们搭在身上，这夜里天凉，找了件长袖披在身上，准备去厨房给他做夜宵。

小厨房的灯竟然还亮着，里面传来锅碗瓢盆的碰撞声，隔着被油烟晕黄的窗户，发现里面的人正在洗菜。放轻脚步走进去，他回头见到我，叫了一声"珊姐"，又埋头往灶里加柴。

"你会做饭？"

"不怎么会，大家跳一晚上也饿了，我不怎么累，就想着来下点儿面条待会儿开完会吃。"一向沉默少言的刘琦说到这儿，不好意思地伸手挠挠头，火光映衬下他似乎也没有平日里那么黑，傻乎乎的样子倒和身上队服上的卡通人物格外的像，"可是这厨房里除了土豆之外就没其他菜了。"

"怪不得闵敏她们总是说你是在背后默默付出的好男人，今晚我算是见识到了。"挽了袖子，把他推到一边，"不过古话说得好，君子远庖厨，你可是堂堂七尺男儿，这些事还是让小女子来吧。"

"珊姐你这可就折杀小弟了。"我一向以"珊姐"自居，在我的威逼利诱下，队里除了尹阎王之外的三个男生都叫我珊姐，平日里他偶尔跟我说几句话，我见他性子好，时不时地打趣他几句，几天下来他也习惯了，偶尔也顺着我的话来上两句。

"你去添柴吧。"伸手拿过陈大叔的围裙拴在身上，"今天让你见识一下姐姐的手艺。"

……

"好香啊，厨房里在做什么好吃的呢？"老远就听到梦琪的话声，人不一会儿就到厨房了。

"头给我抬起来。"刚下好两碗面，这丫头进来见了，端着其中一碗便埋头闻了起来，"筷子在橱柜里，自己拿了吃，别整得好像我们虐待你似的。"

"她这样子不就像刚从死牢里放出来的饿鬼一样吗，狗鼻子比谁都灵。"沫音笑着掐了把梦琪的脸蛋，扭头抱怨道，"姗姗，我认识了这么多年，你都没给我下过面呢。"

"这不是给你下了！"忙着收拾餐具，没空搭理她们这一群人，"一个个的还愣着干吗，端去吃呗。刘琦，再加点儿火，烧点儿热水待会用。"

等收拾完出来，一伙人正端着面碗狼吞虎咽，不时地还发出"啧啧"的声音，梦琪已经成功消灭了一碗，摸着肚子眨巴着小眼睛看我。

"知道你不够吃，所以多煮了几碗。你们不够吃的自己去拿。"无奈地看着她从自己面前飞奔向厨房的身影，递了双筷子给刘琦，"你也饿了。快吃吧。"自己也端碗吃起来。

姐弟

吃完夜宵就是常规例会了，这是每天必备项目，用大神的话来说，就是"革命烈士在当初那样艰难的情况下都要坚持固定时间开会，为的就是及时发现存在的问题和错误，并及时找到改进的方法，加强队伍建设，作为后人，我们更要将他们这种革命优良传统发扬光大，所以，每天少睡半小时，做到自我批评，有利于我们志愿活动的开展。"

我也真是佩服他的口才，能把白的说成黑的，黑的变成白的，任何在别人眼里看来无趣甚至可笑的事情，他似乎都可以找一个理由来把它装饰得冠冕堂皇，但同时我们也不得不承认，现在这个社会并不是我们想象的那样美好和单纯，社会需要能说会道的人，更确切一点儿，社会需要那种拍得了马屁、干得出成绩的人，上不会得罪领导，中也能干好本职工作，下还能让下属信服你。

开会的第一件事自然就是讨论我今天的"砸人"之事，尽管我再三解释我只是吓唬唐三，根本没打算也没那个胆子砸下去，闵敏他们在场的人也给我证明了，尹大神就是不放过我，特意给我列了几条罪状：在校园里当着学生们的面拿砖头砸人，暂且不论你出于何种目的，这种暴力行为坚决要禁止；其一，一会儿狐假虎威吓唬别人，一会儿装可怜声泪俱下，作为教师，这种行为坚决要制止；其二，在公众场合说发脾气就发脾气，有损队伍的形象；其三，事情过后没有主动承认错误……"

"得了，您的意思就是说让我们遇到这种事情就侧目旁观，任打任骂，怕她手短，还得把脸送到她面前，等她打够了骂累了再解释？"听他巴拉巴拉地说个不停，一时半会儿的还停不下来，我不满地打断他的话。

"谁说当老师就得打不还手骂不还口的？要是这样的话，打死我也不当老师。"代曼在旁边"哼"了一声，一脚伸去"啪"的一声把门给关上了。

"声音太大。"晓夏耸耸肩，走过去把电风扇打开，年久失修的风扇"嘎嘎、嘎嘎"的声音刺得人耳朵发麻。

"坐好，继续讨论。"尹大神再度开口，冷着张脸，明显心情不好。

"你们开吧，老娘不玩儿了。"苏茉突然站起来将手里拿着的杂志"啪"的一声扔在桌子上，"我是来义务支教的没错，但不代表我就没有人格，谁爱当孙子谁当去，我真是受够了。"边说边把脖子上的工作证取下来拍在尹大神身上，然后开门跑了出去，一众人赶紧跟了上去。

"这下你高兴了？成天这样那样的，想着法儿的折腾人，就怕别人不知道你是队长一样！芝麻官儿都算不上，偏偏拿着鸡毛当令箭，成天冠冕堂皇地批评这个批评那个，还自我批评？你怎么不批评一下你自己，说别人偷懒，你又干了些什么？拍马屁？说空话？我倒忘了，狐假虎威也是你的工作。"屋子里只剩下代曼和尹易，代曼坐在原位置上埋头依旧欣赏她的纤纤玉指，缓缓说道，平静的声音听起来不像是在吵架，倒更像是平时闲聊，"说我爹娘没教好我，尽是丢人现眼，这就是他们所说的家教？如果你们尹家的家教是这样的话，那我今天真是受教了。"

"姐，你！"尹易站了起来。

"别叫我姐，我这条贱命可受不起。"抬眉扫了他一眼，如果仔细观察，那么绝对会发现尹易和代曼眉眼之间有些相似，只是因为从一开始大家就把他们之间的关系定格成了恋人的关系，所以没有多想。

"事情都过去二十多年了，你到底要怎样才能原谅我们？"面对这个言辞咄咄逼人的三姐，平日在众人面前那个霸道不讲理的尹易低下了头。

"我从来就没恨过你们，准确地说，我跟你们没有半毛钱关系。吃多了我才会花心思去恨你们。"代曼甩给他一个"自作多情"的眼神，放下二郎腿，站起来理了理衣角，"别再给我说什么父母亲情，因为我不稀罕，另外，希望你以后能够学着尊重人，尤其是尊重女生。"话毕摔门而出。

……

苏茉一口气跑到了竹林，一屁股坐在地上，其他人也陆续跟了上来围着她坐下，"雨花石"的人听到动静也跟了过来，女生们你一句我一句地劝着，男生站在旁边时不时地说一句话，好在苏茉这丫头平时还算大气，气愤地骂了尹易几句，众人也跟着附和，一时间倒成了尹大神的批斗大会。

"你们说他成天这样装不累吗？耷拉着张脸，不阴不阳的。"

"大家听好了，未来的这几天，一切行动听指挥。"闵敏甚至捏着鼻子学尹易说话，逗得大家哈哈大笑。

"我来学，我来学。"梦琪最喜欢这种场合，也跟着有模有样地比划起来，嘴里还不住地发出"噗噗噗"的声音。

"又是吃，再吃下去就真成小白了，不过，胖乎乎的也很可爱。"晓夏好笑地点点她的头，梦琪的吃货形象已经根深蒂固，大家对这已经见怪不怪了。

"等哪天我瘦成一道闪电劈死你。"梦琪理着她的长发气嘟嘟地说道。

"我看你啊，话别说得太早，不然就真应了一句话——光着屁股拉磨——转着圈儿的丢人。"平时最喜欢逗梦琪的苏茉这会儿也不伤心了，抬头跟着损她。

"你……"

大家哈哈大笑起来，刚才的阴霾一扫而空，十几个人就这样坐在竹林，你一句我一句地说着话，有聊自己家乡的，有聊男女朋友的，有聊时事政治、娱乐圈绯闻的，有谈梦想和未来的，奇怪的是大家坐的位置，闵敏、晓夏把刘琦挤在了中间，梦琪和杨扬凑到了一块儿，沐音和乐亦侃侃而谈，夏至在给倪端讲笑话，小洛和田宇两个时不时地笑一下，就像抽风似的，不知道什么时候清歌也跑我旁边来坐着了，最奇怪的是平日里的话匣子代曼不知怎么地跑去和冷美人元瑶坐到一起"参禅"去了，只剩下沐陈逸还在安慰苏茉，梦琪跑回寝室拿了瓜子来，大家嚼着瓜子越聊越来劲，完全忘了忙碌了一天的倦意。

"回去吧，明天还有事儿呢。"不知道谁先开口，大家才惊觉已经凌晨时分，倦意也上来了，纷纷掏出手机来照着光回寝室睡觉。

裙子问题

自然，第二天一向早起的我也爬不起来了，尹易在外边走廊上"咚咚咚"地敲了好半天的门，我才不舍地顶着熊猫眼挣扎着起床。

又是循环的任务，没想到的是昨天晚上在敬老院和乡亲们闹得那么剑拔弩张的，本来大家心里都在打鼓，害怕因为昨天的事，家长们真不让孩子们来了，那我们支教的任务就完成不了，前期的努力都白费了，最重要的是，我们也真的很喜欢这群孩子，如果因为这样的原因而结束这段短暂的缘分，心里都有几分不舍，没想到的是今天竟然孩子们都来了，就连昨天的宋幺妹也准时到校，还笑着冲我规规矩矩地叫了声"老师好。"

尽管心里疑惑，但更多的还是高兴，一众人打起精神来各司其职，代曼见我比较闲，死活拉我这个五音不全的"音乐白痴"去给她打下手，看着眼前这二三十个孩子，有的年龄太小，连字都认不得；有的口音太重，咬字不明；有的坐不住，在教室里跑个不停；有的太害羞，嗓门大一点儿都觉得是罪过。真怀疑脾气不算好的代曼这几天怎么熬过来的。

"老师，你好，我是'大公主'，我想问你一个问题。"课间，"大公主"跑过来托着下巴问我。

我一听到有人来请教我，从小立志继承老爸衣钵的我，马上摆出一个自认为美丽大方的微笑，"什么问题啊？"

"你没有裙子吗？"小丫头怯生生却又很尴尬的问题让我一下感觉很多只乌鸦从面前"嘎嘎嘎"地飞过。"妈妈说，穿裙子的人才是公主哦。"

裙子？这个我已经自动遗忘了多少年可是每年特别是夏天都会被人提起的名词又一次在我耳边响起，而且还是一个不到七岁的爱美的小女生提起，一时间倒让我这个一向不在乎外表的人尴尬起来。

音乐班有几个小女孩，因为家庭条件比较好，长辈们比较娇惯，加上长得挺漂亮的，喜欢穿小裙子，又很开朗大方，特别喜欢唱歌跳舞，第一天安全教育课上就抢着表演节目，小孩子嘛，夸奖的话听多了，难免有些骄傲，总爱把"我是公主"这几个字挂在嘴边。

代曼第一天来上课的时候，"大公主"王羽毛就给她来了个下马威。

"我们是五公主，你是我们的仆人。"代曼看着面前这几个你教歌时她们瞎闹，你休息时她们唱歌的小屁孩儿，批评她们一句，两只大眼睛马上就水汪汪的，再说一会儿，就成了号啕大哭了，好好跟她们讲道理吧，最大的七岁不到，根本没法讲，无视吧，她们一捣乱这课就没法儿上了，偏偏代曼又是一个孩子控，平时说话大声大气的，一遇到这群孩子，完全招架不住，硬着头皮斗智斗勇、软硬兼施了两天，最后还是败下阵来，不情不愿的给她们端茶递水。

"小妹妹，老师说了，要尊老爱幼，不听话的话不是好孩子哦。"我想这也就是几个人小鬼大的孩子而已，糊弄几句就过去了。

"你已经是老奶奶了吗？"三公主翘着嘴巴问道，"可是你头发还没有白啊。"说着就伸出爪子要抓我的头发，幸亏我躲得快，不然头皮细胞又得死很多个了。

"老师，老师，你是不是没有裙子。"二公主转着小眼睛一直看着我，"所以你不是公主，是仆人。"

笑话！哪个女生会没有裙子？更别说我还有一个望女成"凤"的老妈，平时不给我买衣服还好，一买就是裙子，还有我的一众姨妈，眼见着我在汉子的路上越走越远，巴不得给我套上裙子装淑女，不过山高皇帝远，他们也管不了我，夏天乡下蚊子多，我又是 O 型血，所以暑假回去也能逃过穿裙子的噩梦，也因此，那一堆花花绿绿的裙子要么被我送人了，要么就终生与衣柜为伴。

我也不知道为什么就这样厌恶裙子，按理说，作为一个正常的爱美的女生，一年四季裙子都是必备衣物，特别是在很多人看来，女生不穿裙子就是天理不容，记得大一刚开学，我去学生会的一个部门面试，其中一个师姐问我有没有职业装，我点了点头，她又问职业装是不是上衣配包裙的，当时我就郁闷了，这包裙和西裤不都是一样的作用吗？为啥非得穿包裙才可以，很理所当然的，我因为无法接受这个要求，面试没有通过，后来又去面试了两三个有兴趣的部门，也是巧了，竟然都要求着装。所幸后来去编辑部面试，他们只要求文笔，而且负责人也是跟我一样的女汉子，所以我也就顺利地留了下来。

难道哪条法律规定了女生必须穿裙子吗？不穿裙子的女生就不是女生了吗？明明只是一个私人的问题，时间久了，大家都来关心你，成天在你耳边叽叽喳喳的，真不明白穿裙子有什么好，拖拖拉拉的不算，一不小心就踩脚摔跤，更倒霉的还可能走光，你要说美观吧，长裤长袖还多了一份潇洒利落呢。我属于那种一条路走到黑的人，不喜欢就是不喜欢，从来学不会委曲求全，再加上我大大咧咧的性格，结交的朋友都是以男性为主，但也仅限于朋友。有次我跟一个男生开玩笑，问他对我的印象，他想了半天才吞吞吐吐地告诉我，站在朋友的角度来看的话，他从来没把我当女生看过，跟我相处很自然爽快，他也很欣赏我的个性，但是站在男生的角度看的话，我这种女生是他最不喜欢的那种，不会打扮，不会撒娇，遇到事情比他还汉子，这样的女朋友估计一般人受不起，但是我也只是笑着骂他不懂得欣赏，所以说，我跟裙子的斗争由来已久了，别人说起我还能面不改色地反驳几句，可是对着这几个小公主，我总不能就这个问题跟她们争论吧，输赢都不光彩。

五个公主

　　无奈地向一边坐着的代曼求救，想着好歹她也跟她们相处了几天，多少还是了解她们，希望她能挺身而出救我于水火之间，没想到她竟然只是耸了耸肩，摊开手表示她也没办法。

　　代曼在旁边跷着二郎腿不说话，看她自己怎么解决这五位公主的刁难，正好她也想看看易珊穿裙子的样子。这几天相处下来，她也发现了易珊这个奇葩毛病，其他人的行李箱里大多是裙子，就连小洛那个假小子都有一条红裙子，易珊竟然全是休闲装，而且还都是长袖的，这么热的天气还把自己的手臂和腿藏在厚厚的布料里，甚至连昨晚去跳健美操也不改风格，完全和沫音那个裙子控形成了鲜明的反差，真让人怀疑她们是不是真的是一个地方的。

　　"六公主。"扎着两个冲天辫的三公主喊了一声，只见代曼马上上前询问，那老实的样子看得我直咋舌，完全不是平时扬着个下巴让我们仰望的傲娇样，倒让我想起了我家养的大黄狗，只要你叫一声，马上就摇着尾巴跑过来了。

　　"请问公主们有什么事吗？小的一定尽心伺候。"说这话的时候，代曼低着个头笑得一抽一抽的，"公主们今天穿的裙子都好漂亮。"真的是哪壶不开提哪壶，明明知道我的痛处，还加把劲踩我两脚才舒服。

"这是妈妈给我新买的。"小孩子最经不得夸，这不，代曼刚夸一句，几个孩子就凑上去把她团团围住。

"我的凉鞋也是新买的，还有蝴蝶呢。"

"你的算什么，我的踩在地上还有音乐声呢。"然后就围着教室转了一圈，顿时"我在马路边，捡到一分钱……"的老歌就在教室里响起，一会儿又换成了西游记的主题曲。

"你们看，我的头花好漂亮。"

上课铃敲响了，孩子们回到自己位子上乖乖坐好，代曼也一本正经地拿着歌单哼唱起来，这几天教他们唱的都是《让我们荡起双桨》这首歌，本来难度不大，几个公主唱得也很不错，可是要让他们集体唱完难度就大了。

参差不齐地唱了一遍，代曼只好让五个公主去唱她们自己选的《小时代》的主题曲《时间煮雨》，派我这个学汉语言文学的去教年龄最小的孩子认字，她纠正其他咬音不准等问题，这时我才发现，开学典礼那一天尿湿裤子的静雯也在这个班上，上一小节课因为她一直埋着头我没看清，这会儿才认了出来。

这时代曼在旁边跟我大致介绍了一下，这个小孩才三岁多点儿，幼儿园都还没进，家里送她到这儿来纯粹是让她和小孩子们玩，当初分班的时候也是考虑到她学别的都不怎么适合，索性就让她到音乐班来了。

"这个王静雯特别奇怪，一天安静得一句话都不说。你别看她字都认不得，但我唱一句她也跟着学，还挺有模有样的。"代曼在旁边跟我小声介绍道，"就是太安静了，一直都老老实实坐在位置上，问她话也不说，就睁着两只眼睛看着你，小嘴儿撇着，胖乎乎的脸蛋总是勾起我想掐下去的欲望，还有她那一把头发，又长又粗，都到腿弯了，我一把还抓不住，每天拖着这么重的头发，看着都辛苦。"

"人家这是身体发肤，受之父母，你懂什么？"看着她的齐耳短发，不由得"呸"了她一口。

"还说我呢，你也剪了的好不？再说了，这都什么年代了，退一万步说，我无父无母，爱怎么剪怎么剪，天王老子都管不了。"这小妞还越说越来劲了，难得理她，我走到静雯面前坐了下来。

"小妹妹，还记得我吗？"彼时她正在埋头画画，我伸脑袋过去，小丫头"刷"的一声把本子抽到了桌子下面，然后抬头看了我一眼，就开始对着前面的黑板发呆。

"姐姐教你认字好吗？"碰了一鼻子灰，我无奈地叹了口气，继续哄孩子大业。

可是这孩子就是不买账，两只眼睛就死盯着讲台，还不带转的，倒像是老生入定了似的，跟第一天那个含羞地告诉我裤子打湿了的静雯迥然不同。

"静雯"我伸手在她眼前晃了晃，终究还是小孩子，下意识地就扭头看我。我把桌子上的笔递给她，"我们来认字。"依旧沉默应对，面无表情。

说是认字，更确切地说是让她大致记住歌词，因为最后汇报演出的时候，音乐班肯定是要出一个合唱的节目的，虽然静雯年龄小，但也是其中一员，总不能就让她站在里面当南郭先生吧。

所幸的是，静雯这回听话了许多，我念一句，她也跟着念一句，或许是因为年纪太小，长点的句子根本记不住，只好拆分为几节慢慢教，虽然我平时性子比较急，但面对这么个小丫头，心里自然爱得不行，加上静雯也很认真，两只小手规规矩矩地放在桌子上，正对着微抬下巴，一脸严肃的样子，完全不像个三岁小孩。

别看静雯年纪小，记性却是极其不错的，40 分钟下来，都能把歌词脱口背出来了，我夸奖了她几句，小丫头还害羞了，脸蛋红红的，不好意思地把头埋在课桌上，两条小腿在桌子下甩来甩去的，逗得我哈哈大笑。这下我也算功成身退了，至于唱嘛，这就不是我的事了。

打架事件

"姗姗"刚下课出了教室，沫音风风火火地跑了过来，"出事了！出大事了！"

"你先喘口气慢慢说。"给她顺了顺气，"到底出什么事了？"昨天我都敢跟乡亲们杠上了，难道还有比这更大的事？总不会说杀人放火吧。

"清歌跟队长打起来了。"

"队长？"心里第一反应的是晓夏，不过马上就否定了这个答案，虽然晓夏平时比较嘴欠，但脾气还是挺好的，再说清歌好歹也是个男人，怎么也不会和一个女生动手吧，如果不是晓夏，那就只能是尹阎王了。

"是尹易！"好歹也认识了这么多年，我眼睛一转，脑袋里想的什么沫音一眼就能够看出来，拉着我边走边解释道。

"队长不是在学校吗？清歌他们在他们的书摊上，这两人怎么就打起来了？"真是奇怪，一个在村子东边，一个在西边，这都还能动上手，也是够闲的，不过，这时我才反应过来，沫音还拉着我呢，"你拉我干吗？去劝架？这个我可干不了，还是说你怕阎王吃亏，让我去助阵？"要说沫音也真是够痴情的，从第一次见到尹易就芳心暗许，这几天朝夕相处，原本以为看到阎王和代曼的暧昧关系她也该打退堂鼓了，没想到她还愈演愈烈了，我们一群女生在寝室里偶尔说到尹易的不是，她准跳出来当护草使者，这两天倒是消停了一点儿，但也只是说不过我们而已，每天我的耳朵边上还是会时不时地冒出一两句，"哇哇，队长好帅哦。"可是，就尹队长那副长相，绝对属于丢在人群中一眼就能找出来那种，因为又黑又胖，脸上还满是痘痘，再配上他那奇葩性格，绝对让女生退避三舍，所以啊，说沫音是花痴真是一点不为过。

"一时半会儿跟你解释不清楚。"沫音不搭理我，依旧拽着我就走，"大家劝都劝不住，就等你过去呢，如果连你都 hold 不住的话，这两个队恐怕得结仇了。"

"别说得那么恐怖，实在不行我就左勾手，又勾拳，一掌把他们拍到西天极乐世界去，大家就安心了。"看她一脸凝重的样子，我实在忍不住逗逗她，"不过我怕下手重了，给弄残废了，估计你又得怪我了。我看啊，这事儿你还不如找代曼。"我这纯粹是哪壶不开提哪壶，长眼睛的人都知道代曼和尹易有故事，沫音更是对代曼是横竖看不过眼，就这几天，都不知道在我耳朵边上念叨多少次了。

"算了吧，找那狐狸精还不如就让他们打个尽兴。"果然，扭头就瞪我一眼，小嘴一撇，那表情，估计我再说一句就得跟我闹上了。

"注意你的言辞，什么叫狐狸精嘛，明明是尹易讨好她，这都几天了，你看人代曼何时给他一个好脸色了，就你把他当宝贝疙瘩，别以为谁都稀罕得不得了。"说着这话，我们已经快到书摊这儿了，隔老远就看到两个人还扭打在一起，互不相让，旁边的人拉的拉，劝的劝，两人充耳不闻，眼睛瞪得像铜铃一样，死死地盯着对方，清歌明显要弱一些，嘴角已经挂了彩，不过这也正常，尹易光是那体格就甩了清歌几条街，更别说尹易还是东北汉子，生来骨子里就多了几分血性，当然，说得不好听，也就是莽撞。

　　这到底是怎么了？要是尹易跟田宇他们打起来我都还能理解，毕竟牙齿都还会咬到舌头，更别说一个队里低头不见抬头见的，难免会有所碰撞，可是这不是一个队的，每天也就是晚上睡觉的时候能说上两句的人都能打起来，更别说清歌还是那种不惹事的主，我是怎么想都想不到这两个人会打起来，幸亏这会儿临近中午了，大多人都在家里休息，要不然又得让人看笑话了。

　　我也懒得上前去把他们拉开，就我这小胳膊小腿的，就算再汉子，一不留神给我一拳怎么办？劝？懒得废这口水，更何况要是劝得住小洛他们早劝住了，索性拉把凳子坐了下来，还嫌热，往篷子里挪了挪。

　　"小洛，给我递瓶水可好？"小洛疑惑地看我一眼，我甩给她一个妩媚的眼神，她无语地递了一瓶水给我。

　　拧开喝了一口，掏出一张湿巾纸擦了擦汗水，抬头一看，大家都在看着我，就连两个刚刚还打得起劲的人也停了下来。

　　"你们看我干吗？继续啊。"说着，用脚勾了张凳子到身边，"晓夏，你们也别忙了，既然他喜欢打，就让他们打个尽兴，哦，看这两位的架势，倒让我想起了斗牛，可惜了，我没带红色的布，不然的话，我也不介意当一次斗牛士，应该挺刺激的。"

　　"姗姗，你——"沫音无奈地叫了我一声，估计心里正在骂我，明明是找来劝架的，这下倒成了添油的了。

　　没搭理她，手臂靠在桌子上，摆出一个我最舒适的姿势，优哉游哉地看着他们。

　　"太阳大，你们几个也到篷子下来坐着，好好欣赏他们的精彩表演。"我嬉笑着说道，"不过，我瞌睡来了，先睡一会儿，你们继续，待会儿醒了记得告诉我结果。"说完趴在桌子上闭着眼睛假寐。

　　过了一会儿，耳边除了树上叫得欢快的蝉的声音外，周围一点儿动静都没有，闭了眼睛，这周公还真来诱惑了，想着时间也差不多了，睁开眼看着面前这两个迟迟没有动手的大男生，忍不住"噗嗤"一声笑了出来，周围这几个劝架的也跟着笑了起来，不过两个当事人脸色就不好看了，估计我再幸灾乐祸一会儿就得把我撕了。

　　"咳咳"清了清嗓子，忍住了笑意，"今天的友谊交流赛到此结束，双方打成平手，该回去了，估计陈大叔又做了好吃的，肚子饿死了，回去中午吃了饭好好睡一觉。"小手一挥，自顾自地走在前面，"晓夏，你们也一起吧。"

奇怪的小洛

　　回来的路上晓夏和小洛叽叽喳喳地说个不停，因为是城里的孩子，对乡下的东西感到很稀奇，夏至在旁边有一搭没一搭地回答他们的话，夏至和沐陈逸凑在一堆走在后面，乐亦低着头玩着手机，清歌和尹易刚打了一架，心里还憋着气，你瞅我一眼，我瞪你一眼的，平时像跟屁虫一样的沐音抛弃了我跑去给尹大神递水递纸去了，我习惯了走一步跳两步的节奏，不过这样的天气，再加上覆满灰尘的水泥路，一跳掀起一阵灰尘，索性也就规规矩矩地好好走路。

　　路过小卖部，夏至提议说去买些瓜子花生回去大家嚼嘴，对于这种不用自己掏钱的事大家当然举双手赞成，小洛叫嚷着让夏至给她买棒棒糖，屁颠儿屁颠儿地跟在乐亦后面进了小卖部，其余人站在背阳的大树下躲着。

　　大约七八分钟，两人一人提了一袋子的东西回来，除了瓜子花生，还有不少的吃的，晓夏、乐亦他们纷纷打趣乐亦是不是捡到钱了，今天突然这么大方，清歌在旁边阴森森地来了一句，你是不是看上人家队伍里的谁了，逮着机会就想献殷勤。夏至没回答，但红彤彤的耳朵根儿已经证明了"无事献殷勤，非奸即盗"这句话。

我正准备八卦一下，可以的话顺便过一把红娘瘾，眼睛不经意地一瞥，发现站在旁边的小洛回来后有些古怪，吵着去买东西的时候好好的，回来手里拿着根大棒棒糖站在一旁不知道想什么入了神。

　　上眼皮往下耷拉着，眼神黯淡无光，脸部肌肤处于松弛状态，小嘴微抿，典型的痛苦的表情，但又刻意隐藏着，明显不想让人知道，我也不去犯这个忌讳，腆着脸伸出魔掌从袋子里抓了两包薯片，"咔嚓、咔嚓"地嚼着，暂时填一下肚子。

　　回了学校，饭菜已经摆好，就等我们了，大家入座拿起筷子埋头大吃特吃，也没人吃多了撑的提及尹大神和清歌打架的这件事儿，小洛刚吃了半碗白米饭就说饱了，先回寝室休息。

　　小洛倒在床上，双眼睁着，整间屋子闷闷地，电风扇就在两步远的位置，可是她不想站起来，更准确地说，此时她身上像是被抽干了一样，提不起一点力气。

　　"啊、啊、啊"心里烦躁不堪，抓起旁边的小布熊"啪啪啪"的在床上锤了几下，可是心里却越发堵得慌，闭着眼睛想睡死过去，可是等到沫音他们吃晚饭回寝室，意识还都无比清楚。

　　这世上有一种东西叛逆心最强，只要一找上你，便使劲浑身解数扰乱你的心智，尽管你很烦，但就是驱逐不去，只好任它横行霸道，到了时间自行离去。这就是悲伤。

　　是的，这会儿小洛整个脑袋都是乱糟糟的，这些年她一直在找她，可是当自己真的见到她的时候，整个人还是止不住地颤抖，那是怎样的一张脸，十年的岁月已经吞噬了她的容颜，还不到五十岁的她眼角已经沟壑丛生，眼睛里充斥了生活的艰难与沧桑，野草般的头发随意地扎了起来，身上那件短袖T恤洗得泛白，走起路来肥硕的裤筒前后摆动，整个人显得格外瘦小。从她身上完全找不到半点儿过去的痕迹。

　　是啊，十年了，几千个日日夜夜，久得她已经想要忘了她，可是每次看到床头边的照片——那张她牵着不到十岁的小洛和五岁的妹妹在桂花树下的照片，小洛还是止不住地想起妈妈，那个已经在自己生命里缺席了八年的妈妈。

　　……

晚上洗漱完，我端着盆子哼着歌准备回寝室，听到旁边的花坛里传来一阵阵不间断的呜咽，四下看了看，其他人都进寝室了，整个学校静悄悄的，只剩月光的跳跃的身影和夜风吹过树叶的"刷刷"声，哭泣声依旧继续，听得我分外揪心。

夜晚、月光、哭声、风声……

前天晚上的事情一下子涌上脑海，想起乡亲们说的闹鬼事件，两条腿吓得直打战。

人都说好奇心害死猫，我不是猫，但好奇心却异常的强烈，我甚至还给自己取了"易八卦"的外号，最终，好奇心还是战胜了恐惧感，咬咬牙，紧了紧衣服，慢慢腾腾地往花坛走去。

隔得稍远就看到花坛边上黑黑的一团东西，哭泣声就是从那儿传过来的，这会儿稍近点儿看，才正式看清是个人，只是把身子蜷缩成一团，看不出是谁，不过，是个人就好，升到嗓子眼上的心终于落了下去。

小洛听到动静抬起头来，我已经站在她面前了，把手里的脸盆放下，扯了把花坛里的草擦了擦花坛边上的瓷砖，挨着小洛一屁股坐了下来。

"怎么了？偷偷躲起来学林妹妹是吧？"本来想开口劝她两句，虽然我也不清楚她到底是怎么回事，但想想今天中午的情景，我再没脑子也隐约明白一些，看她这样子哭得像个小花猫似的，还一抽一抽的，既然她躲起来不想说，我也就揣着明白装糊涂。

小洛没说话，看了我一眼，继续把头埋在膝盖上，眼泪倒是止住了，但这幅小可怜的样子让我实在狠不下心来打击她。

"先把泪水擦干，哭得像个小花猫似的，丑死了。"掏出纸递给她，她还不接，难得理她，强制性地伸手去给她擦，"不擦干净待会儿别回去睡觉了，免得把床给我弄脏了。"

"我就要睡。"说着，还把一张花脸往我身上凑，"嫌我脏是吧？我把衣服也给你弄脏了，看你怎么办？"

我死活不让她靠近我，她使劲地往我身上凑，两个人打闹了一阵，最后累了彼此靠着，也不说话，这会儿风也止了，校园才算真的安静了下来。

清歌的纠结

"易珊"小洛悠悠地叫了我一声，闭着眼睛已经有点儿睡意的我一下子清醒了起来。

"怎么了？"有气无力地问了她一句，伸手摸了摸她的衣服，还好，穿的长袖，"时间不早了，该回去睡觉了。"准备站起来，小洛拉住我，嘟囔着再坐一会儿。无奈，只好再坐下来，舍了瞌睡陪小女子。

"今天的月亮真圆。"小洛拽着我的衣袖说道，我抬头看去，一轮圆月挂在高空，周围的星星完全成了陪衬，不过，在这安静得夏夜里，倒显得清冷了些。

"你说，月亮里真有嫦娥吗？"小洛眼睛有些迷茫，没等我嘲笑她傻了，她又继续说道，"我倒真希望有，反正这世上伤心的人又不是一个两个，让她陪着又如何？"

这会儿我才后知后觉地想起今天十五了，再过十天就是老爸生日，当天我也赶不回去，心里不禁懊恼了起来，从大年初六出门来学校到现在，不知不觉已经过了半年了，上个月还没放假老爸就打电话来问我什么时候到家，老妈也在旁边念叨着想我了，我支吾了半天才跟他们说我还要来支教，估计得再耽误一二十天，来到这边除了第一天抽空给他们打了个电话，其余时候都是他们打过来的，问住宿、伙食、同事，唯恐我被人拐了去似的，这会儿看着月亮，想起他们，才真切理解了"临行密密缝，意恐迟迟归"的含义。

"怎么了？"小洛见我发呆，抱着我的胳臂摇了两下，我回了神来，看她这会儿也冷静得差不多了，催促着回去睡觉。

其他人已经睡熟了，怕开灯把他们惊醒，我们两个蹑手蹑脚地向屋子最里面的床摸去。

"啊"后面的小洛一声尖叫，我赶忙捂住她的嘴，要是把代曼这个瞌睡气特别大的人给弄醒了，估计今晚我们两个也别想睡了。

"地上有东西，毛毛的，跑走了。"小洛吓得赶紧抱住我，整个身子止不住地发抖。我摸出手机照着光看了地面，什么都没有。

"你胆子怎么这么小了？"第一天还敢解剖死老鼠的人，今天竟然被莫名的一个东西吓成这样，也是够了，"别自己吓自己，像这种乡村学校，什么老鼠啊、野猫啥的根本不稀奇，别大惊小怪的，赶紧睡吧。"

躺在床上，刚刚在外面还瞌睡连天的我这会儿半点儿睡意都没有，倒是旁边一会儿就传来了深切的呼噜声，这下我就更睡不着了，干脆起来打开电脑看视频，有句话怎么说来着，"深夜与鬼片最配"。

夜深人静的时候，清歌却是未眠，披了衣服起床出门来，一个人坐在旗台上，摸出打火机点了支烟抽了起来。

"咳、咳"他抽不习惯，从小家里就教导他不要学抽烟，这包烟还是那天李书记发的，他顺手捡了放在包里，有人说抽烟解愁，这话倒真是不假，虽然呛得厉害，但嗓子痛了心就舒服了。

忍着不适继续深深抽了几口，一时间烟雾缭绕，把他整个脸庞都笼罩住了，只留下两只盛满挣扎、失望和痛苦的眼睛，在这深夜里，在夏风的吹拂下，静静地，静静地，可是他却觉得很喧闹，似乎周围有很多只眼睛在盯着他，无数张嘴在嘲笑着他，他不想听，也不敢听，整个脸上写满了孤独和恐惧，完全没有了平日的冷清淡然。

"不会的，这不是真的、这不是真的……"嘴里一直嘟囔着这句话，可是越是这样否定，心里越是清楚地知道这都是真的。

呵，你不是早就知道是这个结果了吗？这不是你一直在寻找的答案吗？如今只是你所假想过的事实成了真的而已，怎么连面对的勇气都没有？

不、不，我不想！我不想！

可是事实就是这样，你想或不想也没用，当初不是你自己闹着来这边找他们的吗？现在找到了你又接受不了了？

不，我不停，你给我闭嘴！

你逃避，你不承认，可是你不得不承认他们是你亲生父母，还是说你过了十几年的有钱人的生活就什么都忘了。

别说了！别说了！

"啊！"心里两个小人在吵架，脑袋疼得要命，索性整个人横躺在台子上，贴着泛凉的地板砖额后背冷飕飕的，可是这会儿陷入痛苦中的他什么知觉也没有。

他站在荒野中，眼前灰蒙蒙的一片，四周全是树的虚影，整个世界天旋地转的，他想出去，可是找不到方向，摸着走了一会儿，发现自己又回到了原先的位置。

"睿儿"是谁在叫他？是谁在叫他以前的名字？他忙站起来到处看，还是什么都没有，可是耳边不断地有人在叫他"睿儿"。

"清歌，过来！"又有人在叫了，这次又换了别人，这声音好熟悉，可是还是看不到人。

"睿儿，快过来，这边。"最初那个人的声音又在右手边响起，"乖，快到阿妈这儿来，阿妈好想你。"

"清歌，过来这边，我们回家，爸爸在家等着我们，回去妈妈给你做好吃的。"第二个声音也跟着在左手边响起，这次他听清楚了，这是妈妈的声音。

"妈妈"他循着声抬脚往左手边快走了几步。

"睿儿，我的睿儿，你不记得阿妈了吗？"另一边濒临绝望的声音再度响起，"十五年了，阿妈找了你十五年了。"右边的人"呜呜"哭了起来，他回头往右边走了几步。

"清歌"

"睿儿"

……

"别逼我，你们别逼我好吗？求求你们。"

不穿裙子的姑奶奶

一大早夏至拉肚子去上了一趟厕所回来，不经意看到旗台上一片模模糊糊的绿色，因为没戴眼镜，以为自己眼花了，揉着眼睛回屋子穿上衣服、戴上眼镜，扫了眼屋子，大家横七竖八地躺着，被子什么的全在地上，大家睡得那叫一个香，可是，一个、两个、三个……，恩，怎么只有六个？加上自己也还差一个，吓得他赶紧又数了一遍，发现清歌不在屋子里。

"绿色？"突然间脑袋一个机灵，夏至想起了刚刚看到的，我的个妈妈呀，好好的床你不睡，你跑出去干吗？

立刻冲去旗台，果然这人在这儿，一下子安心了，拍了拍他的脸蛋，准备把他叫醒，没想到清歌转了个身又继续睡。

"夏至，大早上的你干吗呢？咦，那是谁？"出去拿早餐（因为早上上课早，陈大叔家又隔得远，所以早餐是让校外的黄大嫂做的包子、豆浆）的杨扬大声问道。

夏至让开身子，杨扬看清楚了吓了一大跳，刚刚他打这儿经过没注意，要不然绝对吓死个人了。

"他怎么睡这儿？"杨扬问道，"不会是为了昨天打架的事吧？"那可就真的太小家子气了，后面默默补上一句。

"鬼知道，叫也叫不醒，你也知道他的脾气的，我要是把他硬拽起来，估计我不死也得脱层皮。

正说着，其他人都起床了，见这边几个人围着在说话，也走了过来，看到台子上睡相丑得天怒人怨的清歌，一个个笑了起来。

"他这是怎么了？怎么跑这儿来睡来了？"

"怎么叫不醒啊？难不成被鬼附身了？听说这儿……"

"闭嘴，什么鬼啊神啊的，别胡说。"晓夏没好气地扫了他们一眼，上前来看着不停地说着"不要逼我"的清歌，"估计是梦游了，赶紧把他叫醒，一会儿就得出发了。"

得了队长的命令，几个男生一拥而上，喊的喊、拽的拽，一会儿就把清歌给弄醒了。

"你们看着我干吗？"刚醒来的清歌还没反应过来自己在什么地方，揉着眼睛懒洋洋地问道，没等回答，站起来就往屋子的方向走去。

大家捂着嘴巴笑个不停，竟然这会儿都没发现自己有什么不对劲，还摆出一副"你们都有病"的样子，一张迷糊的小脸儿逗得我直发笑。

"啊！"果然，十秒钟不到，回到屋子里的清歌终于后知后觉的反应了过来，屋子里传来了他的哀嚎声，众人笑得不行。

有条江湖规矩怎么说来着，人在江湖漂，哪能不挨刀？怪我平时太嚣张了吗？就在我以为我已经逃脱了五公主关于我穿裙子问题的讨论，昨天晚上还在代曼面前幸灾乐祸，嘲笑她被几个孩子给拿捏住了之后，刀子果断地向我飞了过来。

"嗨，田老师好。"

"懒洋洋哥哥好！苏老师好！"

我、田宇、杨扬还有沫音在校门口督促送孩子来上学的家长签到，几个公主老远就拉开嗓门给我们打招呼，我扯出一脸自认为十分灿烂迷人的微笑等着她们给我打招呼。

可是……

我忘了，小孩子是这个世上记性最好的人，也是这个世上最誓不罢休的人。

"不穿裙子的姐姐，早上好。"

五个人齐刷刷的在我面前鞠了个躬，姿势还特别的标准到位，一副十足的好学生的派头，可是……，什么叫不穿裙子的姐姐？我吗？姐姐真的是快气爆了。

"哈哈，不穿裙子的姐姐？说的是你吗？"从来没有觉得杨扬这么欠揍过，还害怕旁边的家长听不到我的美名，特意提高了几个音调。

"你给我闭嘴。"我尽量平复自己的心情，摆出一脸"姐不在乎"的模样，这个世上就是这样，很多事情别人可能只是随口之言，如果你当真了，你就输了。

"这丫头，怎么说话的来着？平时怎么跟你说的，在学校要尊敬老师爱护同学，还不赶紧给老师道歉。"三公主的妈妈一把将孩子拉到我面前，让她给我道歉，估计是被妈妈吓着了，泪珠在眼眶里打转，可是这孩子还挺倔强，虎着张脸看着我，怕是把我当大坏人看了。

"我没错，她根本就没有裙子！"对视了几秒后，三公主甩了一句话后一个人跑了，其他几位公主也跟了上去。三公主的妈妈赶忙给我道歉，把一切的不是都归结在她的身上，除大公主家长之外的几个大人也纷纷加入了自责的队伍。

"没事儿，没事儿，孩子还小，不懂事。"除了摆摆手表示大度之外，我还能怎么处理？

"哼"大公主的家长这会儿终于出声了，虽然只是鼻音，其中的不屑显而易见，画着浓重眼线的眼睛像扫描器一样把我从头看到脚，又从脚打量到头，一直抱着的双手这会儿终于舍得放了下来，不过，却是翘着长指甲指着我，"你是哪儿来的臭丫头？"

火力全开

我气得咬牙切齿，手攥得死紧，就怕一个忍不住劈了过去，此刻真是觉得委屈死了，为了支教，回不了家也就算了，起得比鸡早，睡得比狗迟也算了，还要受一肚子委屈，领导给脸色看，队长给气受，队友一个个都藏了心事，小屁孩儿来闹腾，家长们不理解，就连校门口那条大狼狗每天见了我也"汪汪"乱叫，这是走了什么霉运了吗？还是真当我是金刚不坏之身，任打任骂，还得乐呵呵地接着。我穿裙子还是穿裤子惹谁碍谁了，凭什么要逼着我为你们而活？世界那么大，为什么就没个地方让我自由自在地活？从小老妈就告诫我，做人就像公园里的花一样，不能太与众不同，不然不是被摘就是被清理；上了学老师告诉我，人要懂得审时度势；接触了社会又有人告诉我，你要懂得去适应和忍受。可是我是人，是个有血有肉的人，我有自己的思想和看法，我讨厌那些条条框框，如果一定要我接受，那我为什么要长大，小小的还没有自我意识的我不是很懂事可爱吗？

越想越伤心，全身的气力像抽干了似的，比在家里干一天的农活还累，整个人也慢慢地蹲了下来，任由泪水浸湿了整张脸庞。

"还哭了？我怎么你了，你不是挺横吗？拿着鸡毛当令箭，真当自己是个腕儿了。"

"大家可看好了的，我没动他一根手指头，她自己哭了，可怪不得我。"

周围的家长越聚越多，这女人还在说个不停，闹着让我们负责人来见她，她必须得把这件事说清楚，免得我泼她的脏水。

不一会儿，尹易来了，看都没看我一眼，先是很客气的上前给女人做了自我介绍，然后询问有什么问题需要解决，女人估计没料到尹易竟然没有包庇我，心里弯弯绕绕的想了好些骂人的话，这会儿却骂不出来，只好讪讪地回答说"没事"。

"她没事，我有事！"我挣扎着站了起来，就着袖子擦干泪水，上前一把推开尹易，"你个孬种，老子不干了。"扯下戴着的工作牌扔在他脸上，"我爱怎么闹怎么闹，从现在起，你们别想管我。"

然后又扭头看向女人，脸上露出一丝嘲讽，"大妈，请问您高寿？估计没个五六十也有个四五十吧？这粉是涂得有多厚才遮得住你脸上的褶子，还有这头，黄色？真是难看极了。"

"你、你、你"这女人气得不清，兰花指冲我指着，整个身子都在发颤。

"你、我……"这女人被我的连珠炮弄得目瞪口呆，你啊我的支吾了半天也说不出话来，可是我并不打算就此罢休，大不了就不干了，爱咋地咋地。上前走了一步，学着她刚才叉腰的样子就要继续说下去。

"沫音、杨扬，把她给我拉回去冷静一会儿。"尹易阻止了我的进一步行动，杨扬和田宇两个人上来架着我，沫音赶忙捂住我的嘴巴，生怕我再说出什么"大逆不道"的言论。

"呜呜"我使劲地挣扎，内心诅咒了尹易无数遍，一股脑将自己这几天受的委屈全爆发出来，可是我终究还是个小女子，嘴巴再厉害，小胳膊小腿儿使不上力还是什么用没有，就这样，沫音他们三个人硬着头皮把我拽回了房间，走的时候还把门给我扣上，气得我冲着门就是一顿拳打脚踢。

"你怎么了？"谁的声音？后知后觉的我才想起晓夏今天因为身体不适没去书摊，留在房间里休息，这会儿这么大的动静把她给吵醒了，一下子心里不安起来。

"没什么。"我上前把被子给她盖好，"这会儿舒服了点儿没有？"

"给我说说呗，反正我也睡够了，再睡下去就成猪了。"她勉强地笑了笑，这倒让我越发愧疚起来，昨晚半夜我也见识了她疼得在床上打滚的模样，脸上直冒冷汗，折腾到了凌晨她才睡下，这会儿又被我给闹醒了。

可是见她这个样子不说估计是不成，索性就简单给她说了一遍事情的前因后果，她安安静静地听完后只是看着我，好一会儿才开口问我。

"那你接下来准备怎么办？是继续留下来，还是直接收拾东西回家？抑或是等着队长和那个家长来给你道歉？其实你也知道，让他们来给你道歉是不可能的，就你这脾气让你去道歉也没可能。"

"我又没错，凭什么说是我错了？！"没等她说完，我"噌"地站起来，本来这事就不是我的错，凭什么要让我退让，我是来当志愿者没错，但并不是说我就得当受气包。

关于现实的思考

"那你说谁错了？"元瑶听到动静过来，刚走到门口就听到我们的谈话，特意站在外面听了一会儿，"你觉得什么都是别人的错，你从来都没有错，可是，易珊，大大咧咧是没错，但演变成疯疯癫癫就是问题了，这个世上有什么人是自由的？穷人想着吃饱，普通人想着买车买房，富人想着健康问题，每个人总是有他的身不由己，在这个社会中，没有人是绝对不低头的，就像青蛙害怕蛇，蛇怕老鹰，老鹰害怕人，哪怕是最厉害的人，不还是害怕生老病死吗？现在这个社会，多的是人还没学会如何工作，就吵着说工作太繁忙，还没学会处人，就说人际关系太复杂，你享受了一分好处就得承受一份责任，两年后你进入社会，或许还会遇到比今天还委屈的事情，那你怎么办呢？收拾东西潇洒走人？那你的家庭怎么办？父母谁来养？所以，我们不得不学着忍受，忍受别人的丑陋的言行举止，不能让无关的、不真实的话语影响到你的心情，人活一世，可以适当委曲求全，但千万别忘了你是为自己活的。"

这是元瑶第一次说这么多话，尽管里面有些话很不入耳，我无法接受，但是我不得不承认这是真的。

　　"为了这一件事你就准备收拾东西回家，以后走上工作岗位，一受点儿委屈就撂摊子不干？暂且不说你的饭碗问题，就这种态度，你还够格去当老师吗？"她缓缓说道，拿了纸筒坐在旁边给我扯纸擦泪，但嘴巴里却是半分没有留情，"既然你觉得没有错，那眼泪是给谁看的？你认为的别人的错误她看到了吗？最后的结果是什么？所有人都在为你的一时之气擦屁股，知道什么动物最讨厌吗？不是虚伪的狐狸，不是凶残的老虎，不是没骨头的蚯蚓，而是叽叽喳喳的乌鸦，嫌弃这嫌弃那，没本事倒是闹个不停……"

　　"你也别说了。"晓夏打断了她的话语"你这不说还好，一说起来就没完没了了，也不嫌口干，先去喝口水再说。"

　　元瑶瞅了我们一眼，叹了口气，动了动嘴巴，终究没再说了，起身倒了杯水站在一旁。

　　"哎呀，咱们又不是两三岁的小孩子，该说的就说，我不介意。"我站起来伸了伸懒腰，刚刚还气得不行，这会儿被元瑶一顿说后，心里倒舒畅了不少。

　　晓夏在旁边没好气地瞥了我一眼，心里不禁骂道，"你这不就是欠虐吗？谁还敢说你老人家，不是对骂就是拿砖的，有这心思也没这胆子啊。"

　　"这会儿还回家吗？"偏偏元瑶还不给我台阶下，硬是要逼得我承认错了才肯罢休，还一脸的正经，让本来都有点儿软化的我一屁股又坐了下来，脸色又恢复了刚刚死气沉沉的样子。

　　元瑶还想说什么，晓夏使劲给她递眼色，最后放下杯子出了门去，晓夏刚要说话，我一脚甩开脚上的鞋子，什么屁事都给我滚一边去，睡一觉再说，晓夏见我这不耐烦的样子也止住了话题。

　　出来混总是要还的，惹了事总是要承担后果的，躲得过一时躲不过一世，该面对的还是要面对。

　　虽然好好地睡了一觉后，再想了一遍元瑶的话，多多少少也意识到了一些错误，也做了半天思想准备，可是中午面对尹易那一张犹如染了墨的怒容时，尽管装出一副镇定自若的样子，心里还是止不住地打战。

"队长……"我还是先开口了，一反平时的大嗓门，学着平时闵敏说话的声音，嗲嗲的，还拖着长音，不仅尹阎王脸色一变，旁边的队友也笑得不行，特别是梦琪，正拿着不知道从哪儿"坑蒙拐骗"来的梨子大口咬着，一激动，咬着自个儿舌头了，疼得"啊、啊"乱跳，大家接着又是一阵哄笑，阎王脸也绷不住了，"噗嗤"一声笑了出来。

"正经点儿。"阎王意识到场面失控，赶紧摆正身子，随手捡起不知道谁扔在地上的笔记本，在回风炉上"啪、啪"扇了几下，全部人赶紧坐的做好，站的站直，当然，这里面不包括一向不把尹易放在眼里的代曼，生病的雨花石队长晓夏，以及尹易不敢说的元瑶。

趁着这个空隙，我赶紧地酝酿眼泪，争取待会儿能以最快的速度挤出几滴眼泪来，反正这几天我也算看明白了，尹易是典型的吃软不吃硬的人，你要跟他讲理的话，无论你口才多好，最后都免不了丢盔弃甲，还顺带给你的心灵来了一次洗礼，可是你要是摆出一副可怜兮兮的样子，随便他说，慢慢的他就说不下去了，到了最后见你流泪了，还很人性的给你递一张纸巾，再安慰你两句，好汉不吃眼前亏这个道理我还是懂的，再说这会儿我肚子正饿得咕咕叫，人是铁饭是钢，一顿不吃饿得慌，赶紧让他数落完了吃饭才是大事。

笔记本事件

于是，我严格奉行闵敏传授给我的四项原则——一不吱声，二不做小动作，三要楚楚可怜，四要死不承认，简单来说就是装聋作哑，听不见说不了，原以为我如此牺牲就可以顺利把他麻痹，暂时逃过一劫，可是万万没想到……

"易珊！"就在我听得快要睡过去的时候，耳朵边传来尹大神咬牙切齿的声音。

"在"瞬间一个激灵，立马站直身子，"请问有何指教？"

"这都什么玩意儿？"这会儿已经变成怒吼了，直接一把把笔记本丢在我面前，"给我解释清楚！"

我一看，整个脑袋都炸了，就像烟花点燃一样，噼里啪啦一通，最后还是归于现实。

天啊，这玩意儿怎么被他捡到了？都怪倪端，昨天晚上开会的时候非得坐在我旁边跟我讨论众人的情感问题，我一个来劲，就发挥想象思维，把大家都给配了对，最后还特地在尹易名字旁边写了一串不怎么高的评价，后来，用餐间的灯突然坏了，匆忙之间就忘了把笔记本拿走，然后，不知道又谁一个不小心给我扫落在地，再然后就到了尹易的手里。最最可恶的是，笔记本第一页还有我的大名，这会儿想赖也赖不掉。

如果说，刚才队长只是生气的话，这会儿眼睛已经充血了，就他那样子，恨不得把我撕巴来几口吃了。

偏偏这会儿肚子还很不争气地唱起了交响曲，在相对静寂的餐间里显得格外的突兀，再配上我此时的可怜样，真像是被后娘抛弃的孩子，无依无靠，还被地主剥削，最后连饭都不给一口，如果再来点儿悲伤的音乐，那真是引人泣泪啊。

尹易无奈地看了我一眼，叹了一口气，招呼大家坐下吃饭，见我还愣着，没好气地吼了我一声，"还站那儿当门神呢？不来吃饭是吧？"

话音未落，我已经三步并两步到了位置坐好，抓起筷子就是一阵狼吞虎咽，那吃相，真的是太"文雅"了。

一碗、两碗、三碗，当我盛第四碗饭的时候，终于有人出声了。

"咳、咳"梦琪在一旁惊讶得合不拢嘴，完全想不到平时一顿一碗饭下桌的我这会儿比她还能吃，"姗姗，你今天被饿鬼附身了吧？怎么好像几辈子没吃过饱饭一样。"

我头都不抬地"哼哼"了两声，继续埋头奋斗，说来也是奇了，其他人都是一生气就吃不下饭，我是生气了猛吃饭，肚子还像个无底洞一样，怎么填都填不饱。

"我看这回你们还说我。"梦琪嘟起张小嘴冲众人也是一阵"哼哼"，众人认真吃饭不理她，气得她直跺脚。

"随便怎样，你还是我们当中最胖的。"沫音毫不留情地来了一句，还觉得不够带劲，再补上一句，"人在吃，称在看"，伸手一把将梦琪藏在桌子下面的零食抢了来，于是，饭桌上又开始上演"零食争夺战"了。

"还吃不吃饭了！"不出十秒，尹大神的愤怒达到了极点，这下子一股脑全发泄了，将筷子重重拍在桌子上，然后摔门出去了，田宇也跟了上去。

众人指责的目光一起落在沐音和梦琪身上，两个人不好意思地低下了头，只是，梦琪还不忘嘀咕一句，"我哪里胖了嘛，只是骨架子比较大而已。"

"我去给队长道歉。"过了一会儿，沐音站起来走了出去。

"我也去。"梦琪也准备溜了。

"回来。"众人一声吼，她只好乖乖地回到座位坐好。

"别装可怜了，姐我可不是男的，不懂得怜香惜玉。"倪端看着她这小可怜样，没好气地说道。

"你就算是男的，那也只能是辣手摧花。"代曼不客气地出声道，"各回各家，各找各妈，睡觉去了。"然后起身回房间了，脸上没有半点儿的担心。

"你说，这尹阎王和代大姐到底怎么……"

闵敏话还没说完，元瑶站起来甩了一句，"做好自己的事，管好自己的嘴。"然后也回房间去了。

"她、这、我……"闵敏听了这话一下子不高兴了，气得话都说不出来，不一会儿功夫，就开始掉金豆了，"我说说怎么了，招她惹她了，这么凶干吗？我爸我妈都没这么凶过我，她凭什么！"

这下好了，气走的气走，哭的哭，原本是关于我的批评大会，这一来二去的，倒惹了这么多人不痛快，留下的几个饭也吃不下了，放了碗筷回寝室去睡觉，最后就剩下我一个人帮陈大叔收拾。

处 理

江县的夏天只能用"阴晴不定"这个词来形容，上午还是艳阳高照，下午便下起了淅淅沥沥的小雨，一碗刨冰、一把扇子、一把凉椅，这是享受江县夏天最好的写照。可是，我们却是无暇细细品味，一下午大家都耷拉着脸，合着雨声，倒演奏了一场悲伤的音乐剧。

因为连续几天和家长们发生矛盾，不知道上午尹易是怎么处理的，下午来上课的人少了一半，挨着打电话去问家长，有的直接不接，有的接了刚报上我们的名号就直接挂了，有的在电话里直接噼里啪啦地骂我们一顿。大家这才急了，没有学生的课堂这还能叫课堂吗？特别是代曼带的音乐班，现在只剩下 3 个人，过了一会儿，静雯的奶奶也跑来把孩子叫回家去了。

这会儿谁都没心情上课，索性就让所有的孩子都聚在一起上大课，几个男生被我们驱逐去维持纪律，剩下的人在会议室里继续想办法，傍晚去跳健美操还得见到贾乡长和李书记，这要是说起来即便不被一顿臭骂，我们脸上也是没光，更别说这群孩子虽然各方面条件参差不齐，这几天着实让我们操了不少的心，但大家已经有了一定的感情，这看不到了心里还怪想的。

"这下你们知道队长不好当了吧？"靠在窗子边的元瑶这会儿开了口，"别一个个一脸不屑的样子，你们总是看不起尹易，总觉得他不讲理、霸道、专制，给他取了不少的绰号，每次开会都是一脸的不耐烦，打哈欠的打哈欠，玩手机的玩手机，抽个人起来问一下意见，都是千篇一律的回答，我也承认，他的确有些地方欠缺考虑，倒是就这几天，出了这么多问题，哪一次不是他解决的。"

我撇了撇嘴，想出口反驳却什么都没说出来。

"易珊，我就先说说你，我们所有人中就你最能惹事儿……"

"难道都是我去招惹的吗？是他们没素质。"这下我是听不下去了，"还好意思说我，你倒是没惹事儿，成天一张死鱼眼，好像谁都差你几百万似的，一出事儿就躲在一边看戏，等结束了就出来义正词严地指责别人，搞得所有人都是错的就你一人是对的。"

"呵呵。"她竟然不怒反笑，好像我说的话根本没有任何的攻击力似的，"易珊，不插手就意味着不够义气吗？那你知不知道，你所谓的义气会给别人带来一系列的麻烦？就拿唐三那件事来说，你拿着一块砖头就把她给吓怕了，也给苏茉出了口气，你是不是为你所谓的义举感到自豪，觉得我们所有人都应该感激你，最好把你供起来。那你知不知道，就因为这件事那天下午尹易打了多少个电话给家长们道歉？刚刚你也打给几个家长了，觉得怎么样？不可理喻是吧？那你能不能设身处地地考虑一下他的感受？"

"那我们难道就任打任骂吗？"很意外的，一向是尹易忠实粉丝的沫音竟然站起来反问了这么一句。

"作为老师，更多的是为学生服务，为家长服务，其实主动权在家长手上，他们可以选择把孩子交给我们或是交给别人，我们没有权利阻拦他们，但这并不意味着我们就可以任打任骂，让他们随意践踏我们的尊严。当二者产生矛盾时，我们应该采取和平的方式解决，很多误会其实是可以避免的。"说到这儿，元瑶扫视了我们一眼，继续慢悠悠地说道，"现在很多人都不想当老师，不仅是觉得工资低、待遇差，更多的是害怕无法和学生、家长和谐相处，但如果你做得太好，学生和家长都很喜欢你，那么什么节日送礼、开学送钱之类的又来了，保不准你不会落得个受贿的罪名，所以说如何把握一个度才是最难的。"

虽然元瑶的话有些夸张，但大家这会儿都若有所思，她说的这些不仅仅是当老师才会遇到的问题，人们总是要面临这样那样的问题，老师大多时候面对的还只是单纯的学生群体，很多事都还相对简单，别的职位就不一定这么轻松了。

可是，我们这次只是以志愿者的身份，只待半个月，我们都无法和孩子、家长和睦相处，那以后出了校门我们真的能够适应这个社会吗？

"那现在怎么办？得赶紧想个办法啊，虽然说我那几个公主有时候是挺令人头疼的，但是学东西很快，还从家里带东西给我这个六公主吃，这见不到她们，我还挺想的。"代曼首先打破了室内的沉寂。

"队长在哪儿？先把他找回来再说吧。"三句不离队长的沫音也开口了，"你们先商量着，我去把他找回来。"

"我还是继续给家长打电话好好说……"

"我去安安、李梦他们几家看看。"

团结

　　一会儿工夫，每个人都找到了自己要做的事，又开始热火朝天地忙碌起来，没想到这次打电话去，大家的言语一委婉下来，家长们也好说话了不少，有的甚至还给我们道歉，等沫音把队长劝回来的时候，我们也联系得差不多了，大部分家长都承诺明天会把孩子送到学校来，其余的要么没打通，要么就是还要考虑一下，大家合计了一下，还是让田宇和刘琦继续带孩子们上武术课，其余人分散成组去没打通电话的孩子家跟他们的父母沟通，一定要取得家长们的信任，让他们明天把孩子送到学校来。

　　"加油！"大家围在一起加油打气后正准备行动，沫音和队长开门进来，梦琪谄媚地拉了把椅子招呼队长坐下，还摸出张纸巾擦了擦根本不存在的灰尘，我们大家也一字排开站在他面前。

　　"下面有请领导讲话！"杨扬一脸正经地宣布，大家也应景地鼓掌，弄得尹大神一张黑脸通红。

　　"队长，对不起，我错了，我已经深刻认识到我所犯的错误了。"实在受不了沫音一直在后面用手戳我的背，向前一步走，略带歉意地说道，"我这些天表现得很差，无组织、无纪律，任性而为，惹了一摊子烂事，给大家带来了很多麻烦，在此，我也向大家深表歉意！"通过这几天的接触，虽然队友们都有这样那样的毛病，比如很傲娇的代曼，经常为了我们和队长争执不休；不说话则已，一说话就得把人气死的元瑶，不中听的话语中总是包含了很多道理；吃货梦琪，虽然经常被我们打击，但一直是我们的开心果；黑黑的刘琦，总是默默做了很多事；胖嘟嘟的杨扬，在孩子堆里拥有好人缘，就连我自认为最了解的沫音的表现也出乎我的意料。尽管总是处于你嫌弃我我嫌弃你的状况，但很快大家都能握手言和，遇到问题大家更多的是互相帮助、一起解决，而不是相互指责，或许我们还有很多不足，但我们也在犯错误和改进错误的过程中慢慢成长。

"队长,我也错了,前天晚上我不应该以下犯上冲你大吼大叫的,虽然我到现在也还是坚持我的看法,我只是为我当时恶劣的态度感到抱歉。"苏茉这丫头真是拽,道个歉还这么嚣张,不过我还就是喜欢她这样的性格,本来那天的事就不是她的错,这整件事完全就是唐三在无理取闹,这两口子在一起过日子,牙齿嘴巴都还有碰撞呢,何况是人?就她那脾气,脾性再好的男人也受不了。

"没事儿,都坐下吧,你们这样听话我还不习惯了。"待众人坐下来之后,队长继续说道,"刚才我也反思了这几天我存在的问题,的确,很多时候我太按规矩办事了,也有些专横,听不进去你们的话,没有设身处地地站在你们的角度上想问题,昨天我还因为心情不好和雨花石的小伙伴动起手来,没做好带头示范作用,在这里,我也向你们道个歉。"说到这儿,他站起来给我们鞠了个躬,弄得我们坐立不安,"但是,我还是要强调,我们是一个整体,每个人都是这个队伍中不可或缺的一部分,既然存在错误,我们就要改,遇到困难我们就要努力去克服,最开始我就说了,我们到这里来是支教的,既然选择了,便只顾风雨兼程,希望今天以后我们大家能够团结一心把工作搞好。"

"是!"队长话音刚落,所有人站起来齐刷刷地回答道。

"那么现在大家该干什么干什么去。"队长大手一挥,本来很鼓动人心的一个动作,没想到,"啪"的一声打在了吊在饭桌上方的灯泡上,幸亏用力不大,灯泡只是晃了几下又归于平静。

"你是我的小呀小苹果,怎么爱你都不嫌多……"这时尹队长的电话响了起来,队长摆手让我们散了,这脚步还没跨出门,因为电话是扩音,我们把李书记的大嗓门听得一清二楚。

"上午到底怎么回事儿?还有上次的那个事你也没给我解释清楚,刚刚乡长还打电话来批评了我一顿,晚上之前你最好给我说清楚是怎么回事,不然……不然……"连续几个"不然"后就没声了,估计应该是尹大神把电话给挂了。

大家心里又是一阵不安,忙着按原计划去学生家,我和沫音、代曼和闵敏、元瑶和倪端、苏茉和梦琪共四组,各自去完成规定的任务。

"姗姗，干妈中午给我打了电话。"我和沫音分到的家庭离学校比较远，两个人一边问路一边闲聊。

"你不会告诉她我在这边又惹祸了吧？"就沫音这个我妈心心念念的小棉袄，每次都揪着耳朵跟她说不准告我的状，可是每次都用不了我妈严刑逼供，她乖乖的就把我的一切劣迹和盘托出了，最后还不忘加上一句，"这件事其实不是姗姗的错"，小的时候认为是她特意跟我过不去，被我妈骂了以后总是会找个机会把面子找回来，在学校伙同同学们孤立她，上课她回答问题的时候在下面捣蛋，放学不许她跟自己一路，割草打猪草也不与她一起，可结果是我被老师骂完被妈妈骂，甚至后来连老爸都批评我，慢慢上了中学，在同学中我也没有优势了，沫音人长得漂亮，一票男生递情书，偏偏她学习好、脾气也好，女生们不仅不仇恨，还和她关系都很好，别说我对她发脾气，就是眼神凶了点儿都会有一帮人指责我的不是。

初中

"易珊，外面有男生在看你哟。"班上的八卦终结者小 A 神秘兮兮地跑来在我耳边说道，我心下一动，慢慢转头看去，果然是他，这几天在操场上、食堂里、宿舍楼下，无处不偶遇他，本来之前没觉得，现在小 A 一提，倒好像真的是那么一回事。

"易珊！"下课他终于敢跑到我面前来，鬼鬼祟祟地递了一封信给我。

情书？

给我的？

接还是不接？

俗话说，哪个少女不怀春，看着面前这张英俊的脸庞，我的内心那叫一个汹涌澎湃。

可是还没等我回过神来……

夏至未满

"麻烦你帮我交给苏沫音一下好吗？"这句就像一道响雷"轰"的一下把我劈醒了。

"下午我请你吃东西哦。"最后他还不忘表达一下他的谢意。

于是我的第一次春心萌动就这样被一盆冷水浇灭了。

高中

"易珊，大家都知道你是苏沫音最好的闺蜜，就当帮哥们儿一个忙，今天晚自习后把她带到田径场来可以吗？我知道你一定会答应的，所以，谢了哈。"

于是乎，我莫名其妙地成了一帮男生的哥们儿。

大学

"我亲爱的易大姐，小弟的幸福可就掌握在你手里了，你就好心帮帮忙嘛，我已经在鸿程佳宴定好包间了，你可一定要把沫音给带来，拜托拜托了。"

慢慢的，我在汉子的路上渐行渐远。

……

细数过去的二十年时光，我似乎一直都在扮演着沫音的护花使者，帮她收情书，陪她约会，帮她跟易爸打游击，失恋了还负责帮她教训负心汉、给她擦泪水，也因此蹭了很多顿饭，当了很多次惹人烦的超级大电灯泡，当然，很多时候很羡慕她，甚至偶尔会有嫉妒的念头，会深夜里默默将自己和她对比，然后怪罪老爸老妈的基因不好。

唉，回忆了半天，最后脑海里显示的还是这二十年来无数次总结得到的结果——苏沫音就是我人生的魔咒。

更悲催的是，我已经习惯了这个事实，并且坦然接受。

呵呵，衣服、零食、老妈，甚至连自己喜欢的男生都可以拱手相让的我，还有什么不可以接受的，虽然每次都会后悔自己不争气，但最后除了悄悄发泄一通脾气之外我什么反应也没有。

"没有啦。"沫音缩着头小声地回答我。

拜托，姑奶奶，你只差脸上写上"我很抱歉"四个字了，这就是从小长大的朋友间存在的最大问题，因为你会比她还了解她自己。

无所谓地耸耸肩，快步向前走了几步，稍稍拉开一点儿和她的距离。

"姗姗，你不要走那么快嘛，我脚很疼啦。"

"这种路你穿高跟鞋出来，纯粹就是没事儿找事儿干。"扭头讥讽了一句，继续赶路，无视她在后面的一连串的抱怨。

"姗姗"晚上沫音坐在床上，揉着脚踝不停地冲我抱怨，"我脚都肿了，你看这儿，你看你看。"

"然后呢？"看她像只小狗可怜兮兮的在那边呻吟，本来还想反击她几句的，终归还是认命的去厨房烧火烧水，顺便帮梦琪下碗面。

"赶紧泡脚！"将装着热水的桶放到她面前。

"啊，真舒服，还是姗姗最爱我了。"看着她一脸幸福的样子，我却莫名地想揍她，心烦的随手抄起一本书看了起来。

"姗姗"姑奶奶又在召唤我了，一个白眼甩过去，小妮子耸耸肩，小声地继续说道，"可以把拖鞋给我一下吗？"

我将手里的书朝她扔过去，还是站起来拿了拖鞋扔在她面前。

"易珊！"刚坐下来准备继续看书，尹大神一声怒吼传来，吓得我马上站直，整理好衣服准备英勇就义，其余几个女生一脸的幸灾乐祸。

又怎么惹着尹大神了？

今天下午见着他那么耐心地跟我们说话，还以为大神会稍稍温柔一点，就他这一声怒吼，呵呵，还是狗改不了……吃屎。

忐忑不安地出了门来，夜色中只能看到大神庞大的背影，偏偏还穿了一身黑，和我的一身白倒是可以凑成"黑白双煞"了。

我呸，谁跟他是"黑白双煞"？！

定了定心神，慢慢地向大神走近.

"你缠脚了还是咋的？"哎呀妈呀，又是一声大骂，虽然不怕，还是蹑手蹑脚地走到了他身后。

"亲爱的队长大人，请问您深更半夜找小女子何事？"忍着想吐的冲动说完这句话，很自觉地低头站好。

"你！"尹易无语地瞪了面前的这个疯丫头一眼，想了想，以自认为最温和的语气开口，"贾乡长安排你写的简报呢？人家都打电话来催了，让你赶紧给他发过去。"

堰塘村的李大福

这个贾乡长也真是够了，成天没事儿干就光盯着我们这群大学生了吗？一天到晚地安排任务不算，还嫌你手脚慢了，最气人的是明明已经发给他了，下一次还是要问你怎么还没交，明明才四五十岁的年纪，怎么就这么健忘？

这几天我是怎么看他都觉得不顺眼，就为了晚上跳个健身操，还来这边住着不走了，这又是偏远山村，连想吃顿牛肉都得去赶个集，更别说旅馆、宾馆之类的，所以，折腾几番之后，最后终于把他老人家安排在了街上房子修得最好的李大福家。

说起这李大福啊，可真是村里的一个传奇人物，讲起他，村里的老人们个个头疼不已，原因是大福从小父母双亡，和妹妹一起由爷爷奶奶养大，小的时候也受了不少苦，十来岁的时候，村里的人发现他手脚不干净，最初的时候只是偷个红薯、掰个玉米，大家想着他家的情况，大都睁一只眼闭一只眼，慢慢的，村里的牛、羊、猪陆续被偷，乡亲们首先想到他，然后就每天一群人守在他们家门口骂的骂哭的哭，要知道那时候农村的猪牛畜生可是很值钱的，谁家要是猪、牛、羊三样齐全，完全不愁嫁女儿娶媳妇了，这一丢了，大家把账全部算在大福头上，最后逼得大福拿着家里为数不多的积蓄连夜逃跑了。等到后来偷窃案查清楚证明了大福的清白的时候，大福已经逃到了外地。

等过了七八年，大福再回来的时候，已经是西装革履，头发打上了啫喱水、腰上挂了个手机，身边还有一个二十来岁的女人，那模样俊的啊，大福说这是他的女人，然后买了几团大鞭炮去他爷爷奶奶坟前放了，就在以前的老屋里住了下来。

后来女人怀孕了，孩子生下来之后，大福以前挣的钱也花得差不多了，大福这些年过的是轻松日子，他已经再难拿起锄头干农活了，女人也是受不得苦的，这一年的时间里家务活大多是大福做的，更别指望她下地干活了，在这种入不敷出的情况下，大福又操起了老本行，不过已经不仅仅满足于乡下的粮食这类的不管钱的东西了，而是去县城里偷手机、电视等电器来转手卖给别人，一次失手当场被警察抓住，扔进牢里待了半年，等半年出来后，女人跟人跑了，儿子也没了，这会儿的大福真正成了孤家寡人。

多方打听后，大福才知道他还没进牢里的时候，女人就和同村的外出打工回来的光棍李强勾搭起了，等他一进牢房，女人直接卷铺盖去了李强家住了下来，儿子也成了别人的儿子，眼看着半年的时间就到了，李强从小跟大福玩大，知道大福要是知道自己拐了他女人，顺带了他儿子，绝对没自己好受的，所以在一个月前就伙着女人带着孩子跑去了外地。

对于这个女人，虽然在一起一年多时间了，其实大福对她没什么感情，当初在厂里的时候也是她先勾搭自己，后来被她老公发现了，两个人才收拾行李回来的，之所以把她带回来，也是因为大福觉得自己也老大不小了，回老家来没房没地，想娶个媳妇好好过日子那是没可能的，再说就算有人愿意，彩礼钱他也出不起，更别说在城里找一个，所以才打定主意把这女人带回来，三年五载的给自己生个娃儿，男女无所谓，只要有个自己的种就行了，可是，现在女人跑了孩子也没有了，包里也没钱，如果说之前大福偷东西还抱有一丝的良知的话，那么此时被生活逼得濒临绝境的大福深刻体会到了钱的重要性，他觉得只有钱才永远不会背叛自己，只要有了钱，女人乖乖的就来了，更别愁孩子了。

于是，大福又踏上了离家的路，此后又过了十来年，此间，村里人陆陆续续地听到一些有关大福的消息，有人说大福如今发大财了，在城里买了房子，也娶了媳妇，也有人说，大福挣的是不干净的钱，是靠买卖儿童、拐卖妇女等挣来的，只要有钱赚他都敢，也有人说，大福还是操老本行，某一次偷东西的时候被人抓着打断了一条腿，诸如此类的说法还有很多，但也只是乡亲们无聊时的笑料而已，大家带着或羡慕或鄙视或不屑的语气谈论完这件事，又很自然地过渡到了哪家女儿该找婆家了，哪家儿子该找媳妇了，所有的一切对他们来说，就像空气中微微吹拂的风一样，过了就是过了，偶尔想起来又再翻出来说上一说，最终目的是大家笑了就好。

就在这反反复复的谈论中，在儿童唱着不知道谁编的"村里有个李大福，好吃懒做背气福（给祖宗丢脸），偷女人，卖孩子，羞羞羞，逮着打断一条腿、一条腿。"的歌谣声中，突然一个消息传来，李大福要回来了，村里人一惊，赶忙将自家子女带回家好好看着，年轻的女子也尽量不出门，以防大福下毒手。

水泥路与泥巴路

大福这次是真的发了，开着小汽车回来的，脖子上挂了拇指粗的金条，脚下的皮鞋锃亮，还取了一个二十多岁的年轻女人，女人又给他生了个儿子，一家三口站在那儿，倒更像是爷爷、女儿和外孙三辈人。大福见这么多人来迎接自己，"光宗耀祖"的心理越发膨胀，大手一挥，就在他叔公家摆了酒席请全村的乡亲来吃，那个晚上，他真是扬眉吐气了。

大福回来的消息一下子传遍了全乡，就他这阔绰的手笔不免让人猜想他是否真的是在外地赚了大钱。现在很多人都向钱看齐，之前大福没回来的时候大家也就当个玩笑说说就算了，这下见着大福出手阔绰，管他是怎么挣的，三大姑八大姨全找上门来了，这个哭诉一番当年爷爷奶奶带大福兄妹俩的不易，那个来叹息一声这些年大福过得凄惨，妇女们更是达成了共识，一个个的全说当年那个女人没良心，说到那个被带走的孩子，甚至还有人憋出了几滴眼泪，这不知道的，还以为是她们的孩子。

等到第二天，赵乡长（贾乡长的前任）也找上门来了。昨天晚上他可是在网上查清楚了，大福如今在外面开了个公司，不算大，但这些年下来，身家已经上千万了，对于堰塘村这个偏远乡村的人来说，那可真是一个不得了的数字。有钱能使鬼推磨，这句话虽然夸张了，但有钱能使个别人当孙子这还是可以的。以前大福回来钱用尽了，孩子生了，家庭经济困难，多次在村上开了证明想去乡上申请补助，赵乡长当时是一脸的嫌弃加不耐烦，风水轮流转，这会儿两个人倒像是对调了位置，赵乡长熟络地给大福装完烟，还把大福儿子夸奖了一番，话里话外透露出来的意思就是，村里要修公路，差点儿钱，希望大福这个大企业家能够拿出一点儿来造福家乡。

大福并没有立马表态，几万块钱对他来说倒不是个大事儿，但想起以前这些所谓的乡亲们诬陷自己偷了他们的猪牛羊，逼得自己背井离乡，连爷爷奶奶的最后一面都没见到，更别说现在流落在外的妹妹，还有后来回来后大家对他的态度，现在想来，要不是因为这儿终归是他的根，他一辈子都不愿意再回来看到这些人的丑陋嘴脸，要是当初他们稍稍帮助一下，自己也不至于找了这么多年也还没找到妹妹和孩子。

这件事就拖了下来，大福找人在原先李家老宅的位置重新修了一栋两楼的小洋房，又给他爷爷奶奶和爸爸修坟立碑，其他人见了他这架势，纷纷感叹李家出了个好子孙，光宗耀祖了。

一个月之后，房子、坟都修好了，大福在新家里大摆流水席，请了十里八村的人过来吃喝，乡长、书记等都来了，大家闹了一天一夜，大福的老婆和儿子却一直没有露面，有人问起，大福才说，母子俩回城里去了，第二天一早，他也收拾行李回去了，房子钥匙给了隔壁的赵四家，叮嘱他们时常开门进去打扫一下，一年半载的全家人回来住上几天。同时给村里留了二十万块钱，再三吩咐这钱用来修马路，剩下的就用来修补学校，所以，如今实践团队所在的学校的一些课桌之类的东西都是用这笔钱购买的，这也能解释为什么堰塘村作为一个偏远村庄能够最早打好水泥路。

夏至未满
115

而我们进村时的那一小段明显比水泥路窄得多的泥巴路，当时开会说修马路期间每家每天出一个劳力，这块地的户主是个残疾人，老婆身体也不好，更何况上有老下有小，这女人去修马路干活不行，还总是迟到早退，惹得众人心有怨言，最后村长说了她两句，这女人终于忍不住了，扛着工具就回家了，再也没去干过，还扬言自己这块地坚决不让出来。所以，最后就成了村里其余地方都打好了水泥路，就只有这一块例外。

　　今年夏天比以往热了不少，尤其是城里，走到哪儿都是热气腾腾，大福带着家人早早地就回乡下来避暑，生意直接在网上处理，可能是这些年在商场上打拼，见怪了尔虞我诈，回到民风淳朴的家乡，大福对以前的事情也淡然不少，这两年更是承包了不少村里的荒地种，从城里买了果苗来种，有时候回来三五几个月才回城里去，上半年又捐了一笔钱用来修养老院安置村里的孤寡老人，县城里的记者来采访他，他只是说这是他该做的，一来是弥补以前做过的一些错事，二来不想看到村里的孤寡老人像当初自己的爷爷奶奶一样老无所终。该报道在电视台播出后反响极大，大多数人都为他这种回报家乡的行为所感动，根本不在意他口中所谓的曾经做过的错事是什么。

　　关于李大福的故事，就如水泥路和泥巴路，泥巴路又脏又窄，下雨天一脚下去，准给你来个一脚的泥，有了水泥路的对比，慢慢的，即便太阳天，你看到那一段并不沾脚的泥巴路时还是会忍不住地皱眉，因为它是泥巴路，可是你却忘了现在便捷的水泥路也是泥巴路转化来的，只是用钱做了一次包装而已，现实就是这样，外表光鲜的东西在某些人眼里总是没有缺点的。

大公主母女

　　有些时候，你的一句气话会让人记很久，而有的时候，你的几百句真话、好话却换不来别人的一丝认可，就像现在的我。

"姐姐"来的路上我已经在脑海里打了成千上万个草稿，可是看到大公主的妈妈，这个今天早上我还跟她破口对骂的女人，忍住不去想今天早上她所说的那些话，很真诚地给她弯腰道歉。

　　"你叫谁姐姐呢？我怎么可能会有你这样的妹妹。"大公主的妈妈站在门口台阶处，斜睨着我，无视我的道歉，依旧和今天早上一样的口气。

　　"是我嘴笨，抱歉。"可是我嘴巴不受控制的又蹦出一声"阿姨"，我发誓，这绝对不是我要故意跟她对着干。

　　"我有这么老吗？"果然，这会儿大公主的妈妈口气直接降了好几个调，虽然低着头看不见她的表情，估计也好不到那儿去，这倒让我想起了上我们古代文学那位女老师，一节课给你上得个天花乱坠，一会儿心理健康课，一会儿生物课，一会音乐课，一会儿又成了书法课，还自我感觉教得很好，不准玩手机，不准走神，连上课时手该怎么摆放都给规定好了，最奇葩的是，每次她安排的作业，你做慢了她会说你太拖沓，做快了又会说你不够认真，做得不快不慢还得说你没有时间概念，偶尔大发善心让你提一下意见，你刚开口就给你打断，然后又开始她的长篇大论，总而言之，言而总之就是，怎么做怎么说都是别人的错，她什么都是对的。

　　"那叫您余女士您不介意吧？"刚才来的路上听一个老乡说了，这大公主的妈妈十几岁就出去打工了，后来嫁到重庆，据说家庭情况不错，而且这位余女士对父母特别孝顺，每年寒暑假都会回娘家来住上个把月，每次来都是大包小包的提一大堆东西，什么金戒指、金项链这些乡下人不常见的贵重物品，余女士常买来送给自己母亲，所以啊，村里人说起她来，都羡慕老余家生了这么一个孝顺女儿。不过羡慕归羡慕，也有些人不相信余女士的话，如果真嫁了一个有钱老公，为什么这么多年没带回来过一次，而且去年余女士的妈妈和姐妹去了重庆待了一个多月，回来后就有人说余女士离婚了，这边家人过去是给她撑腰，甚至还有人猜测说，余女士根本就没有嫁人，而是在外面干一些见不得人的事，不过猜测归猜测，在没有证据的前提下，一切都是空话。

　　"哼"余女士这回没说话了，但重重的鼻音表示了她对我的不满。

　　这会儿我才真的切身体会了"自作孽不可活"这句话的真谛，要是早知道我还要来"负荆请罪"，早上少说两句，忍一下也就过去了，也就不用现在这么卑躬屈膝地来请求她的谅解。

"首先，我就今天早上的事先给您道个歉，当时说话口无遮拦的，有些话说得真的太过分了，希望您能大人不记小人过。"顿了顿声，忍住恶心，继续一脸真诚地说道，"今天来呢，是希望您能够让郑洁（大公主）回去继续上课。"

见她一脸怀疑地看向我，我赶忙补充道："我不给他们上课，所以，您大可不必担心，再说了，我们在学校也是学生，所以过去的事情就过去了，希望您能再相信我们一次，如果您对我们的能力存在怀疑，也欢迎您来听课。"虽然我们只是在校的大学生，但是我敢打包票，我们这群人绝对比正规学校的老师还要负责，因为我们还只是学生，需要在社会这个平台多积累经验，而且作为志愿者，不存在利益问题，所以更能够尽心尽力地去教孩子们。退一步光说硬件问题，代曼、苏茉这些获得过国家级证书的人就不说了，就是梦琪，这两年都不知道拿了多少省市级健美操比赛的大奖，我算是其中硬件条件最差的一个，英语四级、三笔字、普通话、计算机啥都没过，不过小女子作为老师口中的"中文系的希望"，在各种报纸杂志上也发表了好些文章，获得过好几项文学奖，可能我做老师不合适，但光是教语文的话，资格还是有的。当然，我之所以这么说，不是想夸赞什么，只是想说明，当初组建我们这个团队的时候，队员也是选了又选、优中选优的，说不定比一般的小学老师还要优秀一些，当然，我们不能跟他们比经验。

"不穿裙子的姐姐。"我正等着余女士回话，大公主从旁边急匆匆地跑过来，还是一样的称呼，可因为有了上午的事，我也懒得去跟她辩解这个事儿，反正又不是我教，退一万步说即使是我教，大不了就再忍几天，到时候拍拍屁股走人就是。

"今天跟你怎么说的来着？没大没小的。"令我没想到的是余女士竟然出口呵斥了大公主，跟今早上的态度完全不同。

微微诧异了两秒，反应过来时，大公主正撅着小嘴儿，不服气地"哼哼"着，满脸的不高兴，不过迫于余女士的权威，僵持了一会儿之后还是低下了她高贵的脑袋，低低地说了声"对不起"。

"嗯？"我一时没听清楚，反问了一声。

"你！"大公主以为我故意整她，气得直跺脚，不过她老妈一个白眼甩来，小丫头又马上规规矩矩站好，在她老妈的威逼之下，再次向我道了个歉，"对不起，易老师。"

这回我是真的听清楚了，当下不自觉地咧开嘴角笑了笑，怕大公主以为我故意刁难她，伸手揉了揉她的头发，无视她一脸的不乐意，低头冲她说了声，"你还是想怎么叫就怎么叫吧，我不生气了。"还附带了一个大大的欠揍的笑容。

受伤

在元瑶的一阵说道下，我是真的不在意了，准确地说，之前我也没怎么在意，只是因为被这么个小丫头当众这样叫我不舒服而已，又加上被余女士一刺激，整个人就像拉了引线的炸弹一样，"轰"的一声炸个稀巴烂，这会儿人家都给台阶下了，我自然也不好再说什么，何况现在我还是来求人家的。

"余女士，你真的太客气了，我跟大公主，哦，应该是郑洁小朋友只是开了个小玩笑而已。"拉着大公主的手摇了摇，示意她赶紧跟上节奏，她也很配合，微微点了个头。

余女士瞥了我一眼，没说话，转身推门进去，并招手让大公主进去，我以为作为一个三十岁左右的早就进入社会的成熟女性，怎么也会懂得起码的人情世故，没想到余女士半点儿没有招呼我的意思，"嘭"的一声将门关上，透过玻璃，我看到他们母女俩坐在沙发上看电视，里面坐地风扇的"唧唧"声透过沉闷的暑气刺激着我的耳帘。

愣了两秒，反应过来收拾好心情，尽量忽视心里的不满，朗声冲屋里说道，"那余女士，我就先走了，今天就让小洁好好休息，明天记得把她送到学校来哦。"如果仔细听，绝对会发现我的声音里夹杂着一丝怒意。

里面没有回音，我也不准备再浪费时间，人家刘备三顾茅庐是为了寻得贤才辅助自己，而我这纯粹是给自己找罪受，不爽地踢着路上的石头，旁边的沫音知道我心情不好，聪明地选择了沉默。

"小心"沫音话还没说完，我的脚已经和路上的石头做了亲密的接触，脚趾立马红肿了，钻心的疼呀，更可恶的是，沫音还在旁边幸灾乐祸地笑，"都说了多少次了，让你走路时注意脚下，每次都神经大条地踢到脚趾，再这么大意下去，你这脆弱的小脚趾啊，总有一天会废的……"

"闭嘴"刚才屁都放不出来一个，现在念念叨叨的，马后炮也不带这样放的好吗？

由于脚受伤，只好一路上蹦蹦跳跳地回学校，沫音打了电话回去，没一会儿，田宇和刘琦就赶了过来，刘琦直接无视我的反抗，一把把我扛在肩上就走。

一向只有我扛别人，什么时候轮到别人来扛我了？姑奶奶的脸都丢尽了啊。我是又打又骂，能用的招都用了，可是这小子完全没反应，倒引得路上的人驻足观赏，最后无奈，只好把脸埋在刘琦的背上，安安静静地任由他把我扛回了学校。

"刘琦，你丫的！"一到学校把我放下来，我马上原形毕露，存了一路的火气全部爆发，抄起桌子上的书就向他扔去，只见他纵身一跳，轻而易举地就躲过了我的攻击。

还敢躲？

如果说之前我只是拉不下面子想出口气，那么这会儿我是来真的了，拿起书愈加用力地扔向他。

咦，怎么没声音了？

抬头看去，我的个妈妈呀。

只见尹大神黑着脸站在我面前，当然，我在意的并不是这个，而是他的旁边，站着的是清歌。

赶紧把岔开的腿并拢，把衣服理好，用手摸了摸头发，幸亏没乱，要不然一副鬼样子出现在他面前，光是想想我都巴不得找块豆腐撞死。

要是你问我为什么不是砖头，我只能够告诉你，我怕疼。

"嗨"硬着头皮给队长和清歌打个招呼，眼睛扫视屋子一圈，其他两个男生都出去了，剩下的沫音正两眼冒桃心地看着尹阎王，我也是搞不懂了，这丫头到底看上阎王哪点了，说帅嘛，他赶不上清歌，说性格吧，他赶不上刘琦，说幽默吧，他赶不上杨扬，说文采吧，他赶不上沐陈逸，说理性吧，他也赶不上夏至和乐亦。

我是横看竖看，没从阎王身上找到一丝半点儿的足以让我觉得不错的地方，就我对沫音的了解来说，她更应该喜欢的是那种帅气而又耐心体贴的男生才对，到底是中了什么邪了，从一开始见到阎王这丫的就沦陷了，现在都还没爬出来。

难道，这丫头有受虐倾向？

估计是的，要不然也不会被我欺负得这么惨。

尹大神大发慈悲

"嘶"脚趾上传来的痛觉打断了我的天马行空，回过神来，清歌正蹲在地上给我包扎，看着他认真的侧脸，额角的汗水顺着脸庞慢慢滑下去，然后经过嘴角，滑过突起的喉结，最后落入衬衫包裹着的胸膛，看着看着，我竟有些口干舌燥起来，心中警铃作响。

非礼勿视，非礼勿视。

色即是空，空即是色。

赶紧转换视角，看向我的脚趾。

他的手指好修长，一根根像白玉似的，要是握在手里，这夏天估计手心也不会出汗了。

赶紧刹住！

易珊，你是中了邪还是咋的，怎么满脑子都是不健康的想法？人家好心给你包扎，你不感谢就算了，还胡思乱想，女孩子家家的，还要不要脸了？

对，包扎，他只是给我包扎而已。

可是……

"啊"一声大吼，下意识的一脚踢了出去，正好对着清歌的裆部……

惨相即将造成，主啊，上帝啊，赶紧来个雷把我劈死吧。

"易珊，你疯了是吧？"幸亏清歌躲闪得快，要不然……，那我就真是尴尬了，可是，谁让他用碘液来给我消毒的，我这是伤口，而不是简单的刮到而已，用碘液来处理，不得把我疼死啊。

好吧，我承认，我特别怕疼，从小到大奉行的原则就是能熬过的绝不吃药，能吃药绝不打针，能打针绝不输液。特别是碘液，这东西绝对是我人生的一大禁忌，光是想象它点在我身上的画面我就受不了了，更别说真的给我擦在伤口上，这不是要我的命吗？

"嘿嘿"傻笑两声，试图化解尴尬，可是亲爱的队长不给面子，脸黑的比刚才进来的时候更甚，我这踢的又不是他，没看到真正的受害者站在一边也只是无奈地笑笑而已吗，这"旁观者"倒是怎么了？这不想还好，一想起来，心中的抱怨就多了，似乎从进了这个队以后，尹阎王就总爱针对我，不管对错，每次劈头盖脸就是一番训斥，虽然我比较能闹腾，但我们队里除了几个男生和元瑶之外，谁又是安静的主，还好意思管我，自己不还是跟人打架，还打电话跟学生家长吵架，哦，忘了说了，我下午去一个学生家里的时候才听人说，前几天就我拿砖头吓唐三那事，之所以后来没人来学校来闹，是因为当天晚上尹易挨着给家长们打电话道歉，可能是因为晚上大家对他的一阵刺激，他后来实在没忍住，打电话时语气也不好，直接在电话里跟人吵起来了，好在这家伙惯常说理，吵归吵，最后还是把人家长糊弄住了，第二天家长们乖乖把孩子又送到学校来了。经过今天下午到学生家里去受到的或是冷嘲热讽，或是置之不理，或是冷眼相对之后，我不得不承认，在处理这些关系的时候，尹易的确有他的独到之处。

但是，这也不足以让我转变对他的态度，要是你，你能接受打你一巴掌再给一颗糖吗？而且这颗糖还是偷偷摸摸给的，不能，绝对不能，更何况还是我这种锱铢必较的人，更是不能容忍，只是人在屋檐下，不得不低头，要不然，我绝对前踢腿，后勾脚，让他好好尝尝滋味。

当然，这也仅限于想想而已。

"毛毛躁躁的，这都多少次了，就是不长记性。"这边心里还在检举他的罪行，那边他就凉凉地开口了，"从今天起你就别出校门了，免得到时候直接把脚给废了，别来的时候还活蹦乱跳的，回去就一瘸一拐了，你难受不要紧，还拉低了所有人的颜值。"

奶奶个神的，有这样说话的吗？就我这一副可怜兮兮的样子，你不安慰两句就算了，还诅咒我，你到底还是不是男人了？

正准备开口还他几句，突然想到一个问题。

从今天起别出校门？

那是不是就意味着晚上我就不用去跳那劳什子健美操了？

"那我是不是就不用跳健美操了？"我试探性地问道，我这脚伤说严重也不严重，说不严重呢，这血凝成一块了，看着还是挺触目惊心的，最怕的就是阎王甩我一句，你可以不跳，但是你得去现场坐着看，如果真是那样，光是想想一众农村妇女在我耳边叽叽喳喳地说着家长里短，我敢保证，我绝对会受不了的。

眼看着阎王若有所思，我急得跟热锅上的蚂蚁似的，心里不停嘀咕：让我一个人在寝室自生自灭不也挺好吗？再说了，那么大的一个健身操队伍，多我一个不多，少我一个不少。

"你先把脚伤养好吧，这两天就好好待在学校里。"在我的眉毛都快打成死结的时候，美好动听的答案终于从阎王的嘴巴里吐出来了，我激动得差点跳起来了。

"傻了啊？"这会儿尹大神又开启唠叨模式，"这两天小心着点儿，别让脚趾沾到水，也别坐不住在太阳下蹦蹦跳跳的，到时候发炎了，难受死你。"

"是是是，一切遵从您老人家的吩咐，小女子我一定唯命是从。"这会儿心情好，只要他不临时改主意让我去跳健身操，他爱怎么说都行。

"那你回寝室好好休息一会儿。"尹大神早就看穿了我脑子里的那点儿弯弯绕绕，但是很满意我这么听话的样子，无奈地笑了笑。

"好的"得到他的大赦，害怕多待一秒他改变主意，顾不上脚上的伤赶紧站起来艰难地向门口跳去。

夏至未满

"对了"刚准备开门，尹大神又开口了，吓得我赶紧站好。

尹大爷，我可求求你，千万别改变主意，我是真的不想跳健美操了，平时跑个三五千米都不成问题的我，就昨天跳了一晚上，今天腰酸背痛的，活活像被人打了一顿似的。

"学校晚上不安全，我安排个男生留下来照顾你。"就在我内心无数遍的祈求之后，老大竟然发挥了"好人做到底，送佛送到西"的优良品质，准备给我安排一个保镖。

汉子老大的来电

尽管我并不需要，但是，如果，要是，眼睛往站在尹大神旁边的清歌一瞥，要是保镖是他的话，我还是很乐意的。

嘿嘿，原谅我如此为色疯狂。

可是，人得意的时候，往往会忘了一句话，天不遂人愿，人生总是充满了意外。

这不，万恶的刘琦好死不死地推门进来叫队长出发，然后，顺理成章的，队长就把这个平时默默奉献的好队友，我们众女生心中公认的好男人留下来照顾我，再然后，在我幽怨的目送下，大神和清歌先一步出了门去。

"我扶你回寝室吧。"刘琦上前好心的要搀扶我，看着他因为免除了跳健美操而笑得极其灿烂的脸庞，我真心不爽，平时我也挺看好他的，可是这会儿我是怎么看他怎么不顺眼。

"不用了，我只是脚趾伤着了，并没有残疾，还能够自理。"扯出一丝笑容，拒绝了他的好意，瘸着自己回了寝室。

今天我到底是怎么了，吃饱了没事儿干还是咋的，一天到晚胡思乱想，真是魔怔了。

反省了自己这些天的反常行为，最后得出一个结论——清歌驾到，易珊危险。

不行，不行，我得赶紧克制，人家把我当好朋友，我成天想些杂七杂八的，算是怎么回事，幸亏别人还不知道，要不然我这脸都丢到姥姥家了，光是想想沫音的笑声我就已经受不了了。

坐在寝室里使劲把一切杂念都抛开之后，我终于能静下心来打开电脑抓紧把今天的新闻稿和工作简报给完成了，尹大神是让我不去跳健身操，并没有让我不写新闻稿和简报，我可不想他老人家再像昨晚一样，本宫都要就寝了，一声怒吼逼我无奈地从床上爬起来赶稿子，然后就一直熬到凌晨两点，一早上起来都成了大熊猫了，想想真是一把辛酸泪啊。

正在抓耳挠腮地憋句子凑字数，手机响了，随手一把抓起夹在耳朵边上，十根手指在电脑键盘上飞舞。

"喂，我易珊，请问您是？"我属于那种完全可以一心几用的人，尽管满脑子全是词语，并且还在不停地组合成我想要的句子，但是耳朵还是留给手机里的那个人的，心能不能跟上那就另说了。

"小珊"很意外的，电话里传来一阵抽泣声，愣了半秒，我才后知后觉地意识到，电话另一头的那个现目前正伤心欲绝的女人，是平时那个总是对我大吼大叫的女汉子陈圆，也就是我在编辑组的老大。

"你是遇到什么不好的事情了吗？"我停下了手上的工作，关心地问道。

"呜呜、呜呜……"我这不说还好，这一说她倒像是拧开了的水龙头的开关，眼泪"刷刷"地流个不停，光是想想她现在的样子，我都头疼不已。

我印象中的老大，是个比我还汉子的女人，虽然穿得很文雅，但是爆出口、翻桌子照做不误。我们部门男生比较少，平时搬展板、桌子什么的，老大都会亲自上阵，别看她个子娇小，但力气委实不小，每每让我惊叹不已。负责管理我们编辑部工作的老师是个工作起来一丝不苟的女老师，每次我们的工作达不到她想要的效果，她"老佛爷"可以不歇气地"巴拉巴拉"说个半天，而且她口才还贼拉拉的好，就连学生会主席在她说话的时候都只能一遍遍地回答"是、是、是"，因为她完全不给你反驳的机会，用她的口头禅来说就是，你可以提出你的意见，但我可以选择不听，所以众人对"老佛爷"那完全就是闻声色变。不过老大是个例外，每次她都很听话地站在一边听"老佛爷"批评我们的工作，但每一期的校刊出来，"老佛爷"指出的问题还是半分没动，然后老大又被叫进"老佛爷"的办公室，等出来的时候，老大还能一脸无所谓的告诉我们，坚持自己的风格就好。

虽然男生一般不会喜欢汉子型的女生，但就同性的角度来看，我非常喜欢老大这种性格，平时虽然总爱打击她，甚至有一次我打笑道，"老大，要是你哪天哭了，记得一定要通知我，我一定会立刻赶到你的身边，然后指着你大笑，你丫的也有今天，呵呵。"当时只是开个玩笑，现在她真哭了，我心里却没有当初所想象的那般开心，更多的是难受。

"别哭了，跟姗姗姐姐说说，说出来就好了，乖哈。"不知道什么原因，我特别喜欢让别人叫我姐姐，虽然比老大年龄小，但就是喜欢让她叫我姐姐，当然，她心情好的时候，也会喊两声让我高兴高兴。

"去你的，你个小丫头片子，还说安慰我，你确定不是给我添堵的？"虽然老大话不好听，但骂我总比一直哭着的好。

老大的爱情故事

"乖啦，乖啦，好好跟姐姐说是哪个负心汉欺负了你，姐姐我一定扛着大刀到他面前分分钟把他削成薄片，然后让你涮火锅，让他知道知道厉害，老虎不发威，他当姐们儿几个是病猫来着。"根据我的判断，能让咱们老大哭得如此梨花带雨，那绝对不会是老师、同学的问题，而她又待在学校，所以正常情况下也不可能是家庭原因，再联想一下近来这段时间老大的反常，作为一个二十岁的正常女性，猜也猜得出来是感情出了问题。

"啊……"这不说还好，一说老大便扯着嗓子又哭了起来，哭得那叫一个惊天动地，恰好证明了刚才我的猜测。

"没事儿没事儿，这世上三只脚的螃蟹难求，两条腿的人满大街都是，再说了，人这一辈子，谁没爱过几个人？离了谁过不下去？何必搞得这么狼狈？"这女人啊，无论再坚强的女人，一沾上爱情，自尊、骄傲啥的全部靠边站，就全都抱着谈一场恋爱就是一辈子的念头，可是真能够走到最后的又能有几个呢？

"你就是纯粹的站着说话不腰疼，等到那天你也这样了，别给我一哭二闹三上吊我就阿弥陀佛了。"就知道她这人，我说她一句，她就非得还我一句，就算是纯粹过过嘴瘾她也乐此不疲。

"那你慢慢等着吧，不过在这之前，你还是好好给我交代一下你今天是怎么回事儿？好歹也说来让我高兴高兴。"

这会儿她倒是听话没跟我犟嘴，沉默了几秒之后把她和她那位"曾经"的白马王子的故事娓娓道来。

听完之后，我真是差点儿一口气喘不过来，又是一出狗血言情剧，老大和那男的在公交车上一见钟情，但是由于大家都不认识，所以也只是在同一辆公交车上坐了十几分钟而已，一个月后，新一期的校刊征稿，男生的稿件被选中了，摆摊设点的时候他过来拿样本，正巧遇到在那儿检查工作的老大，两个人一对眼儿马上认了出来，再然后，两个人就开始暧昧了，每个女生都想在自己喜欢的人面前展现自己最美好的一面，老大再是汉子，也不能免俗。自从认识他之后，老大开始注重收拾打扮，说话做事都力求淑女，那段时间虽然我对老大突然地转变有些惊讶，但平时大大咧咧习惯了，以为老大只是一时转型了而已，也没多问，慢慢的两个人就发展到"非你不可"的地步了，正应了"情人眼里出西施"那句话，怎么看都觉得对方是这个世界上最适合自己的人，甚至还开始规划未来。

人与人之间一开始刚认识的时候，就像春天早上的山头，你起床一看，烟雾袅袅，欲拒还迎，多了一份朦胧美，当你慢慢走近，揭开了它的面纱，或许那层面纱之下是垃圾堆，也或许景色迷人，这人相处久了，以前没发现的各种毛病一股脑的全暴露出来，不然何来的"婚前恐惧症"和"七年之痒"呢？老大和那个传说中的男生（因为自始至终我都没见过，这次还是第一次听说，暂且就称呼他为"传说中的男生"）在相处过程中慢慢退却了一见钟情的新鲜感，老大的汉子本质渐渐显露出来，也慢慢发现那个男生身上存在的一系列诸如抽烟、喝酒、爆粗口等问题。不过，女人就是这么奇怪，不爱则已，只要一爱上了，什么自尊、原则，通通滚一边去，很不幸的，我最亲爱的老大也摆脱不了这个魔咒。

　　还记得最开始进部门的时候，有个女生因为感情的原因经常没时间写稿子，老大最初没说什么，等过了一段时间，直接把那个女生开除了，开会的时候还以此为案例告诫我们不要被个人感情冲昏了头脑，当时我随口提问了一句，"老大，要是你有男朋友怎么办？"她斩钉截铁地回答我，"如果因为爱一个人而丧失了自我，那这种人不爱也罢。"现在想来，倒有些好笑，就像一个平时喜欢本着"旁观者清"的态度指点别人感情生活，自认为自己换位之后绝对不会如此愚蠢的人，真的遇到了自己所谓的"命中注定"，却做得和自己所想象的完全不同，或许这就是女人的弱点吧，她们太过感性，太容易被感情所扰乱。

　　学校暑期社会实践，老大作为编辑部的负责人，自然是义不容辞地留校了，那个男生也没说什么，一个人就回了贵州老家，隔着两个省，打电话太费钱，发短信不方便，两个人从最初的一天两三个电话到后面的一天一个电话，再到后面就变成了一个周一个电话。这时候，老大作为女人的通病又犯了，自个儿在学校，脑袋里老想着他不给自己打电话是不是喜欢上了别人？是不是他对自己已经没感觉了？女人无时无刻不在寻求安全感，而且女人有一种天性，只要一开始怀疑，那么无论什么在她眼里看来都是有问题的，哪怕事实上什么关系都没有，但她们凭借着那张三寸不烂之舌和誓不罢休的性格，黑的给你说成白的，白的也能给你说成黑的，你承认是错，不承认也是错，这不，恋爱经验为零的老大就认真落实了这一特性。每次打电话男生没接听，等男生打电话来，劈头盖脸就问他去哪儿鬼混，跟谁一起出去的，如果是女的，一定会附加两个问题，"长得漂亮吗？跟我比如何？"那边若是回答是，她会说你忽悠她，如果说不是，那么他又得追问你是不是喜欢上别的人了，然后开始掉金豆，如果保持中立，那就更不得了了，非得给你扣上一顶"你心里没有她"的帽子，让对方不知所措。

关于爱情的纠结

男生不同于女生，他们可以为爱的人赴汤蹈火，但绝对无法接受女生成天过问自己的行踪，最开始的时候还能客客气气地回答，慢慢地就不愿意搭理，再然后就完全受不了，曾经认为的对方的优点这下子全成了缺点，就像《失恋三十三天》里面的一句台词一样，"最初爱我的时候，你说，黄小仙，我真喜欢你的刻薄，等最后分手的时候，你又说，黄小仙，我最讨厌你刻薄的样子。"当初那个男生是因为欣赏老大的文采，抱着一起饮茶、作诗、写文章的美好幻想和老大慢慢走到一起，可是慢慢地相处之后才发现，之前认识的那个是伪装之后的她，之前所有的优点现在都一文不值了，一通电话下来，完全是老大不停地讲，他在另一边不住地发出"嗯""啊"等单音节词。

正常情况下，男女之间的感情都只会越来越淡，幸运的最后可以变成爱人，不幸运的，分道扬镳是其次，形同陌路才是结果，更何况这感情还是在并不怎么深厚的情况下又遭受了异地和争吵双重打击，即便没有一命呜呼，也是消磨殆尽了。

"所以，是你先提出的分手？"对于老大先提出的分手这一点，我倒不怎么惊讶，因为我和老大都是一类人，即便很难受，但是尽自己最大努力之后还是走不下去了，那么就趁早散伙，免得大家难受，最后倒成了冤家。

"不然呢？你当我和你一样白送都没人要啊？"瞧瞧，这什么德性嘛，都这么伤心了，还死鸭子嘴硬，非得打击我两句才安心。

算了，看在她今天如此伤心地份儿上，姑奶奶就大人不记小人过，暂且让一下她。

"是是是，您老人家是谁啊，彬城师范大学一枝花，男的爱来女的夸，而我啊，充其量就是您这朵鲜花旁边的牛粪而已，这下您老人家高兴了吧？"虽然这句话有些夸大，但老大的确是个大美人，追她的人也不少，只是平时老大太霸道了，常常吓得那些追求者落荒而逃。

"呵呵，我肚子饿了，去吃饭了，拜。"然后，我还没回话呢，这丫的"啪"的一声就把电话给挂了。我无语地看着手机，想着老大这会儿大吃特吃的样子，恨得牙痒痒。

谁叫姐姐心太软，总是见不得别人哭。就让她占点儿口头上的便宜好了，反正又不会少块肉，等回学校再好好跟她闹场革命。

放下电话，想着老大的爱情故事，目前，除去是老大的小干事这层关系之外，我算是一个彻彻底底的局外人，只是因为她的叙述而闯入他们的爱情，我可以比较客观地得出一个结论，那就是这场爱情里没有谁对谁错。

夏日傍晚的余晖也没有半分的柔情脉脉，这不，透过玻璃打在我的脸上，像把小刀在脸上刮过一样，刺啦啦的，说不上疼，也说不上舒服，校园静得出奇，屋子后面是一排的树木，这会儿在风的吹拂下，满耳全是"沙沙沙"的树叶声，加上屋子里这有些闷热的空气，无端地惹得我心烦，侧身躺在床上，不知道是因为只有我一个人的原因还是怎么的，平时觉得还算舒服的床这下子也咯得我难受，新闻稿没写完，却又不想写，想睡觉，却又没睡意，脑袋里什么都在想，又似乎什么都没想，整个人像条沙滩上的鲶鱼，翻来覆去的不知道该干什么。

还不如跟他们一起去跳健身操，好歹有点声响，也不至于那么难受。

在这种地方，这个时候，我才有空好好审视自己。

易珊，你到底是个什么人呢？

骄傲抑或是自卑？

或许是从小看到过、经历过的事情比较多，所以我大大咧咧的外表下，是一颗很敏感的心，通过一个人说话的语气、面部表情或者肢体动作，我可以大概判断出他当时心中所想，当然，我不是读心师，我所能猜到的只是一个大体的想法而已，正如沫音，她并不像她外表表现的那么依赖我，更确切地说，她对我的那份恨意超过了我们之间的感情，因为恨我，所以从小才会那么努力地想要超过我，那么努力地讨好老师、大人和同学，因为恨我，所以才会每次当我对某一个男生产生不一样的情感的时候，及时

夏至未满
130

地让那个男生的目光转到她的身上，有如此温柔善良、美丽大方、聪明能干的她在我的身边，我的粗俗不堪才会无数倍地放大。所有的事我都知道，也曾经试图反抗过，等明白了所有的原委后，我才明白，之所以老爸老妈对她如此宠爱，是因为我们欠她家的，这世上，欠什么都好还，人情最不好还。我活该这辈子被她欺压。

蚊子大战

　　想着想着，脑袋晕沉沉的，最后迷迷糊糊睡了过去，偏偏就在我快睡死过去的时候，平时不怎么出来闹腾的"乡村战斗机"把这间屋子当成了临时根据地，在我耳边"嗡嗡"地唱着战歌，还嚣张的在我的脸部、手臂和腿上等露在布料外边的皮肤开起了"狂欢 party"。

　　忍着吧，说不定他们一会儿就很识相地飞开了。

　　再忍忍吧，等一会儿他们就会厌倦了我的躯体，重新寻找新的阵地。

　　心里不住地自我催眠，拜托老天爷可怜可怜我，然后一挥袖子将可恶的蚊子全扫到十八层地狱去。

　　可是，谁让我属于一躺在床上就巴不得永远不用起床的人呢，特别是这种大神大发慈悲放了个假的安静的将黑未黑的傍晚，睡意更是来得凶猛，但我宁愿任由它们肆意挑衅，也懒得动一动手臂拍打它们，更别说让我离开床上爬起来将它们驱除。

　　可是，一分钟过去了，两分钟过去了……，五分钟也过去了，我都能感觉到蚊子叮在我全身上下的包鼓鼓的、痒痒的，蚊子总在耳边一直叫嚷个不停。

　　是可忍孰不可忍，更别说姑奶奶今天又是被骂，又是道歉，又是脚趾受伤，又是老大打电话哭诉，最后好不容易想好好睡一觉，你丫的非得来老虎屁股上拔毛，还一拔再拔，即使是虎落平阳被犬欺，但随手掐死几只臭蚊子还是分分钟的事。

"打死你，老娘让你咬！"

憋了好久的闷气，这会儿一股脑像倒垃圾般全给倾泻出来，反正这臭蚊子正好惹了我，又听不懂人话，最重要的是无论我骂什么，它们也不会反驳，我需要的就是这么一种讨厌也没能力反击我的东西。

所以，可想而知，无数只蚊子死在了我的"降龙十八掌"之下。等结束战斗之后，满屋子全是蚊子尸体，这时，我的另一个毛病又出现了——洁癖，忍着心底的恶心感，三下五除二的把席子、毛毯等东西扔在洗衣机里搅了一遍。

可是，今天似乎被霉神附身了，倒霉事一件接着一件，中间还不给我缓冲的时间，这不，刚把席子刷洗了一遍，找了梯子爬上屋顶去晾好，等要下来的时候，梯子竟然倒地了，也就是说，我被困在了屋顶上下不去，手机扔在了屋子里，陈师傅因为家里有事早早的就回家了，偏偏刘琦又不知道死哪儿去了，试了几遍没敢直接跳下来，最后只好认命地坐在屋顶上观赏夜色，可是更可悲的是，前几天天天来报道的月亮和星星今天也没出现。

真的是天要灭我啊！

心里哀嚎了半天，最后还是认命地接受了这个残酷的事实。

作为一个一天到晚至少掏出手机看二十遍以上的中等手机控，在这么个寂静无声的夜晚，让我就这样坐一晚上，委实是难受得紧。

时间就在我的埋怨中一分一秒地过去，燥热的风也慢慢静了下来，坐得久了，似乎还有了一丝的凉意，凉飕飕的，却让我的心一下子安静了下来。

在农村生活了十多年，现在又来到了乡下，我似乎很久没有好好静下心来看过乡村的傍晚了，腿麻了站起来就着屋顶这一块地方走走，没了手机在手，我倒更能用心的去体味夏日傍晚的小家碧玉了。

太阳已经收起了它那灿烂的光辉，变成了一个大圆盘，刚才天空还是蓝色的，可这会儿，天空的颜色已经暗了下来，远处一片碧绿色的玉米地，也忍不住脱了它那翠绿色的外衣，披上了一件金黄色的斗篷。越过近处聚集的农家，看向四周的山丘，在田野的映衬下，显得格外的美丽，太阳缓缓下落，挨着亲吻一座座的山峦，活像个十八岁的少女，脸红彤彤的，娇羞得紧。

　　太阳流连在山丘中不肯离去，夜神缓步走来，趁太阳高兴，伸手一推，劲儿挺足，一下就把她给推下了山崖，消失了，天空拉上缀满星星的和一个弯弯月牙的黑被子，睡起了大觉，柔和的月光透过树梢，和屋里的灯光缠绕在了一起，蝈蝈儿、蛐蛐儿拉长了嗓门打破了这份宁静，欢快俏皮的歌声让人生不起半分恼意，花坛里的一株夜来香悄悄探出了头，见四下无人，伸了个懒腰，然后开始绽放开来。四周的小草和花儿也收到了宴会的邀请，纷纷窃窃私语起来，伴着清风阵阵，吹散到了校园的每一个角落。

　　在这美好的夜色中，我才真正体会到站得高看得远的真谛，这个社会太过嘈杂，身边的人身边的事不断变化，工作、学习、家庭的压力让人喘不过气来，好不容易放个假休息一下，又大多奉献给了床、电脑和手机，几乎所有人不论是自愿的还是被强迫的都沦为了低头族。

解救

　　"易珊""易珊"……

　　一声声的叫唤把我跑远了的思绪拉了回来，回过神来，才发现队友们都回来了，估计是回寝室没看到我，这会儿正在满学校的叫我呢。隐隐约约还听到众人在埋怨刘琦，应该是怪他把我一个人丢在学校跑去跳健身操去了吧。

　　心里起了捉弄人的主意，蹑着步子走到屋顶中央躺了下来，任他们想破脑袋估计也想不到我这么一个脚受了伤的弱女子会跑到屋顶上来，而且还胆大的跟他们玩起了捉迷藏。

　　可不，我在上面窃喜，这下面的人都着急上火了。

　　"队长，屋子里的席子、毯子都不见了，还乱得很，姗姗不会被人拐了吧？"小洛回来推开门一看，屋子里就像被抄家了一样，东西到处都是，床上的东西却全都不见了，这都不打紧，重点是易珊这个大活人也没在床上，急得她赶紧叫来了所有人，然后大家开始了"寻找易珊"行动。

"可是，屋子里除了席子、毯子不见之外，其他的东西都还在，你要说是为了钱的话，应该把电脑给抱走才对啊。"田宇也看了一眼屋子，觉得奇怪。

"可是易珊去哪儿了呢？"

就在大家把整个学校都快翻过来了的时候，一直靠在旁边的元瑶却让大家别找了。

"走去弄夜宵吃，别管她，一会儿她自己就回来了。"乒乓台刚好对着梯子倒的地方，元瑶顺着看上去，正好看见晒在屋顶上的凉席的末梢，再扫了一眼整个学校，发现另一间平时用于老师们下雨天晾衣物的屋子里挂着的白色被单，心下了然，估计是易珊这丫头在屋顶下来不了，这会儿见我们在找她，倔脾气上来了，故意躲着不露面。

众人不解，元瑶往屋顶上一瞥，众人跟着看去，一下子清楚了，然后顺着元瑶的话有说有笑地做夜宵去了。

我在屋顶上正盘算着再让他们找一会儿，如果还找不到我就自己露面，骗他们说我睡着了，然后让他们给我扶好梯子，我好下去。

可是，这会儿怎么没声了？难道他们不管我的死活了？

这怎么行？总不能今晚上我以地为床，以天为被过一晚上吧？

这群没心没肺的队友们！

似有无数匹马在内心奔腾，最后还是忍不住站起来走到屋顶边沿去看看。

可是，谁能告诉我，这下面的一群扬着脑袋看热闹的人是怎么回事？

瞥见尹大神马上电闪雷鸣的脸色，还有其他人看热闹的样子，就连清歌都抱着双手看着小厨房的门靠着，嘴角含着一丝笑意，我不禁心里暗暗叫苦。

"嘿嘿，队长，你们回来了？"挠了挠头，尴尬地开口，"能不能帮我扶一下梯子？"

大神站在原地不动，其他人也没要帮我扶梯子的意思，似乎等着把我逼急了纵身一跃跳下来，我倒是想跳，不过我可没学过飞檐走壁，从这三米多高的地方跳下来，就算不会一命呜呼，估计也会缺胳膊少腿的。

狠狠地瞪了一眼笑嘻嘻的刘琦，让他留在学校陪我，没想到一转眼人就不见了，不然，我至于爬上来就下不去吗？

刘琦自然接收到了我怒视的目光，无奈地摸了摸鼻子，光是想都能想到如果不扶待会儿下来我的惩罚，还是上前来把梯子扶好，让我赶紧平安落地。

等我翘着受伤的脚趾顺利从屋顶下来，原地就只剩刘琦、沫音两个人了，当时那叫一个感动，至少这说明还是有人在乎我的死活的。不过亲兄弟还明算账呢，该收拾刘琦的我还是照骂不误，让他没心没肺地留我一个人在学校。

"易珊"刚下来整理好衣服，才想到晒在屋顶上的凉席还没拿下来，正准备爬上去给递下来，刘琦已经三两下爬上去收了往下递，梦琪跑过来叫我，我以为队长又什么事儿找我，可是我却忘了梦琪是一个吃货，在她的世界里，吃乃人生一大乐事，这不就是来让我去做晚饭的吗？

好吧，好吧，虽然脚受伤了，十根手指还是好好的，随便做个晚饭还是可以的，再说了，今天他们可比我累多了，给他们做顿饭还是理所应当的，认命地拴好围裙进了厨房，不知道谁已经帮忙把灶火生好，还舀了水在火上烧滚了，冲饭厅里吼了一声，只见清歌起身走了过来打了水端出去，我的脸蛋烧呼呼的，巴不得收回刚刚的那一声吼叫。

"珊珊，火太大了吗？你怎么脸那么红？"回过神来，小洛正站在门口看着满脸通红的我问道，旁边的晓夏似乎明白了什么，神秘莫测地笑了笑，我懒得搭理他们，低头认真切我的土豆丝。

从下就被老妈逼着学厨，虽然算不上特别精通，但在同龄人中，厨艺还算是好的，尤其是刀工，对于农村孩子来说，土豆是从小吃到大的菜品之一，土豆块、土豆团儿、土豆丝、土豆片，或煮、或炖、或炸、或炒，就是让人百吃不厌，所以我最擅长的就是切土豆丝，先切成薄片儿，然后并在一起，"刷刷刷"的一阵菜板交响曲之后，就出现了一堆土豆丝，再放在盐水里泡上几分钟，待到完全软化了，滴干了水，切三五个干辣椒下锅炒个三五分钟铲出来装盘，再撒上点儿葱花，比炒肉还受欢迎。

吃货梦琪

　　照例又炒了芹菜炒肉和西红柿炒鸡蛋，烧几个茄子，拌盘黄瓜，额外再煮了盆青菜，对于二十个人来说，菜不算多，但已经是来这儿几天来相对丰盛的一顿了，等我收拾完厨房里的餐具去饭厅时，餐桌上已经一片狼藉，除了梦琪这个爱吃鬼之外，只有清歌和尹大神还在动筷，其他人已经吃饱喝足到操场消食去了，我去厨房舀了碗饭端出来，桌子上就只剩几根凉拌黄瓜和一盆青菜汤，其余的盘子就像被土匪抢劫过似的，一干二净了。

　　难不成让我清水泡饭？

　　我才不干，这在屋顶待了半天，一下来就在厨房忙活了半天，没菜了，那我就给自己开私伙食，哼哼，我又不傻，人是铁饭是钢，一顿不吃饿得慌，我才不给自己找难受呢。

　　重新拴上围裙，在厨房里找了小把芽菜，整了个芽菜炒饭，还很小资的给自己弄了小碗蛋汤，等端着回饭厅时，两个队的人已经坐好准备开会了。首先尹大神就原定于后天举行的运动会一事大致介绍了一下，吩咐我们队的每个人想两个活动，明天晚上开会讨论，然后就商量最后的文艺汇演了（为了省事，晓夏和大神商量了之后，决定两个队伍联合，在节目上多花心思，争取贡献一场精美绝伦、令人难忘的晚会），自顾自找了个角落坐了下来，一勺一勺地往嘴里送，他们讲的什么我没听清楚，但我的肚子却填得鼓鼓的，可是炒得太多了，本着从小养成的宁愿被胀死也绝不浪费一颗粮食的优良作风，我仍旧有一口没一口地吃着，满脑子都想着和食物作战。

　　梦琪实在看不下去了，伸手端过我手里的盘子和勺子，也不嫌弃是我吃过的，勺子还沾了我的口水，埋头就刨了起来，没一会儿，盘子就空了，这吃相看得旁边的人目瞪口呆。

夏至未满

“梦琪，你刚刚才吃了三碗饭，啧啧，真是要像猪的方向发展是吧？”苏茉看着空空如也的盘子，转身看了一眼已无可救药的梦琪。

“你以后可千万别再说减肥了，因为你只会越减越肥。”连雨花石的沫陈逸也忍不住打击一句，旁边的猴子也忍不住摇了摇头。

梦琪可怜巴巴地扫了一眼屋子，就连平时不怎么说话的清歌也叹了口气，再看一下自己的身材，不知是心理作用还是咋的，平时觉得还看得过去的身材现在看去就像一个发酵了的馒头，腰粗、腿粗、手臂粗、脸大，全身上下除了肉还是肉，可是，她饿啊，到这地方来，每天从早到晚都像个陀螺不停地转，她又教健身操，不停地跳啊动的，能量消耗得又快，村里的这条街上没几家零食店，还卖的大多是小学生吃的奶糖什么的，去镇上吧，大神规定了没有经过他的允许不能出校门，而且路途又远又没时间，真的是拿着钱也没地方花，所以啊，只能在餐桌上多吃一些补补了。

可是，人在吃秤在看。

看着自己身上不知不觉长出来的肉，这下，梦琪是深刻理解了这句话了，可是，不吃饭让肚子每天闹革命她也受不了啊，真是一个无比纠结的问题。

把盘子往桌子上一撂，调转身子咽了咽口水，狠下心不去看盘子里还剩的一两口饭，从今天起，一定要减肥！

我无语地看着这一帮子每天拿梦琪的体重开涮的人，要不是这段时间下来太了解梦琪这个人，一天到晚乐乐呵呵的，除了抢她的零食之外，脾气好得天上有地上无，怎么说她都不会往心里去，换作是我，要是同一个问题被所有人每天提上一边，估计不打人也会骂上几句，毕竟对于女人来说有三不能提，一是体重，二是三围，三是年龄。

“咱们家梦琪只是骨架比较大而已，哪儿胖了？就这样多可爱，听姐姐的，该吃吃该喝喝，不用减肥。”伸手揉了揉她的卷发，收拾好盘子站起来去清理，“能吃是福，我还羡慕梦琪呢。”

“真的吗？真的吗？”梦琪一听我这话，整个人马上阴转晴，“就说嘛，我一点儿都不胖，还是姗姗姐眼光最好了。”刚刚明明还是一只快要死亡的秋蝉，这会儿一下子变成一只蝴蝶了。

众人无奈地附和，也没人这个时候会不识相地跳出来指着梦琪说哪儿哪儿长肉了，这不过是众人茶余饭后的谈资而已，这些天，大家已经喜欢上了梦琪鼓着脸生气的样子。虽然大家平时喜欢笑话梦琪，可是梦琪要真的减肥后瘦成竹竿一样出现在众人面前，估计大家都会受不了，譬如从小和梦琪长大的苏茉，两个人完全就是穿一条裤子长大的，一直以来两人都是胖瘦的两个极端，苏茉平时就喜欢捏捏梦琪胖乎乎的脸蛋，睡觉的时候掐掐梦琪腰间胖乎乎的肉，听到有人嘲笑梦琪时也总是挺身而出教训别人，奉行的原则一贯是，这世上只有我能够欺负梦琪，当然，这里所谓的欺负指的是恶性的，并不包括朋友间的玩笑话，只是闺蜜间的小情趣而已。

洗漱完躺在床上，睡在旁边的小洛不一会儿就沉沉地睡过去了，可能是下午睡了一会儿，这会儿睡觉的时间我却翻来覆去地睡不着，索性坐了起来，拿着充满电的手机，不知道是打游戏还是看小说，但这些我在学校里打发时间的所谓的娱乐方式这会儿却勾不起我的半点儿兴趣。

打开电脑，点了硬盘里的在学校下载的韩剧，看了一会儿似乎也没什么意思，干脆关了电脑爬起来披上衣服出门来，抬头看到天边的玉盘，才想起今天是十五，尽管不是中秋，但也算得上是个花好月圆的日子。

兰花吟

沿着操场走了一圈，在这个安静的夜里，沐浴着月亮的清辉，莫名的愉悦起来，转身、旋转、蹦蹦跳跳，我像个没长大的小孩子高兴地无以复加，等跳累了坐在花坛边，埋头时无意间发现一株兰花，之所以认出她是兰花是因为我认出了它的叶子，而叶子间黄绿色带有紫色斑点的小花我却从未见过，所以并不知道它的名字，姑且笼称为兰花就好了。

兰花、夜晚、月亮、我，还有这静谧的气氛，我脑袋里陆陆续续出现了一些片段，零零碎碎的，捉摸不住，赶在这灵感消失之前，跑回屋里拿笔记了下来，等整理出来，倒成了一篇不算应景的既不是诗也不是词，反正连我都分不清的古文了，暂且给它命名为《兰花吟》吧。

天然俊秀，朗立乾坤，氤氲清香，抒雅于怀。

于岩之畔，仰得君士，静默凝神，葶然处之。吸日月之精华，聚天地之灵气。神采飞兮，若浮萍出碧波；筋骨健兮，若青松生空谷；青衣飘兮，若流云漫天际。观林海浪涛，听溪石交鸣，沁心入脾。玉颜流光，目露秋波，身焕素姿。乘雾而轻裾，沐雨而舒展，经露而蕴秀。皓质呈容，芳泽无加，铅华不御，幽香千里。仰止高山之圣洁，俯观深谷之遮没。静容婀娜，令我忘返！

追慕思之，步止难出。君何以故，气质如此？悟天地之渺渺，斗转星移；体江河之汤汤，一付东流。昔者魏晋风骨，今之空存，大雅名士，踪影何如？唯此君子者，品正质刚，泰山不移，万浪不催！唯此雅兰者清存志列，浊水不染，邪气不侵！夫立天地，吐一香，明万世，纳一雅，传千秋！习君之明泽，践椒途之郁烈，修君之雅怀，行秋兰之素净！

看着笔记本上的字，不禁想起了在家时老爸说我的话了，"你啊，你啊，野丫头一个，长相、脾气都像着你妈了，也就看书和想写稿子的时候有那么半分像我。"这时，厨房里摆弄锅碗瓢盆的老妈绝对马上回话，"老娘拼命生下来的，没半分像我，倒活脱脱的另一个你，牙尖嘴利的，说一句顶三句。"反正两个人每次只要是关于我的问题，就非得辩个输赢，好的就像着自己，差的就随了对方，每每我就在旁边看着，不闷声不作气，由着他们闹去。

今天似乎应着这景，人也多愁善感了起来，反思了一下过去这一年的大学生活，就拿着手中的笔，东一句西一句的又拼凑出来一首打油诗。

致低头族

寒窗苦读十二年

朦胧混到高考前

求学务工皆不是

手机能抵半边天

道宽不识脚下路

天高难料晴雨天

夏至未满

高等学府来报道
近视度数日渐高
陌陌轻摇聊一夜
QQ淘宝又一天
两情若是久长时
网络在线不能离
一机便知天下事
低头卧床两三月
上课寻书书不见
所幸 wifi 在身边
老师教诲埋头记
岂料抽屉藏手机
知识不懂烦求解
度娘心头寻一点
不顾亲戚不见面
电影视频听音乐
两耳不闻学霸事
一心只怨突断电
不羡情侣不羡仙
人不装傻枉少年

　　写完自己念了一遍，自己倒把自己逗笑了，本来是自我反思的打油诗，现在倒是能拿出来概括如今一些大学生的状态了。

尹易和代曼的纠葛

　　感叹了一番，想着明天一天的工作，尽管没有睡意，还是回屋子里爬上床躺了下来，没多一会儿就睡了过去。

而我不知道的是，这大晚上的除我之外，另外还有三个人也失眠了，一个是平常倒头就睡的代曼，一个是尹易，还有一个是我旁边的小洛。

代曼一直都是醒着的，满脑子里全是前几天接到的电话以及今天散会时尹易的问话。

十二岁那年，她站在他家门口和他们决裂，发誓这辈子他们再不是一家人。

过去的八年的时间里，她逃避一切和他们一家有关的信息，在自己的天地里努力地生存，后来听到别人提起他的两个女儿都辍学外出打工，心里暗自欣喜。

是的，她恨他们，因为很多的原因，虽然她知道他们是自己的父母，但心中却没有感受到半点儿血脉相连的亲情。

前几天，她接到一个陌生的电话，电话里传来的熟悉的声音却让我一下子泪如泉涌，他告诉她大姐要结婚了，希望她能回去送她出嫁，终归没有像她八年的时间中无数次预想的那样毅然决然地挂掉他的电话，她只是噙着哭声告诉他自己要先考虑一下。

而今天晚上散会时尹易再度提起这个话题。

"三姐，下个月十号就是大姐的大喜日子，你真的就不能回去一次吗？"

是的，尽管代曼非常的不想承认，但尹易的确是和自己血脉相连的弟弟，也就是为了拥有这个儿子，亲生父母才会狠下心来把当初出生不足月的自己抛弃在荒郊野外，如果不是有人路过瞧见了，发善心把自己抱了回去，估计自己就成了山间动物的食物了。

想着过去的二十年，因为被抱养的这个身份，多少人笑话过她，骂她没爹没娘，那时候还太小的她，只能咬着牙忍着不说话，慢慢大了点儿，自尊心慢慢增强，她已经记不得打过多少人，甚至别人的谈话中只要稍带了重男轻女的色彩，她的怒火便会马上点燃，幸亏养父母对她极好，尽管也有自己的子女，还是尽自己的能力让她读到了大学，更任由她选择了自己最喜欢的舞蹈专业，也只有在养父母那儿，她才会放下所有的顾虑。

报名参加社会实践的时候，她并不知道尹易也在这个队伍里，因为原先的队长家里出了事，所以体育学院临时调了尹易过来，尽管过去两年的时间里，尹易无数次的找过她，或是给她买饭送到寝室楼下，或是跑去他们班上上课，或是周末死皮赖脸跟着她出去游玩，他总是想尽办法出现在自己的面前，去讨好自己，两人都心照不宣的没解释彼此的关系，以至于周围的同学都以为他是在追代曼，甚至于姐妹们还给他出谋划策，而代曼不说是因为她不想去承认他们之间的关系，而尹易则是懒得解释，周围的人怎么说他不在意，只要自己心里明白就好。

从小尹易就知道除了家里的两个姐姐之外，自己还有一个没跟他们住在一起的姐姐，因为他的原因，她才被抱出去，而且从小遭了很多的罪。作为家里的独子，而且是父母好不容易才拥有的儿子，家里人什么都依着自己，小的时候不懂事，每次过年过节三姐过来，看着爸爸妈妈对她比对自己好，当时不理解父母，总是为一些小事和她吵个不停，每每这个时候，父亲选择沉默，母亲总是站在自己这边，恢复她一贯教训大姐二姐的态度，责备三姐不够懂事，不知道让着弟弟，三姐性子很犟，不哭也不闹，找个地方安安静静地待着，任由谁去劝说都不搭理，慢慢的，似乎妈妈一开口说话，三姐都瞪着眼睛，极其不满的时候，就甩几句狠话然后收拾着就要回家，大姐二姐怎么拉都拉不住。最严重的是六年级的那一次，因为饭桌上妈妈给她夹了一块豆腐，三姐似乎不怎么喜欢，就全部扒拉到了一旁，当时妈妈就火了，把筷子往桌子上一拍，指着三姐就说她没教养，是她养父母没教好，他到现在还能记得当时三姐的反应，站起来一掀桌子，整桌的饭菜全部洒落在地，然后指着妈妈的鼻子说了一句，"别以为我多稀罕你们尹家，请你给我说话注意点！"然后摔门出去，因为当时已经天黑了，而三姐家又比较远，三姐胆子再大也不敢摸黑回去，一个人就在坝子里的石凳上坐了一晚上，尽管是夏天，但是还是受了凉，第二天一大早边咳嗽边收拾东西，走的时候咬牙切齿地发誓这辈子再也不来往。

作为她的弟弟，尽管她再三否认，但血脉相连终归是事实，三姐真的很优秀，从小从很多人的嘴里都能听到有关她的很多赞美的话，长得漂亮，懂事，对人礼貌，学习认真，成绩好，虽然他所见到的并不是这个样子，但他还是选择相信，就像含羞草，在遭遇危险的时候总是会把自己包裹起来，尽管他不愿承认，但也不得不承认，对于三姐来说，自己及自己的家人是被她排除在世界之外的人。

八年过去了，父母或多或少的也意识到了当初所犯的错误；但他们都是如此骄傲的人，宁愿悄悄打听三姐的消息，悄悄地寄东西给她，但绝对不会低头，当然，三姐在自己的世界里也活得很精彩，被县城最好的初中录取，被市里最好的高中录取，即便高三因为身体原因休学在家，最后还是考了极其不错的成绩。要不是填报志愿出了问题，她最终被彬城师范大学录取，估计又得很多年才能再见她一面。

怎么说呢，尹易对于代曼这个不算熟悉的亲姐姐，从小却没有陌生过，在家里爸妈会把三姐当模板，让自己向她看齐，尤其是两个姐姐相继辍学之后，自己更是被耳提面命，在学校老师经常会在上课时提起三姐，什么文笔优美、歌声动听、尊师重道，尤其是每次全校大会，看着站在主席台上讲话的三姐，他真的感觉压力山大，也正是有了她这个榜样，他才一切向她看齐，从初中到高中再到大学，这八年来，他跟着三姐的步伐一路前进。

小洛的内心独白

金小洛永远也忘不了十年前那个冬天，头天晚上下了一晚上的雪，早上又下起了小雨，淅淅沥沥的，裹着棉袄也还瑟瑟发抖，而躲在衣柜里的小洛却是冷到了心底。

"既然你那么爱那个女人，那我们也没必要过下去了，我这就给狐狸精腾地方。"和往常一样，大早上爸爸妈妈就吵了起来，只是以往妈妈都会支开她，今早估计是想着自己还没起床，只是稍稍压低了嗓门。

那时他们一家，爸爸开了个沙厂，招了几个工人帮忙，那几年农村修平房的人多，沙厂生意挺红火的。妈妈开了个小卖部，除了经营小卖部之外，还给工人做饭，小洛还有一个五岁刚进幼儿园的妹妹，家庭不算富裕，但也还算其乐融融。不知从哪一天起，这种平衡被打破了，每天，父母除了吵架还是吵架，有时候甚至还会动手，当然，每次母亲总是被打的那个，而一切的根源就是妈妈口中的那个狐狸精。爸爸迷上了一个刚离婚的女同事，那个女人，小洛没见过，之所以知道她，是从街坊邻居嘴里听到的，还有学校的老师、同学也在说，尽管他们说得很隐秘，但还是多多少少进了她的耳朵。

她甚至偷偷跟踪过爸爸。那是一个周末，突然，餐桌上爸爸的手机响了，他看了一眼却没接，饭后他说有点事要去沙厂，而跟在他后面的小洛明明看到爸爸出门后并没有去沙厂，而是去了那个女人的家里，开门的时候，她终于看到了那个女人的模样，不算特别漂亮，但皮肤白皙，身材瘦小，脸上带着一丝的娇羞，不像是个结过婚的女人，倒像是情窦初开一样，对比妈妈，要照顾他们两姐妹，还要做家务，地里的菜蔬也是她在打理，妈妈每天从早到晚在灶台、客厅和小卖铺三点徘徊，每天念叨的全是柴米油盐酱醋茶。别说化妆品了，一年到头为了省钱新衣服都没买上两件，平时的衣服也大多是宽松款的，配上稍有些发福的身材，完全看不见女性特有的曲线，甚至为了方便，把头发也给剪了，虽然利落清爽，但却多了几分汉子气质，因为常年劳累，妈妈四十不到，脸上却皱纹遍布，皮肤松垮，发间也添了些许银丝，不说跟眼前这个女人比，就是隔壁家的那个寡妇都比妈妈气色好，当然，在小洛心中，妈妈永远是最美的。

因为那天那个女人，家中父母冷战，爸爸常常出差，甚至几天不回家，妈妈成天耷拉着一张脸，好不容易爸爸回来一次，两个人就吵，起先还顾忌她们两姐妹只是在卧室里争吵，慢慢的，地点扩展到了家里的每一个角落，吵红眼了，爸爸抓起东西就砸，妈妈也不示弱，最后爸爸摔门出去，妈妈趴在桌子上哭个不停，每每这时，小洛总是躲在自己房间里偷偷地哭，妹妹不懂事，在旁边傻笑个不停。

慢慢的，周围的人都在说，"金家两口子离婚了，现在已经在协商孩子的问题了。"尽管她还小，但也知道爸爸妈妈是过不下去了，但是她怎么也不愿相信他们会离婚。当天她逃了课在大街上晃荡了一天，天黑了才回家去。老师给家里打了电话说明情况，小洛一进门就被妈妈一顿劈头盖脸的臭骂，然后让她写检查，爸爸在旁边阴着一张脸责备她，她忍不住吼了一声，"那你还一错再错呢，还好意思教育我。"然后跑进房间扑在床上一直哭，后来妈妈端着晚饭推门进来，她什么也没说，只是坐下来静静地看着小洛，等小洛哭够了，把饭菜递给她，然后离开了房间。

第二天早上小洛起来，饭菜已经做好放在炉子上热着了，咕噜咕噜的冒着热泡，爸爸坐在凳子上吧嗒吧嗒地抽着烟，脸上阴沉的表情让小洛心中为之不安，瞧了一眼厨房，平常妈妈这个时候拴着围裙在火边炒菜，可是这会儿厨房里冷冷清清的，并没有那个臃肿的无比熟悉的身影。

"妈妈！"垮着衣服、顶着猪窝头的小洛找遍了整个屋子，一边找一边不停地叫唤着，可是没有人回应，倒把正在睡觉的妹妹吵醒了，妹妹还小，极其依赖妈妈，这一醒来坐在床上便开始扯着嗓门哭，可是却没有人再像往常那样放下手里的活跑过来将她抱在怀里，心肝宝贝地叫着了，妹妹这一哭，小洛的眼泪也像决堤了一般，刷刷地往外流，一大一下，一里一外，一高一低，像是老式收音机播放的音乐一般，沙哑得让人难受。

"别哭了！"爸爸听不下去了，将烟蒂掐灭了，起了身来，"打水来把自个儿脸洗了。"冲小洛不耐烦地吼了一句，脸上青筋毕露，妹妹还不到看脸色的年纪，根本不惧爸爸的怒吼，继续尽情地哭着，吓得小洛却是不敢哭了，一抽一抽的去打了水来，有气无力地蹂躏着毛巾，心里默默地埋怨爸爸自私和暴力，当然，那个女人被小洛在心里骂得更狠，小洛学着街坊邻居骂人的语气在心里悄悄将那个女人骂了个遍。

小洛原以为，妈妈只是一时气愤离家出走，就像自己平时被妈妈骂了，就找个地方躲起来，等气消了自己就回去了，所以伤心归伤心，但还是照旧上课，回来还学着妈妈在的时候照顾妹妹。

往事

一天过去了，一个月过去了，甚至一年过去了，等来的却是爸爸将那个女人带回家来，让她和妹妹叫她妈妈，小洛把头一扭，抿着小嘴儿不作气，妹妹有样学样也不叫，爸爸下不了台，一耳光给小洛扇来，一下子把小洛扇懵了，耳朵嗡嗡作响，脸上赫然出现了五个手指印，不过小洛却是没哭，眼泪在眼眶边打着圈就是不掉出来，抓起袖子一把擦干，小丫头恶狠狠地学着一部电视剧的经典台词说道。

"我记得我外婆只有两个女儿（事实上，她从来没见过妈妈的娘家人），没听说过还有个狐狸精大姨妈，这人不要脸树还要皮，倒是，像你这种拆散人家家庭的人，没脸没皮正常。"

爸爸举起手来眼看着又要落在小洛的脸上，那个女人及时假惺惺地拉住了他，一副受尽委屈楚楚可怜地辩解道，"小洛不接受我就算了，我们还是算了吧。"

这是当年不到十岁的小洛和"狐狸精"的第一次交手，小洛惨败，女人成功入主金家，然后迅速展开狐媚手段，哄得爸爸将工资卡交给了她，家里的一切也是她做主，不得不说她也算是一把好手，把家里收拾得妥妥帖帖的，明面上对小洛两姐妹也不曾苛刻半分，该买的买，该用的用，不过花的所有钱都会记下来，等到月底交给爸爸检查。那时候，小洛正读六年级，虽然是九年义务教育，但老师还是会推荐买一些复习资料，小洛也打听了，县城里最好的那间初中可以破格录取乡镇成绩名列前茅的学生，这样的话，她就可以住在学校里，半年才回来一次，有了这个"远大理想"，小洛花在资料上的费用就更多了，以至于每次爸爸看账本的时候都会骂她乱花钱，然后感叹自己命中无子（旧时观念里只有儿子才算是"子"）。不过骂归骂，该给的钱还是给，因为这辈子不出意外的话，他就只有她们这两个"败家女"了。

是的，那个女人生不了孩子，也正是这个原因，才会跟前夫离婚，也正是这个原因，她才会纡尊降贵地嫁给小洛的爸爸，按她和爸爸吵架时骂得原话就是，"你算个什么玩意儿？老娘前面那个男人现在可是副县长呢，要不是因为……，老娘会看得起你？"一般这个时候，她的前半句嗓音拉得极高，中间部分又把嗓门压低，力求让路过不小心听到的人能听出她的委屈，却不知道她的缺陷，当然，这只是她自己认为的而已，街坊邻居早就将"金家那个女人生不了孩子"这个话题反反复复讨论了无数次了。

中国人一向重视子嗣问题，虽然新时代并不会像古代那样女子无所出便要自请下堂，但是一个女人不能生孩子的话，先不谈婆家嫌弃，单是自己心里都过不去，更别说还有社会的各种舆论，那个女人早就经历过一次这种苦楚，要是再落一个虐待继女的名头，就算小洛她爸不和她离婚，唾沫星子都会把她淹死，也正是因为这个原因，所以她不仅不敢对看不顺眼的小洛下黑手，反倒还要讨好她们，毕竟她的晚年还要靠她们，所以啊，对于老公检查用度这件事倒真不是她的小算盘，小洛是真的误会她了，但毕竟不是自己的亲生骨肉，想亲近也亲近不起来，更不要说听到每次哪家生了个儿子，老公眼里的暗淡，可是她也办法啊，跑了很多医院，吃了不少药，偏方也试了不少，可是这肚子就是不争气，每天还要看着两个继女在自己面前活蹦乱跳的，金小洛这丫头说她一句顶三句，一个不爽就跑出去，实在拿她没办法。

就这样，一晃十年过去了，虽然时间流逝，但小洛从来没有忘记过妈妈，当然，这个"记得"是带有怨言的，小洛甚至怀疑，她到底是不是母亲身上掉下来的肉，不然她怎么可以这么狠心的一走了之并且十年不联系。但血浓于水，尽管小洛不允许别人提起自己这个"离家出走"的妈妈，但每每和那个女人吵架之后，她都会想起妈妈的容颜，想起她温柔的话语，想起她温暖的怀抱，在泪光中，她似乎又听到了妈妈最喜欢唱的那首歌。

哎～～～

月亮出来亮汪汪

亮汪汪

想起我的阿哥在深山

哥像月亮天上走

天上走

哥啊哥啊哥啊

山下小河淌水

清悠悠

唉……

月亮出来照半坡

夏至未满

照半坡

望见月亮想起我阿哥

一阵清风吹上坡

吹上坡

哥啊哥啊哥啊

你可听见阿妹

叫阿哥

…………

　　小洛从小就知道妈妈是云南昭通人，年轻时和外出务工的爸爸恋爱后不顾家中父母的反对，跟着爸爸回到老家一起经营沙厂，然后生下了她们两个，所以，妈妈走后，捡瓶子、挖草药、去河边拉钢筋，小洛想尽一切办法攒钱，终于在中考之后瞒着家里，带着自己挣的两千块钱，开始了自己的寻亲之旅，可是到了人生地不熟得云南昭通，并没有准确地址的小洛没了方向，在昭通城里兜兜转转了两天，半点思绪没有不算，还被人偷了钱，幸亏她留了个心眼，没把所有钱放在一起，才不至于连回去的路费都没有。

　　回家来，爸爸照例又是一顿打，命令她跪在地上反省，已经读五年级的妹妹在旁边陪着，怎么劝也不回屋睡觉，两姐妹就这样跪了一晚上。

母女

　　又是五年过去了，上了大学的小洛终于可以正大光明地去云南了，可是好不容易找到了，却被告知母亲的家人几年前就搬走了，而且母亲一直没回来过，小洛伤心了一阵后也释然了，找不到就继续找，终归有一天能找到的，不求什么，只是想当面问问她，这么多年可曾想过她们。

踏破铁鞋无觅处，得来全不费工夫，本来只是因为不想早早地就回家而随便报的一个社会实践团队，没想到却在江县这个与云南相隔十万八千里的地方遇到了自己一直找的人。那是怎样的一张脸？十年的岁月已经吞噬了她的容颜，还不到五十岁的她眼角已经沟壑丛生，眼睛里充斥了生活的艰难与沧桑，野草般的头发随意地扎了起来，身上那件短袖 T 恤洗得泛白，走起路来肥硕的裤筒前后摆动，整个人显得格外瘦小。从她身上完全找不到半点儿过去的痕迹。

　　她无数次地预想过再见到她的场景，或是激动地跑过去抱住她，或是冷静地旁观，或是恶狠狠地责问她当年怎么那么狠心，可是当她真正站在自己的面前的时候，小洛才发现自己连挪动脚步的勇气都没有，就这样看着她；看着看着，眼眶里浸满了泪水，一句话都说不出来，就这样任由她牵着小男孩从自己身边走过，那个孩子，应该是她后来生的，笑得真灿烂，那一声声妈妈更是叫得小洛心中格外的不舒服。

　　是啊，这也是她的妈妈，生她养她的妈妈，可是此刻，她们近在咫尺，却又远在天涯。

　　知道了她在这儿，小洛开始有意无意地打听有关她的消息，可是，由于平时不能出校门，所以打听消息的渠道不多，只好把目标锁定在大半辈子都生活在堰塘村的陈师傅，陈师傅经不住小洛的死缠烂打，只好把自己知道的都说出来。

　　"那个女人是陈顺家媳妇，九年前被介绍到这儿来。"农村总有这么些人，平时吊儿郎当的，正经活路不干，今天去这儿，明天去那儿的，致力解决当地的光棍问题。光棍，一向是农村的老大难问题，当年四十出头的陈顺靠着砖匠手艺过活，家里还有个曾做过大队支书的娘，老人家虽年老，但身体好，手脚利索，所以就在家料理庄稼，陈顺出外做工，母子二人相依为命，日子过得还算不错。

　　陈顺幼时调皮，老娘又在生产队上工作，所以陈顺成天就和一群孩子打闹，某天一不小心被人推了一把。正好倒在柴堆里，耳朵正好被木柴枝丫戳中，耳朵立马出了血。等到母亲听到消息赶回来送去医院，已经迟了，治疗条件有限，导致陈顺听力不便，这也是他一直打光棍的原因。

　　为了儿子能讨上一门媳妇，陈母操碎了心，到处请媒人说亲，可由于耳朵的问题，再加上孤儿寡母的，等哪一天老人家双腿一伸去了西天，这陈顺又是带残疾的，压根儿没有人家敢把自家闺女儿嫁过来，一来二去，陈顺都是四十好几的人了还光着。

陈母每天烧香拜佛的就想儿子成个家，好歹留下香火，一则等她百年归去下了地府也好见陈家的祖宗们；二则也好有个人照顾陈顺的晚年生活，不至于连个说话的人都没有。当然，老人家心里也清楚，按照自家的情况，儿子是怎么也谈不到未婚的了，所以哪怕是丧夫的、离婚的，只要自身清清白白的就行，可是，就连这个条件都没人愿意，老人家只好大着胆子去找那些常年在外做"生意"的人帮忙，就是搭上棺材本也非得找个儿媳妇回来。

皇天不负有心人，花了两千块钱之后，儿媳妇终于到家里了，也就是小洛的妈妈。小洛妈妈当初离家出走身上只带了几百块钱，而当初自己离开娘家与人私奔，如今她是怎么也不敢回去，先不说怎么面对年迈的父母，光是父老乡亲的眼光就够她受的了，所以她找了份工作，由于学历低，年龄又偏大了点儿，想找份固定工作并不容易。期间他意外认识了一个叫李康的男人，经他介绍才进了一家纺织厂，当然，这只是暂时的，她只是想用这种方式向老公证明，没有了她当牛做马，那个家也撑不了多久，但她是怎么也没想到，她离开了倒给那个女人让了位。在这世上，一个男人，只要长得不丑，兜里有几个钱儿，不存在什么生理问题，找个女人还是很容易的。只要男人心不在你身上，你就是找根链子把他拴住也无用，更何况，小洛爸爸在那个女人身上才找到了所谓的"真爱"，要不是顾忌流言蜚语，第二天他就想把养在外面的女人给接回家。

李 康

李康是农村人，外表不算特别出众，但四十岁男人的韵味恰恰在他身上体现得淋漓尽致。没有城里男人的轻浮，儒雅中带着一份老实，让女人，特别是小洛妈妈不知不觉地沦陷在他的柔情中，他们骑着车去郊外看夕阳，拥抱在不足二十平方米的小出租屋里看电视，他像她讲述这些年的足迹，讲他曾经的老婆是怎样的拜金，讲他年迈的父母，讲他那午夜梦回的故乡，她听着，像个初涉世事的小姑娘，心里眼里全是他的身影，最后，在他决定回家创业的时候，她毅然决然地选择了人生中的第二次"私奔"，跟他回到了他的故乡——江县。

可是，生活总是对不幸的人不依不饶，她带着幻想来到江县，却没想到——

他将她卖了！

为了钱！

为了得到两千块钱！

这时小洛妈妈才看清他的真面目，所谓的柔情只是他哄骗女人的手段，所谓的这些年的足迹只是他进行贩卖妇女活动的行动，所谓的年迈的父母只是用来骗取她的同情心的虚拟人物，还有他口中那个所谓的拜金老婆，呵呵，他口口声声唤过很多个像她这样的被他用来挣钱的"老婆"，她们都是像她这样的曾经在婚姻爱情中受过伤害的人，同样的手段，同样让她们感动不已，同样的让她们心甘情愿带着对未来生活的无限希望回到他的故乡，然后被他卖到各个地方，她们爱过他，但更多的是恨，而他，从她们身上获得了无限的满足感，当然，这里的满足有对他自身魅力的满足，有对金钱的满足，他乐此不疲地从事着这项工作，不停地去引诱不同的女人，不停地带着她们返乡，然后把她们送到他给她们安排好的地方，然后在她们的骂声、哭声中拍拍屁股走人。

尽管她并没有高学历，没有太多的见识，但她从来不是个认命的人，尽管她为她不认命付出了太多的代价，她还是坚信命运掌握在自己的手里，所以，在江县期间，她策划了无数个逃跑方案，并付诸实践，可是每次还没出村就被人抓了回来，不过被抓回来的后果也仅仅是成为乡人的谈资而已，陈母不骂她，只是好声好气地劝她安下心来跟陈顺好好过日子。陈顺还是平时那样子，早上出门做活，晚上才回来，时常买上些时令蔬菜回来，也不叫她做饭，自己下厨，偶尔还给她买上一两件新衣服，尽管款式并不好看，但重点在于他有这份心，慢慢的，她开始放下逃跑的心思，自觉地做饭、洗衣服、下地干活，慢慢的，小洛妈妈忘记了她的逃跑计划，偶尔夜深人静想到自己的两个女儿泪流满面，才会有片刻的动摇。

女人是一种随遇而安的动物，但这种随遇而安是建立在她自愿的前提上，而这个自愿，对大部分女人来说，无关钱，无关权，真心就好。

她住了下来，在这个鸟不拉屎的地方，一住就是十年，也几乎忘了两个女儿，跟着陈顺的时候，她已经将近四十了，原是不准备再生，但看着婆婆那般期待的样子，心有不忍，终归还是怀上了，还一举得男，婆婆说取个贱名好养活，所以这孩子叫虎娃，满月那天，婆婆张罗着摆了几桌酒席，招呼街坊邻居吃了一顿，抱着孩子对着老祖宗磕了几个响头，口里直说着"陈家有后了"，估计是老人家心愿事已了，第二天早上做好饭叫她老人家起床时发现她已经没了气息。

可是，自从那天在小卖部看到十年未见的女儿，她的心就像平静的湖面丢了一粒石子，开始波动起来。是的，她认出了小洛。

"阿姨，王老吉多少钱一罐？"踢踢踏踏的脚步声，在她走进小卖部的时候，尽管她背对着她，但她还是马上听出了小洛的声音。

十年了，这孩子怎么一点儿没长大，走路还是老样子，走三步蹦一步，小时候怕她这样磕着碰着，她花了好些功夫去纠正，现在看来，当初做的全是无用功了。

当然，片刻的惊喜之后，小洛妈妈更多的是害怕，如今的生活她很满意，虽然陈顺耳朵不好，空有一身手艺却只能在家种地，一家人全靠两口子务农所得，虎娃听话懂事，读书也上进，日子虽然过得清贫，但一家三口温馨和谐，她对这样的生活很满意，也不允许别人去破坏，如果不是小洛的突然闯入，她已经很长时间没有想起过去那个家了。

但这是自己的女儿，十月怀胎生下，含辛茹苦养大，听到她叫的第一声"妈妈"，扶着她学会走第一步，看着她第一次自己吃饭，还有三岁那年大半夜发高烧，老公（前夫）不在家，她一个人背着她挨着一家家地敲医务室的门，回来的时候下起了倾盆大雨，过斜坡的时候还摔了一跤，现在天晴下雨偶尔还会痛上一阵。

她不敢回忆两个女儿，不敢想着她们叫自己的声音，当初自己一气之下离家出走，这一走就是十年，三千多个日日夜夜，自己的女儿又是怎样过来的？继母对她们好吗？老公（前夫）还一喝醉了就开骂吗？小洛那偏脾气还一点就着，总是在学校惹祸吗？

尽管心中已经思绪万千，但她还是没勇气面对她，没勇气以一个母亲的身份坦荡荡地面对她，当初是自己自私，遇到问题就想逃避，而这一逃就是十年，十年来没有回去看去她们一眼，电话没打，甚至连信都没给她们写过一封，尽管她一直都记得家里的地址和邮政编码，也曾不止一次地想过要联系她们，可最终还是什么也没做。

她就这样背对着小洛，伸手拉低了头上的帽子，整个头都快缩进肚子里去，双手微握成拳，汗水浸湿了手掌心，一边希望小洛不要认出自己来，因为她实在不知道怎样面对自己的女儿，也无法预料小洛的反应，是歇斯底里的质问，还是平淡的无视，另一方面心底又有一个声音在期待着小洛能把她认出来，毕竟那是自己的亲生女儿，是无论如何也割不断血脉的女儿。

殊不知，当她脑袋里百转千回的时候，小洛已经认出了她，只是和她一样，不知道怎么面对而已。

众人丑样

今天开运动会，早上五点半就被队长那颇具磁性的魔音从床上唤了起来，一个个顶着大大的熊猫眼，行尸走肉般闭着眼睛刷牙、洗脸，整个就是身体在动，魂魄还在睡觉的消极画面。

"赶紧出来集合了！"

"赶紧出来集合！"

"出来集合！"

夏至未满

队长连续三声地强调，十二位女生苦着张脸以最快的速度收拾好自己。

"沫沫，赶紧把毛巾递给我一下。"

"我的鞋呢？代曼你给我踢到哪个旮旯去了？"

"嘿嘿，麻烦给我拧一把毛巾。"

"衣服啊，你在哪儿啊？"

天还没放亮，半夜又停了电，这会儿只好在黑暗中摸索，时不时地传出一两声尖叫。

"往哪儿摸呢？小丫头片子。"

"闵敏，我能说你穿的是我的衣服吗？"

"谁！谁偷偷摸了人家的胸？"

"哎哟哟，这是哪个小妞的纤纤玉手，可真是光滑啊，摸得大爷我心猿意马的。"

这儿一声那儿一声的，整个成了口技现场，一会儿这个脸上被人摸了一把，一会儿那个屁股被撞了一下，平日里还算端庄斯文的女生们这会儿全化身成了女"流氓"，你调戏我我打趣你的，好不热闹。

不过我却没心思陪她们打闹，这会儿上下眼皮还在打架呢，端了水盆到门口借着月亮的清辉洗漱完毕，趁她们还在打闹赶紧倒在床上再眯一会儿，对于我这种三秒入睡的人来说，大清早的没什么比争分夺秒睡觉更重要的事情了。

代曼还在涂涂抹抹，口里嘟囔着让苏茉把腮红借给她用一下。

元瑶在擦护肤水，可惜这位大姐记性有点儿不好，这一转头就忘了盖子放哪儿去了，满屋子的翻找。

"姗姗，我今天穿这条格子裙合适不？""曼曼，你看我裙子上的蝴蝶结这样打好不好看？"闵敏逮着大家挨着询问关于她今天所穿裙子的意见。

沫音在编辫子，一根又一根，我们还没起床她就开始了，现在才完成了三分之二，尽管我无法理解她这种行为，但不得不承认，她这辫子一扎，看去来倒真的青春活泼了不少。

"脚抬一抬。""晓夏，麻烦你帮我把椅子拉一下好吗？"劳模倪端早早收拾好了，拿起扫帚满屋子地扫。

梦琪悠悠转醒，伸手抓了抓短发，随意漱了口，就着苏茉的湿毛巾擦了擦脸，套上平底凉鞋，眼看着就要冲出门去，将手上挤好的防晒霜往她脸上一抹，冲她急匆匆的背影叫着让她抹匀。

等女生们收拾好出来，几位男士早餐已经吃得差不多了，队长照例冷着一张脸，跷着二郎腿，手指夹着个小笼包，慢条斯理地吃着，可是，如果忽略他那一头乱糟糟的头发的话就更好了。

杨扬这会儿已经吃完了，趴在桌子上闭目养神，估计是昨晚跑厕所的次数多了，原本胖乎乎的脸蛋苍白得有些吓人，再加上那一身黑色正装，只差给嘴唇涂上最鲜艳的红色，化身女鬼吓人了。

其他几个男生精神倒是不错，凑在一起讨论着最近大热的球赛，争论着哪个球员更帅，哪个国家最有可能夺冠。

"梦琪，你脸上是什么？"沐音惊讶的声音让我不由得看向了梦琪，愣了半秒后，和其他人一般哄笑了起来。

这家伙，真是不知道怎么说她了，还以为她已经吃完了，没想到因为肚子疼一直蹲在厕所里，这会儿才出现，可是，这幅奇葩造型真是够了——穿反了的白色 T 恤背带裙，一直强调的，"我只是微胖好吗？"这会儿看上去倒像怀了孕一般，还有，脸上白白的一片是什么？

防晒霜？

我的个天啊！

梦琪，我真是万分佩服你，刚刚在屋子里我说了多少遍让你把它抹均匀的，让你不听，反正你脸皮也厚，权当让大家乐上一乐吧。

吃完早餐，精神也慢慢恢复了，八点钟孩子们就陆续来了，八点半开始运动会，得趁着这一个小时抓紧布置，吹气球，拉横幅，画边界，准备游戏道具等，事儿不大，但挨着一件一件地做下来，却是累得不行。

运动会的策划书昨天下午就弄完了，送去小卖部的时候村里有酒席，老板全家去凑人头去了，而这村里就这么一台打印机，总不能大晚上的赶去镇上吧，只好今早去弄，这不，这项光荣而艰巨的任务就落在我和沐音身上了。

"太阳当空照，花儿对我笑。小鸟说：早早早，你为什么背着小书包。我去炸学校，老师不知道。一拉线，我就跑，轰的一声学堂不见了。"不知道沫音大早上的兴奋个啥，连小学唱的这首歌都搬出来了，幸亏她嗓门好，不像我一般一开口就破音，要不然这大清早的，我实在不敢保证睡梦中的人们会不会起床大骂。

泼妇骂街

我真是服了我这张嘴了，说啥来啥，比曹操还快，这不，前面开始上演了一场"泼妇骂街"呢。

"这上梁不正下梁歪，老子娘都贼眉鼠眼的，还能指望长出根好苗不成？"只见一个四五十岁的妇女，穿着睡衣，瀑布似的长发披散着，手里拿着把梳子，正对着街道对面的人家户骂，明明看起来极其瘦弱的一个阿姨，嗓门儿委实太大了些，尤其是在这清晨，更是起到了"一唱三叹"的效果。

"苟三妹，饭可以乱吃，话不可以乱说，你最好给我注意一下言辞，小心我撕烂你的嘴。"咦，这反骂的人是谁？这街道上明明没有别人了啊，而且更奇怪的是，这骂声如此大声，又不是在荒郊野外，这怎么家家都没反应，别说是出来劝架的，就连个看热闹的人都没有，好不容易小卖部开门了，老板娘也只是看了一眼，然后提了把扫帚开始打扫，正常得不得了。

"这人在做，天在看，你们全家就该天打雷轰，不得好死，死了连个泼水的人都没有。"瘦子阿姨这话可就毒了，到底是什么深仇大恨才会这样？

"啪"的一声，只见一个铲子，从对面的屋顶扔了下来，这会儿我才反应过来骂战的另一方一直待在二楼屋顶上，隔了半分钟不到，只听对面的屋门打开，反作用力"砰"的一声碰在墙上，一个妇女冲了出来。

只见她穿着碎花白衬衣，青色休闲裤，不过她肥硕的身躯硬是把如此宽松的衣服穿出了紧身衣的即视感，再看她的脑袋，形状大小和身子完全匹配，下巴的肉基本遮住了短小的脖子，就像个大西瓜扎在土里一般，稳稳地，五官基本上没有起伏，不过却都极具战斗力，先说她的小眼睛吧，眯成了一道缝，给人一种没睡醒的感觉，大大的黑眼圈吊在眼睛下面，当你盯着她的时候，那对小眼睛里迸发出来的怒意毫不掩饰的让人不由自主地打了个噤，她那紧紧趴在脸部的鼻子，只看得到两个鼻孔朝上，习惯性的发出"哼"的一声，估计晚上没睡好，嘴巴略显苍白，不过两片薄唇却让人毫不怀疑她的"口才"，短发遮住了耳朵，我们无以窥得全貌。最后才审视一下她现在的造型，一双胖手插在水缸般的腰上，左腿搭在旁边的石狮子上，身子稍稍往外面倾斜，脑袋微扬，倒有些"土匪"的味道，只差腰上别上一把匕首，然后粗声粗气地冲人说道，"此路是我开，此树是我栽，要想过此路，先交买路财。"不过看面前这位胖阿姨的样子，也着实好笑。

"苟三妹，别给你一块肉你就学狗叫，逮着人就下口，老娘一家人行得端坐得正，大清早的，你不要脸我还要脸……"果不其然，这姑奶奶小嘴一开，洋洋洒洒全是骂人的话，还不带停下来的，直说得站在旁边的我和沫音一愣一愣的。

"你说到底什么事儿啊，至于闹得这么凶吗？昨天晚上我还看见她们俩一起去跳健身操，今天就像仇人似的。"沫音在旁边嘀咕道。

"送你一句话。"

"什么？"

"世上唯女子与小人难养也，你想弄明白她们的思维方式，难呀。"这点我倒是深有体会。我妈也是骂战的一把好手，平时我和我爸就常被她说得哑口无言，更别说她十多年的"最佳骂手"称号响彻村内外。这么一说，我倒更加想念起我老妈了，这估计就是距离产生美吧。

游戏

借着小卖部的阿姨正给我打印东西的机会，我提出了心中的疑问。

"她俩表姐妹啊，一年到头都在吵，什么你家的牛吃了我地里的草，你家孩子把我的地给踩硬了，要不然就是你借了我一个碗还没还，都是些鸡毛蒜皮的小事儿，要是有人去劝架，两人马上一致对外，说你在挑拨她们俩的关系，反正我们也习惯了，这要是个把两个月不吵一架我们才觉得稀奇了呢。"

听罢，我笑了笑，看来打是亲骂是爱这句话还是有一定道理的。

顺便买了十袋棒棒糖，共两百根，用作今天的游戏奖励，最后从兜里又掏出了不知道什么时候揣的皱巴巴的五元钱，索性买了两包零食，沐音一包，给梦琪那吃货带一包。

回来的时候两人还在吵，不过已经从刚刚的话题讲到了小时候谁欺负谁的问题了，其中有些字眼儿很难听，可我却没有半分的反感——比起城市里的一道门一关便是两个世界，几年甚至几十年住下来都叫不出和自己同个小区的人的名字，一有两句口角就扩大到损害名誉，一动点儿手就是故意伤害的好，至少他们很真实，"远亲不如近邻"这句话的效应在这种穷乡僻壤的地方一次次得到验证。

回到学校，看他们已经布置得差不多了，只有气球还没吹完，我便鼓着腮帮子过去帮忙，叫嚷着开展"吹气球大赛"，时间还早，除了元瑶和几个不想"以强欺弱"的大男子之外，其他人都很乐意陪我玩。

将一袋气球分成四份，元瑶充当裁判，一声哨响，大家赶紧鼓起腮帮子吹了起来，胖的肺活量总是要好一些，这不梦琪一使劲，没让气球鼓起来，倒给吹飞了，逗得正吹得起劲的我忍不住一下子泄了气，沐音也赶忙掐住气球颈部歇了下来，梦琪见不得我们幸灾乐祸，趁我们不注意伸出魔爪"啪啪啪"的几声抓爆了几个气球，气得我和沐音追着打她，等我们闹够了回来，闵敏和倪端他们一组已经完成任务了，而我只好依命上缴了原本给梦琪买的零食给他们当奖品，梦琪沮丧着张脸蹲在他们面前，可怜巴巴的样子逗得闵敏和倪端笑得前俯后仰，好心的把零食袋递过去让她抓一点儿，没想到这丫头抓过就跑，闵敏和倪端追着她满校园跑，笑声、吼声充斥着整个校园。

玩得差不多了，赶紧收拾场地迎接孩子们的到来，毕竟我们现在的身份也算是老师，在学生面前该注意的还是应该注意。

"老师们早！"

"苏老师早上好！"

"杨扬哥哥早上好！"

……

从家长手中接过一双双洋溢着笑容的孩子的手，将他们带到会议室里坐下，再招呼部分家长（其中有个亲子互动活动，前一天就征求了来接孩子的年轻父母的意见，如果他们今天有空的话，欢迎他们来参加我们的游戏，目的在于增强孩子与家长的感情，不过由于是农村，孩子们大多是留守儿童，监护人一般都是爷爷奶奶，总不能让老人家来吧，而且这几天大家忙着挖土豆，实在来不了的我们也不强求，所以参与的人并不多，不过我们还是准备了预备方案，家长没有来的孩子我们就充当他们的父母，陪他们把游戏完成，让他们即便没有父母陪伴也不会感觉到孤单）在另一间教室休息，等孩子都来齐了，八点半整，本次趣味运动会正式开始。

本次运动会上所有孩子分为四个组，共有三个项目，脚夹球——各个组又分为两个小组，孩子用双脚夹住球蹦到终点，守在终点的孩子又用脚夹过来，用时最短的小组为胜，最初的规划中是要用篮球的，但考虑到孩子们太小，最后换成了杨扬从学校带过来的棒球；山寨保龄球——支教这几天，我们收集了很多矿泉水瓶子，这会儿全派上了用场，把瓶子按照一、二、三、四的个数按列摆好，孩子们用棒球进行击打，总数最多的组为胜；亲子搬运——即父母和孩子各执两只筷子的一边，将吹好的气球放在筷子上并安全运送到终点。

游戏不多，但各有各的特点，比如第一个游戏脚夹球，不仅考验孩子们的反应能力，更重要的是培养他们的团队协作能力，而山寨保龄球游戏，则是训练孩子们的眼力、臂力，以及培养他们的环保意识，最后的亲子游戏，更多的是要求大人配合孩子的节奏，尊重孩子的意愿，从而拉近彼此的距离，当然，整个运动会进程中我们要求每个学生在为自己加油、为队友加油的同时，更要为对手加油！三个游戏看似简单，但这一百多号孩子年龄参差不齐，要保证所有人参与并且安全顺利地完成却是难度不小。

孩子们一开始的参与积极性并不是很高，年龄稍大有自己想法的孩子觉得游戏太简单，年龄稍小的又害羞得直往家长背后躲不敢尝试，为数不多的几个家长凑在一堆摆起了龙门阵，我们几个拉长了嗓门叫了半天仍旧不起作用，无奈地看着场中这一群孩子们，有的抱在一起说悄悄话，有的自己站在旁边发呆，有的拿着棒球在玩，有的踮着脚试图去扯绑在栏杆上的气球。

突然，脑海中闪过一个想法。

咦，对了，我们怎么可以纯粹地站在他们的角度想问题而忘了我们目前的身份呢？

"同学们，我叫一二三，大家都安静下来好吗？"

"好。"

"易老师告诉你们哦，今天的比赛中表现不错的同学我们要发奖状哦，除此之外还有其他的奖品，大家想不想要？"

"想！"

"那就乖乖的先排好队。"

趣味运动进行中

不出所料，孩子们异口同声地答应道，并很自觉地排好队，不过却是按照中高低的顺序成山字形排列的，这都无所谓了，只要他们参加就好，我们从一开始就想错了方向，把买的棒棒糖放在后面给他们惊喜，却忘了我们还读小学的时候最喜欢的事情是什么，那就是得一张"乖娃娃""三好学生"之类的奖状，尽管不能吃不能喝，但却得到了一种满足感，这种满足感不仅是老师的认可、家长的赞扬和同学们的羡慕，更多的是一种自我认同感，这也是这种激励机制存在的原因。也幸亏我昨天下午去杂物室的时候发现了一大叠奖状，除了有奖状的底色之外什么字也没有，估计是学校印来没发完准备扔了的，大概有一百四五十张，每个人发一张还有多的，正好给利用了。

有了奖状、奖品的诱惑，孩子们一个个铆着劲的参与了进来，只见 A

组胖嘟嘟的小虎打头阵，两条小短腿根本夹不住圆滚滚的棒球，好不容易固定了，这一跳球又滑出来往前滚开了去，小虎赶紧去捡了重新夹上，如此反复地夹好、掉落、追球、再夹好，几个回合下来，球直接是被追到终点的，原则上算是犯规，但所有的孩子都没这个意识，有的只是此起彼伏的加油声。你看 B 组的小琴，虽然个子矮小，但却是个"技术人才"，眼看着球就要滑落，赶紧通过小腿摩擦将球给逼回去，然后上下夹紧，中间微松，最后有惊无险地将球给运到了终点。还有 C 组王胜，上次送他回去的时候，这小孩不闷声不作气的，这会儿上了"战场"，鼓着小脸蛋，两只小眼睛目视前方，上一棒的同学刚过线，他便立马夹着球往前冲，力道掌握适中，整个过程畅通无阻。

第二环节——山寨保龄球更是精彩，这群孩子中，有的力道不足，比如静雯，球滚到半道就不动了，有的力道太重，一扔过去，直接把瓶子都撞飞了，有的手感不行，明明球是冲瓶子去的，但滚到中间就往歪了走，连瓶子的边都没擦到，不过对这群孩子来说，成绩好坏都是一样的，他们扯着嗓门给每个人加油，每扔出去一个球，孩子们便高呼一声，激动得抱成一团。

第三项亲子搬运，估计是太阳慢慢晒了起来，早晨出门干活的家长回家吃完了早饭赶了来，人数也从最初的八个父母增加到了十九个，虽然比起一百五十多个学生来说很少，但也让我们很满意了。孩子们跃跃欲试，不过家长们似乎有些抗拒，没有人愿意第一个尝试，索性我、沫音、闵敏和田宇四个人各搭配一个学生开始第一轮，原本以为挺简单的，但因为整个运送过程是建立在手不能接触到气球的基础上，以速度取胜，其中最难掌握的就是，大人和孩子的身高、行进速度的问题，只有大人学会配合孩子的行进速度，才能顺利到达终点，这不，闵敏急急慌慌的，跟她配合的陈洋虽然是四年级的孩子，但步伐总归要比她小太多，两人才走了两三步，球就掉了下来，等他们捡了球重新固定好出发的时候，我们其他三组已经到达终点又返回来了。有了我们的示范，后面的家长也大胆了起来，一个个的摩拳擦掌，耐心地给自己的孩子们（有的家长顺便给朋友或者邻居的孩子充当临时父母）讲解注意事项，力求一次性到底。

"三妹加油！"

夏至未满

"陈叔叔加油！"

……

大家的加油声、欢呼声一浪高过一浪，这时的他们在我的眼里，再不是惹人心烦的孩子王，而都成了有着隐形翅膀的天使，我们所有的志愿者也分工负责没有家长带的孩子，每每运送成功之后，孩子们都会笑着跟我们说"老师，谢谢"，极其简单的四个字，却让我感慨良久。

第一届堰塘村志愿者辩论赛

"你说这喜洋洋吧，平时笨笨呆呆的，这一拿上话筒整个人就大变样了，就他这口才，学体育真是浪费人才了。"倪端大大咧咧地坐在树下阴凉的地上，支着个头，嘀咕道。

"主持只是他的爱好，人家成绩也特好，你别看他长得圆滚滚的，可是专业成绩排名第一，还获得了全国跆拳道比赛第二名，人还特别谦虚。"苏茉在旁边调侃道，"我们学院追他的女生可多了，脾气超级好，上次我说给他介绍女朋友，他的条件是要有文艺气息，我看你挺合适的，要不我帮你一把？"

"咳、咳"倪端正拿着瓶子仰头狂灌，元瑶这话一说，呛得他咳嗽道，"别别别，我心脏承受能力不是太好，你别再打击我了。"

"别的不说，光是这长相就不行，除非倪端想来个美女配野兽的即视感。"代曼在旁边插话道。

作为"外貌协会超级会员"的我撇了撇嘴，随口评价道，当然，要真让我说，外貌、才华倒是其次，重点在于人品，其次就是人要上进，当然，外貌不重要并不意味着我品味独特，不爱美男爱丑男，我要求的是长得一般，既能带出去也能带回来，走在路上不招蜂引蝶的。

譬如，清歌那样的……

优雅、清秀……

还有他的嗓音，让人感觉如沐春风。

怎么又想到他了，这脸颊还烧呼呼的，羞得我想钻进地里去，幸亏她们有的在听杨扬讲话，有的在讨论外貌到底重不重要这个问题，没人注意到我，要不然我真不知该如何是好了。

"帅怎么了？我就喜欢帅哥，起码很养眼，美好的事物人人爱，天经地义。"

关于男朋友帅气与否是否重要的这个问题的讨论，一直延续到中午，吃完午饭后回到房间里，竟升级到了需要展开辩论赛的程度，不过论题却延伸为了"外在美和内在美谁更重要？"代曼、闵敏、苏茉和沫音为正方，认为外在美更重要；倪端、梦琪、我和元瑶为反方，坚持内在美更重要。其实一开始我是拒绝的，可是最终还是被梦琪给说服了，而元瑶，则是一反常态，极其主动地站在了反方。

屋子里空间实在太小，总不能盘腿坐在床上你喝着水，我嚼着瓜子的辩论吧，索性中午觉也不睡了，八个女生一起去音乐班的教室里，学着正规辩论赛的样子布置阵地，倪端还若有其事的在黑板上写了"第一届堰塘村志愿者辩论比赛"十三个大字。因为是闹着玩儿，所以也没什么规则，不计时、不限制发言，反正就是言之有理即可。

中午十二点半，双方各就各位，摆开擂台，战火一触即发！

首先发言的是我方一辩——元瑶。

"我方认为内在美比外在美更重要，俗话说，三分长相，七分打扮。没有丑女，只有蠢女。你可以不漂亮，但是你绝对不可以自暴自弃地生活，你可以不美丽，但是你绝对不可以自甘堕落地疯狂。也许你因为自己的容貌而遭到什么不该有的鄙视或挫折，但是你不认为当一个人心灵美到极限的时候，容貌也会因之而变美吗？另外，美有好多种，智慧美不好吗？修养美不好吗？我想，在人生道路上，相貌好的人有时候也许仅仅是步入社会的起点高一点，至于结果，我想靠的是过程。我从来不认为相貌对人很重要，真正的勇者是以能力立足于社会的。所以，我方坚定认为，内在美比外在美更重要！"

别看元瑶平时不说话，这一说起话来，道理一通一通的，上次我已经深刻体会了一次，这会儿又再次见识了，辩论赛中，讲得好与不好其实并不是那么重要，更重要的是讲话时的气势，包括语气、语句组成以及肢体动作，虽然这只是我们闹着玩搞的友谊赛，没有观众，也没有评委，所以要求也没那么多，但看我们这个阵势倒是挺像那么回事的。

接下来，是正方一辨代曼的陈述时间。

"就对方一辨的陈述，一个人的长相与生俱来，我们无法改变，那我就不明白了，那么多整容手术，整的不是相貌，难道还是心灵么？所以，对方辩友今天想告诉我们的，是人刚刚出生时候的长相是相貌，以后就不是了，既然以后的相貌都不是相貌了，根据对方辩手的观点，自然这些相貌更谈不上重要与否。

下面我想讲的是灰姑娘的故事，试问灰姑娘如果不是靠着南瓜变的马车、小鸟们衔来的漂亮衣服、水晶鞋，哪里会得到王子的爱慕呢？当然你们可能会说我的这个例子恰恰说明了内在美的的重要，因为灰姑娘心地善良，要不然怎么不见灰姑娘的两个打扮得漂亮的姐姐受到王子的青睐？那么王子最终是怎么确认灰姑娘是他要找的人呢？是因为灰姑娘的脚刚好能穿进水晶鞋啊，难道说灰姑娘的脚大小适中是内在美而不是外在美吗？

其实外在美的重要性毋庸置疑，否则现在就不会有那么多人选择整容，选择在自己的外表上下很大的功夫。所以内在美固然需要，但更重要的却是外在美，要先有外在美才会去追求内在美。

现在是 21 世纪，任何事物都讲究外形的包装，可见外在美是多么的重要。如果你给别人的第一个印象是很好的话，他们才会进而观察你的内在。我不相信有人是不爱看美的事物的。

托尔斯泰说，人并不是因为美丽而可爱，而是因为可爱而美丽。

所以，我方坚定认为，外在美比内在美更重要！"

真心没想到代女王如此厉害，代曼学的是艺体专业，表达能力和现场掌控能力本就比我们强，再加上她平时就自带气场，遇上元瑶，完全就是火山遇到了冰城，要么融化，要么熄灭，女王对女王，战火烧得更加旺了，原本还以为她只是学艺体的，平时嘴皮子溜也只是在于说一些无关紧要的话，没想到，这貌不惊人死不休，一开口直接把我给惊呆了，什么托尔斯泰、灰姑娘的故事，这些文学知识，她说起来倒比我这个正宗科班的还熟，而且还巧妙地运用了以退为进、以子之矛攻子之盾等手法，平淡的话语却蕴含咄咄逼人的力量，一时间我不禁惭愧不已，亏得我还有个"中文系才女"的称号（当然，这是别人打趣我的），古代文学老师每次上课都念叨，让我们多看一些美术、音乐等艺术类的书籍，有利于提高我们的文学修养，但我们往往也只是当时不住地点头答是，但一转身，也只是撇撇嘴，嚷着"好忙好忙"，将他的教诲抛之脑后，现在看到对面的代曼，才顿悟过来。

接下来是驳论环节，到了我这个二辩上场的时候了。

"就刚才对方一辩的辩词，请允许我问几个问题，第一，刚才对方提到了整容，有人全身烫伤，整形是为了如正常人一般的活着，这没什么好说的，这种人并不是追求'外在美'，而是追求'外在正常'，而另一种人只是为了让自己相貌出众，高人一等，而去整形，这种人的心理已经扭曲，就算得到外在美，内在却不敢恭维，所以，对方以此来说明'外在美比内在美更重要'，是不是在鼓吹心理畸形呢？第二，刚才对方讲到了灰姑娘的故事，并在其中假设了我方的论词，那么我想问的是，如果不是灰姑娘的善良感动了上天，那么就没有南瓜变的马车、小鸟们衔来的漂亮衣服、水晶鞋，也就没有了这个故事。第三，关于化妆的问题，当然我也承认，作为一名性取向正常、思维也正常的女生，我也很注重我的外表，但是如果对方认为这就说明外在美更重要的话，那么蛇蝎美人、狐狸精这些词语又怎么解释？一个人外表可以不漂亮，但内心一定要美，而一个人如果内在丑恶，那么即使她穿再漂亮的裙子，有多精致的面孔，都会被人瞧不起。同理也可以反驳对方的第四点。第四，托尔斯泰是说过人并不是因为美丽而可爱，而是因为可爱而美丽。但如果没有了内心的可爱，那光是美丽又有什么用呢？"

终于说完了，虽然有些反驳并不是那么的有力，但辩论就是这样，只要有道理便有胜算。同样的话、同样的事例可以用来证明不同的观点，不在于你说得如何，而在于听的人认为如何。

对方的二辩是沫音，只听她站起来反驳道：

夏至未满

"首先，刚才对方反反复复地提到外在美只是暂时给人留下好的印象，是的，我也认为外在美容易消逝，内在美不会消失，但是外在美转眼即逝，所以它才重要！因为得不到的才是珍贵的。其次，刚才对方认为，有许多人内在很美但是外貌难看，也有许多人外貌美丽但是内心恶毒，但是，女人心海底针，谁都不知道别人内心在想什么，内在美是可以装出来的，十分不可靠，更容易带来危害。最后，我也想说一个成语，相由心生，外貌美丽，心灵不见得差，所以，"似乎是有些紧张，沫音一时跟不上话来，幸亏她反应还算机灵，赶紧收了尾。"所以，我方坚定地认为，外在美比内在美更重要。"

　　"唉，你们这样假正经有意思吗，看得我们都累了。"我方三辩倪端正要开口，门口出现几个脑袋，原来是男生们见我们一群女生大中午不睡觉鬼鬼祟祟的（只是他们认为的而已），索性也不睡觉跟了上来，尹易起先是不同意的，后来被几个男生一番起哄，也跟着他们来一探究竟，没想到看到队里的几个女生举行辩论赛，平时他就没少被这群女生的嘴皮子折磨，这一听下来，他自己也不禁感叹，平时这群姑奶奶实在是太嘴下留情了。

　　"客客气气的，尽说些场面语，幸亏我早就见识到了你们的真面目，要不然也得被你们骗了去。"田宇欠揍的上来指手画脚，嘴巴歪得都可以挂尿壶了。

　　"呵呵，田大爷很懂嘛，要不然我们就来一场男女生之间的辩论赛，论题就是这个，也不讲究什么形式了，就直接自由辩论，言之有理即可。"自己都受不了自己这么嗲的声音了，不过为了整上他们一整，让他们乖乖掉进我的坑里，女汉子能屈能伸，低点儿姿态也无妨。"虽然我们人比较多，但各位帅哥能说会道，文武双全，一看就是以一抵三的主，俗话说男不欺女，强不欺弱，还望各位手下留情。各位帅哥觉得怎么样啊？"违心地夸着他们，最后还眨巴着大眼睛（尽管我的眼睛在大大的镜框的衬托下基本可以忽略不计），楚楚可怜地看着他们。

　　"随时奉陪！"

耍 赖 的 男 生 们

　　果然，我这话音一落，田宇就马上答应了，言语中还隐隐的带了些许的激动，估计是被我们欺压太久了，好不容易有了个翻身农奴把歌唱的机会，尽管只是暂时的，而且还是虚幻的，这小子还是一口答应了下来，完全没顾忌后面三个已经黑了脸的男生，估计此时，他们的心里已经把田宇给千刀万剐、凌迟处死了，不过，男生毕竟不同于女生，他们喜欢挑战，重视兄弟义气，当然，更重视面子，这不，在我们几个女生的轮番刺激下，尽管都知道必败无疑，还是咬牙切齿地接下了我们的挑战。

　　由于男生才来，得给他们一点儿时间做准备，所以辩论赛暂停，十分钟之后再次开始。只见几个男生围坐在一堆抓紧讨论着，还怕我们听到了，说话声音低得不能再低，不过他们真的是想多了，我们才没那么无聊，准确地说，他们现在在我们眼里就等同于艳阳下沙滩上的鱼虾，反正最后都是要牺牲的，只是早晚的事而已，姑且让他们再蹦跶两下。退一万步说，即便他们真的表现出乎意料，我们也准备了第二套方案，那就是使出集撒娇、强词夺理、耍无赖等一系列独具女性特色的"宇宙无敌辩论拳"，就不信他们能接得住。

　　不过，这算怎么一回事儿？

　　辩论赛一开场，任由我方如何天花乱坠，四名男生始终笑着不说话，虽然这结果还是算我们胜利了，但却吃瘪得不行，他们倒落得个谦让女性的好形象（尽管并没人看到）。

　　"你们还是不是男子汉啊？倒更像是缩头乌龟，成天缩在自己的龟壳里，还要不要脸啊？"好言相劝你不听，非得给你上堂教育课才行，且看姑奶奶怎么口下不留情。

　　"珊姐，别激动嘛。"杨扬那张胖脸凑上前来，"曾经啊，我想象的文学院的女生应该是这样的：长发飘飘，着一袭白色长裙，抱着书，带着微笑，从远处款款走来，可是，自从见了珊姐你，我对文学院的女生充满了恐惧感。"这说的是什么话？完全就是比对着我目前的样子：短发，长衣长袖，还从不穿白色衣服，走路带风，偶尔手上拿书也只是掂着。这丫的不是存心针对我吗？说时迟那时快，手很自觉地就伸出去拉住了他准备逃跑的身子，然后摆出一张笑脸，另一只手搭在他的脖子上，"为了消除我这种恐惧感，珊姐，你能不能稍稍温柔一点儿？"这下子见我这般模样，赶紧调转话头，可怜兮兮的开始求我放过，"珊姐，小人错了，还望您老人家高抬贵手！"

"杨扬同学"我的手轻轻从他衣领滑下，扫过他的手臂，最后改为手拐靠在他肩上的姿势（他一米八，我不到一米六，打死我也不承认我只是够着他肩膀仰视他而已）。同时，声音是从所未有的温柔，这一声出来，我明显地感觉到了杨扬打了个冷噤，"你真是好帅好帅的，人见人爱，花见花开，车见车爆胎，如此可爱的你，姐姐我爱还来不及呢，怎么忍心打你？"为了逼真，我还特意伸出手指在他脸上描摹了一圈，吓得杨扬直往后躲，可是他退一步我进一步，最后把他逼到了角落里，不得动弹。

"噗"

"哈哈"

"易珊，你真不愧是女汉子！"

剩下的人全成了观众，津津有味地看着汉子似的我如何把一头"小羔羊"逼到绝境，我所谓的"温柔嗓音"一出，集体忍着爆笑的冲动，等我把杨扬逼到角落里，他一副小媳妇奋力抵抗的模样，一个个的终于忍不住了，笑得前俯后仰，梦琪直接笑趴在了桌子上，代曼边笑边把桌子拍得"咚咚"作响。其他几位男生就没这么高兴了，一个个看着杨扬恨铁不成钢的样子，如果这会儿给他们的动作表情配音，绝对是"你小子，把我们男子汉的脸都丢完了"。不过也只是想想而已，我们这些女生的战斗力一个比一个强，更别说杨扬已经身先士卒了，其他三人不敢轻举妄动，只好合着女生们的笑声跟着笑个不停。

再玩闹了一会儿，时间差不多了，再过半小时孩子们就到了，这会儿我们女生披头散发，男生光着膀子，穿着拖鞋，所以啊，虽然大家还兴趣高昂，但也不得不打住话题赶紧回去收拾好自己，精神奕奕地迎接又一个美好的下午。

今天下午天气很好，没有下雨，日头温温柔柔的，给人一种小清新的感觉，所以，尹大神临时改变了教学计划，提前进行野外教学，也就是大家普遍认为的郊游。

课外教学

乡村无处不风景，可能对于城里的学校来说，出去进行野外教学是一件特别不容易的事，不仅地方不好找，就算找到了，你还得看要不要收费，再退一步即便不收费，恐怕环境也不太好，而且，城里的老师要带着孩子出来一趟，别说家长不同意，学校估计也不会批准，而且还得制订方案并反复考虑什么安全问题、经费问题、交通问题，最后一切都解决了，当你看到孩子们背着家长为孩子们准备的大袋小袋的食物的时候，估计你也只得欲哭无泪了。而在乡村，尤其是对于我们这些志愿者来说，这些统统不成问题，地点任意，家长不管，领导不问，至于安全问题，我们将所有孩子分为十一个组，除我之外的十一个人每个人分别带一个小组，至于我嘛，当然负责"咔嚓、咔嚓"了。

根据就近原则，我们选择了学校后面不远的一块四面凸起、中间凹槽的草地，队长带着大部队先行一步，我、刘琦和田宇去小卖部买了些糖果、瓜子之类的，到这儿来的这些天，虽然说吃的喝的比不上学校和家里，但乡亲们很体谅我们，今天这个给我们送来一袋土豆，明天那个给我们提几个南瓜，后天又有人给我们敲了几颗白菜，偶尔去买菜也是买些肉菜，学校给的补助和成员们交的生活费基本上都没怎么用，到这边来因为开展广场舞活动，政府还给我们拨了一千块钱的补助，这一算下来，我们还算是大款了，所以今天就抽出点儿钱来买些东西犒劳犒劳这群可爱的孩子。

　　但是，有句话怎么说的来着，没钱买东西是一种悲哀，而揣着钱买不到东西才更是悲哀，这不，我们三个人搜罗了街上所有的小卖部，最后就只买了几袋糖、几袋饼干还有十几版小果冻，还称了几斤瓜子，不是我们不想多买一些，而是小卖部卖的都是些辣条、小玩具之类的东西，我们实在无从下手。田宇还跑回去把上午运动会没用完的气球拿去给孩子们玩。可别说我们不爱护环境，我们从第一天就建议孩子们随时放个袋子在书包里，平时用来装垃圾之类的，志愿者们更是以身作则，看到垃圾就弯腰捡起来。记得有一次我去给倪端打下手，因为课间肚子不舒服蹲厕所蹲久了，进去的时候孩子们都已经开始上课了，一个个的埋头画画，教室里全是铅笔与白纸亲密接触的声音，那天倪端教的是鸟的画法，对于这群平均年龄还不到七岁的孩子们来说委实难了点儿，个个抓耳挠腮的，不过终归是孩子气性，一会儿这张不满意，撕了重画，一会儿那张不满意，还是撕了重画，然后废纸就被这样揉成一团一团的扔得满教室都是，倪端挨着给他们讲解注意事项没注意这些问题，我确实看了恼火，不过虽然我脾气平时有些暴，但几天斗争下来，已经总结出了经验——对于这群小鬼头，只可智取，不可强攻，自顾自地弯腰捡了起来，慢慢的，一个孩子发现了我的存在，然后不好意思地弯腰跟我一起捡纸团，两个孩子发现了我正在做的事也跟着捡，到后来所有的孩子都自觉地开始检查自己周围有没有垃圾，最后发展成了所有的孩子走到哪儿都会首先注意自己周围的环境，因为这个事儿，尹大神在集体会议上还连续夸奖了我好几次，弄得我怪不好意思的。

　　提着东西到达目的地的时候，他们刚组织孩子们坐好，孩子天性好动，这人一放出来，话匣子更是关不住了，三五几个坐在一堆，这个说着前天去打猪草搬了好多地瓜儿，那个说着昨天看到一条好长好长的蛇，另一个又讲到他爸以前给他打了鸽子炸来吃，整个草坪全是叽叽喳喳的说话声，杨扬根本招呼不住。

　　"我喊一二三！"

　　代曼莫名其妙地站出来大吼了一声，我们其余人还没反应过来。

　　"我们乖乖不说话。"五个公主"刷"的一声站起来回了一声，还做了个很标准的立正姿势，把我和其他人看得一愣一愣的。

"我说一二三！"代曼更大声地再喊了一声。

"我们乖乖不说话！"这次除了五公主之外又多了几个人回答。

等到代曼再吼第三次的时候，所有人都站起来回答"我们乖乖不说话"之后站好，一时间鸦雀无声，我不得不默默地给她手动点赞了。

孩子们安静下来了，又到了"懒羊羊安全课堂"的时间了，今天在野外，所以就讲野外活动安全知识。经过刚才代曼那么一整顿，这会儿大家听得比在会议室里用 PPT 讲还认真，杨扬也利用周围的事物边讲解边示范，这不，讲到野外伤害时，还来了个情景再现：先是假装割草被镰刀割伤了手指，根据流出的血的颜色辨别割到的是动脉还是静脉，然后用完好的那只手，根据动脉捂住伤口上方、静脉捂住伤口下方的方法，最后再就近取材，将苦蒿、石头上沉积的白色的粉末或者蜘蛛网等东西揉碎了敷在伤口上。整个情景演绎中，杨扬夸张的动作表情引得大家捧腹大笑，但一开始就给孩子们布置了作业，等讲完了就得抢答，虽然没有奖励，但孩子们的积极性却是半分不减。

知识问答

这不，刚讲完这个知识点一抽问，基本上所有人的手都举起来了，似乎害怕自己手举得比别人矮了，老师就点了别人，但又碍于我们刚刚强调的"好好坐在原地"的规定，于是就出现了这样的姿势：一只手撑在地上，另一只手高高举着，屁股成斜坡形，脑袋使劲往上蹭，眼睛还瞥着站在一旁的我们，只要我们一出声阻止，绝对马上规规矩矩坐好。

看着他们这样热情，我不禁汗颜，曾几何时我也是如此一个上课认真、积极回答问题的小姑娘，只要老师一有问题出来，马上把手举得高高的，唯恐他抽了别人，可是从什么时候开始，我上课总低着头，桌子下面藏着我最亲爱的手机，老师到跟前就马上拿过书来假装看着，老师一转身马上就去研究我的手机，老师一抽问题，马上低着头，唯恐老师抽到了自己，心里不停地祈祷，希望自己不要成为那个被抽到的幸运儿，实在运气不好被抽到了，慢悠悠地站起身来以最快的速度解决掉这个"事故"。等到期末要考试的时候，赶紧闭关几天死记硬背，可是考完就忘完，学了一学期，最后甚至连这学期都有哪些课程都说不清楚。

"第一个问题"杨扬一开口，孩子们已经时刻准备着等问题一出来马上就站起来回答了，没料到杨扬绕了个圈子顿住了，一时间，全场所有的注意力都放在了杨扬微动的嘴唇上，就像士兵打仗，只待将军一声哨响。

"请问谁知道爸爸妈妈的电话？"

咦，这是什么鬼？这不，孩子们全都躁动了起来。

"羊羊哥哥说话不算数。"

"这个问题你刚才没讲。"

"我爸爸电话号码是多少来着？"

一时间有的在小声抱怨懒羊羊哥哥说话不算话，有的在想爸爸妈妈的电话，争取赶紧举手回答问题。

"杨扬哥哥倒数一二三，看谁最先举手回答。一、二、三。"

还是有一只小手高高地举了起来，让我没想到的是竟然是一向不怎么说话的宋幺妹站了起来。

"爸爸的电话是 158……"一口气念了出来，清晰流畅，完全不像平时跟我说话时那个低着头小小声声的幺妹儿，"妈妈的电话号码是 187……"，不过怎么念着念着这眼睛就开始泛红了呢？

"宋幺妹小朋友非常的棒，我们奖励她一根棒棒糖。"我拽了一下杨扬的袖子，他立刻会意，从兜里摸出一根棒棒糖绕过人群递给她。"下面还有哪位小朋友记得自己爸爸妈妈的电话号码？一二三抢答！"

这次多了几个人，站起来也是支支吾吾的才说明白了，杨扬也给他们发了棒棒糖。

"现在我问第二个问题，请问谁能够准确无误地告诉我自己的家庭地址，记得要准确的哦，精确到多少号。"

又是一阵沉默之后，年龄最小的静文竟然最先站起来回答。

"江海市江县山城乡堰塘村 7 组 32 号。"没想到四岁还不到的静雯竟然回答上这个问题了，虽然还是怯生生的样子，但比起前两天我教他认字的时候好多了。有了静雯在前面抛砖引玉，孩子们也陆陆续续地站起来报了自己家的地址。一个比一个流畅，一个比一个大胆。

"大家都很优秀，羊羊哥哥在这儿不得不表扬你们。"然后杨扬讲起了他小时候迷路找不到回家的路就在街道上坐了一晚上的事儿，"所以，还记不住爸爸妈妈联系方式和自己家庭地址的同学们赶紧记住，别像哥哥那时候那么傻，都不知道找人打电话给自己的爸爸妈妈，我相信你们都比羊羊哥哥聪明，你们全都能做到吗？"

"能！"

"真的能吗？"

"真的！"

奇怪的是，我竟然不自觉地加入孩子们的队伍和他们一起回答起来了，想想也是醉了，这跟小孩子待久了，都快忘记自己的年龄了，这都是快要进入社会的二十岁的大人了，还跟着一群小孩子起哄，红着脸看看周围的人，其他的志愿者也笑着喊着，丝毫没有半点儿不自在的样子，一时间我倒安心了不少。

"大家还记得大灰狼的故事吗？"

"记得！"

"里面是怎么唱的来着？"

"小兔子乖乖，把门开开。不开不开就不开，妈妈没回来，谁来也不开。"

童稚歌声响起，又把我拉回了童年的世界，好像一不经意，我们就长大了，小的时候觉得当大人真好，什么都自己说了算，不会有人成天在自己耳边不住地叮嘱自己什么该做什么不该做，还不用上学，不用做作业。记得小时候，我们玩泥巴总会不自觉地把自己捏成大人的样子，谁是谁的新娘，谁又是谁的新郎，玩角色扮演游戏的时候，所有人都抢大人的角色，没有人愿意演子女，当时还偷偷穿过老妈的裙子和高跟鞋，撕了作业本的纸卷好，点燃了夹在指尖，学着爸爸的样子抽烟，可是实在是太烧心了，呛得眼泪直流，可还是忍不住的再抽几口，当然，只是做做样子而已，绝不敢再抽了。如今一不小心我们就长大了，有了自己随意支配的零花钱，漂亮的衣服随便自己选，头发怎么弄全随自己的意，可是每每路过童装店却忍不住地走进去望一望、看一看，然后和女同学、闺蜜幻想着自己以后结婚了有个女儿的话，一定要把她打扮成小仙女，弥补自己童年的遗憾，这时我们便又会开始长吁短叹，感叹时光都去哪儿了，可是感叹完了，我们还是不得不接受事实，我们已经是大人了。

大灰狼的故事

　　这时，我真的好羡慕面前这些孩子，虽然他们有的单亲，有的是孤儿，有的家庭很穷，但他们现在还可以肆无忌惮地笑，还可以想说就说，不用顾忌任何人。

　　"有谁能告诉我，这个大灰狼的故事告诉了你什么？"杨扬又开始发问了。

　　"我！"小胖抢在其他人之前"噌"地站了起来，没想到他肥胖的小身子竟然如此灵活，"告诉我们不要给坏人开门！"

　　"那如果现实生活中只有你一个人在家，有人来敲门，你该怎么做？"

　　但是，这是在农村，白天家家都开着门，这算什么问题？果然是城里的孩子，总归跟我们这些乡下长大的不一样。

　　不过，还是有人举手回答，而且还不止一个，而是一群人争先恐后的。

　　"我会让他先说一下爸爸妈妈的电话号码。"

　　"我会把电视机打开，然后喊爸爸，如果他是坏人的话，他就吓跑啦。"

　　"我会赶紧给爸爸妈妈打电话，让他们回来。"

　　……

　　不一会儿，孩子们各抒己见，说了不少的方法，还运用了敲山震虎、狐假虎威等方法，虽然我觉得这在乡村没必要，但还是不由得默默为他们点赞。

"上次我妈打电话还跟我说，让我在外面小心点儿，现在的骗子越来越多，骗人的方法也越来越神了，我们村的一个孩子就被一个卖西瓜的拉着走了，到现在还没找回来，他父母都气得病倒了，就这么一个孩子，这一出事儿，比拿刀子剜他们心头肉还痛苦。"

"可不是嘛，小的时候只要我一哭，我妈就吓唬我说有人贩子来拐我了。"

听到旁边闵敏和沫音的谈话，我不由得打了个冷噤，难道真的是社会在进步，人心在堕落？不过想想也是，现在社会上人人都想挣钱，有的凭自己的努力，而有的就只想着搞歪门邪道。

"大家都非常聪明，所以羊羊哥哥决定，给你们每个人发一根棒棒糖！"

"哦！！！"

"懒羊羊哥哥最好了！"

一阵欢呼声中，安全知识课结束了，接下来就是代曼的大合唱了，这是汇报演出的必备节目，武术（武术班）、大合唱（所有人）、对唱（学生）、啦啦操（五公主）、健身操（苏茉和梦琪）、武术对打（田宇和刘琦）、朗诵（我和沫音负责），目前暂定了七个节目，大家也在紧锣密鼓地排练着。我和沫音考虑了很久，鉴于各种原因，最后决定找三四个年纪稍大一点儿的来朗诵，而且还必须是听话的，别训练了两次就嫌累不来了，我们可没时间和精力再去找人来配合，就像音乐班上的一个叫小飞的孩子，长得白白胖胖挺可爱的，没想到却是一个磨人精，第一天来上了一节课就不想上了，非要调到美术班去，去了没半节课又吵着去武术班，最后还跑去健美操班待了一会儿，又不想回家去，一个人背着手在这学校里转来转去的，还得要沫音陪他，沫音稍微离开一会儿，马上扯着嗓子就哭，没办法，尹大神只好让沫音专门照看他，弄得每天休息时间沫音对着我们都一阵抱怨，我也想着帮她分担一下，可是刚和他待了不到十分钟，我整个人都快崩溃了，一会儿厕所，一会儿教室，一会儿画画，一会儿唱歌，苦得我在后面追得上气不接下气，原本还打着好好教训他的念头，这被他一折腾，别说教训他了，只求他能高抬贵手放过我。

也就怪了，最后发展成了只有沫音才能治得住他，当然，前提是沫音特别喜欢小孩子，对小孩子特别有耐心，抱怨的时候对小飞咬牙切齿，可一见到他那没心没肺的笑容，特别是笑起来那两瓣大门牙，沫音什么原则都没有了，偏偏这孩子又不是个安分的主，沫音像个老妈子一天到晚跟在他屁股后面，唯恐他磕着碰着了，久而久之，这孩子对沫音就有了依赖性，这一会儿见不到沫音就开始表演哭戏，任凭我们怎么劝都没用，沫音一来，话不多说，甩他一个眼神马上就止住了，上前拉住沫音的袖子，扬着小脑袋，刚哭过的双眼红红的，抽泣个不停，仿佛刚才那个弄得我们束手无策的小魔头不是他，每每这时，沫音总是很不争气地蹲下身来抱住他的小身板，然后就是轻声细语的一顿安慰，甚至还拿钱给他买糖吃，等他乐了，沫音又开始咬牙切齿地发誓再不能惯着他了。

接下来就是游戏了，原谅我们真的想不出什么既好玩儿又方便还适合所有人玩的游戏，只能重温经典，玩起了《丢手绢》，自然是没有真正的所谓手绢了，这年头出门能够记得自带餐巾纸就已经很不错了，不过这么多人，用餐巾纸来代替手绢终归不太好，幸亏代曼牺牲自我把她的防晒衣贡献了出来，想起这个大姐，我也是真心服了，不就到野外来玩儿吗，至于涂涂抹抹吗？光是防晒霜就擦了好几遍，还不仅是擦脸，手臂和大腿都擦了个遍，可问题是，她最后穿的是长袖长裤，还戴了顶帽子，把自己包裹得严严实实，最奇葩的是，走到半路还打个电话让我们这去买东西的三个人帮她把床头的防晒衣捎上，结果就是，微风吹拂下，大家都觉得很是凉爽，她自己一个人不住地叫热，看来啊，这美也是得付出代价的。

丢手绢

将衣服裹作一团，再三确定它不会散开，指挥孩子们围成圈坐下，因为人数太多，只好围成两个圈，丢手绢的人呈"8"字路线跑。我们这群大孩子以手心手背猜拳来定出场顺序。闵敏是第一个幸运儿，无视她那张苦瓜脸，我们赶紧分散坐下，可惜啊，这人胖了就是不好，这不，梦琪一个心急，脚上打滑，身子往前倾，跑在她旁边的我还来不及伸手去拉她，她已经光荣地亲吻大地去了，惹得旁边的孩子哈哈大笑。我忍着笑赶紧把她扶了起来，可看着她埋藏在乱发中的气呼呼的脸蛋，我还是破功了。

游戏正式开始，所有人手拉手唱起了《丢手绢》歌谣。

> 丢呀丢呀丢手绢，
> 轻轻地放在小朋友的后面，
> 大家不要告诉他，
> 快点快点捉住他，
> 快点快点捉住他。

而闵敏拿着手绢不慌不忙的，一步三回头，慢慢悠悠地转了两个"8"字，颇有点儿闲庭信步的意味儿，倒叫我们这些坐着的人心里紧张，唯恐成为第一个被殃及的对象。

可是，为什么她手里的衣服没有了？而周围的人都在抿着嘴笑？赶紧瞥眼往身后一看，果然不出所料。

敌不动我不动，闵敏的位子在我旁边，除非她能够平安地回到原位置坐好，但前提是我没有发现她已经把衣团悄无声息地放在我的身后了，说不定这会儿心里正在窃喜来着。不过，姐姐我是绝对不会给她这个机会的。

她往我这边走了过来，双手反背在后面，步子没有半分的波澜，我也装作一副什么都不知道的样子，还冲她微笑着。

还有五步、四步、三步、两步。

好的，就是现在，说时迟那时快，她刚要迅速的一屁股坐下，我已经抢在她前面抓住了她，并把衣团塞还给了她。

"表演！表演！"

"唱歌！跳舞！"

众人一阵哄笑，拍手的、跺脚的，一个个的激动得不行，闵敏虽然平

夏至未满

时说话没个计较，但在这么多人面前，尤其大部分还是孩子，自己平常一不唱歌，二不跳舞，完全没有半点儿文艺细胞，要是选择蛙跳吧，面对这么一群学生又放不下面子，可是，作为一名正宗女汉子，能屈能伸、愿赌服输方显汉子本色。咬咬牙，在众人的期待下，向前大跨了一步。

"从小到大我能完整唱下来的只有一首歌，既然你们如此坚持，那我就只好献丑了，但愿我一开口你们不会抱怨我放深水炸弹。"说着，还捏着嗓子咳了两声，耸耸肩膀，一切准备就绪，就在我们侧耳倾听她的这一首"唯一"的歌的时候，第一句唱出来所有人都后悔了。

"起来，不愿做奴隶的人们，把我们的血肉筑成我们新的长城……"

"噗"万万没想到，这丫头唯一能唱完的一首歌竟然是《义勇军进行曲》，最最奇葩的是，那调都不知道跑到哪座山头去了，真不知道这十多年的书是怎么读过来的，虽然我也是一个没才艺细胞的人，但好歹什么《朋友》《十年》这类老歌我还是能唱几句，还有最近几年流行的《最炫民族风》和《小苹果》，广场上的大妈天天放，就是我这种天天宅在寝室的人都能哼上几句了，这丫头竟然只会唱《义勇军进行曲》，真是无法理解她的智商。

"前进，前进，前进进！"

她还唱着唱着自我陶醉了，眼睛闭上，双手跟着不自觉地指挥，完全不顾我们旁边这群被她的魔音折磨得分分钟想逃跑的人的感受。

"好的，我的表演到此结束，游戏继续。"

终于唱完了，大家瞬间解脱了，再不结束，估计都有人要毛遂自荐去帮她表演了，实在是考验大家耳朵的承受能力。同时，这也告诉所有人一个道理，并不是女生天生就得多才多艺，也并不是说话声音好听的就唱歌好听。

没多一会儿，衣团丢在了大公主的背后，大公主没追上闵敏，自觉地接受惩罚给我们跳舞。今天她穿的是一条紫色的连衣裙，跳起她最擅长的孔雀舞来，没了平时的刁钻古怪，这会儿她真像一只真正的小孔雀，高贵、优雅、引人注目，小小年纪就有如此才艺，让我这个没有艺术细胞的人真真儿无地自容。

游戏继续，孩子们玩游戏纯粹就是图个热闹，少了许多的得失计较，连丢手绢这种老掉牙的游戏也充满了许多的趣味，这没多一会儿，衣团已经经过好几个人手里，因为是和孩子们一起玩儿，志愿者们显得有些拘谨，丢手绢的人还没靠进自己就高度戒备起来，一旦发现苗头，立马伸手抓住他，反观孩子们，则是嘻嘻哈哈、笑声不停，甚至还有人希望衣团放在自己的背后，然后起来表演一个节目，有的连续起来学了几次青蛙跳还是热情不减。咱们暂且不去评论节目质量怎样，光是勇气这一点儿，我们这些所谓的大人就远远不及了。

未 来

晚上我做了一个梦，一个很奇异的梦。

山上有两个土坟，中间长了一根枝干蜿蜒的树。

我不知道埋的是谁，也不知道是什么树。

有人在追杀我！一男一女，举着刀，乱发遮住了他们的整张脸，我惊恐地边跑边回头瞧他们的脸，青色的，惨白的，我怀疑我的眼睛出了问题。

赶紧逃吧，越远越好。

谁在说话？爸爸？他总是不允许我问关于那两个坟墓的事，总是趁我不在悄悄拿走我攒钱买的红色小皮鞋，总是虎着脸打散我的马尾辫扎成朝天冲。

是我妈妈？那个出个门涂涂抹抹半天又半天的太太，偷开了我的抽屉，拿走了我的口红、项链，还有那一封只有我看得见字的信。

不要逃了，你跑不掉的。

前面是深不见底的悬崖，后面是想手撕人肉的追杀者，我看见了他们红色的牙齿，白色的舌头伸出来又吞进去，还有那喘着渴食的粗气的大鼻孔，我纵身一跃，身子飘飘然跌下了悬崖，里面是山神的居所，他招手让我过去，教我折纸飞机，折好了用力一扔，我也跟着飞了起来。

飞过高山，到了大海，渔夫的小船太慢，我摸出笔画了一艘航空母舰，吹一口气，它就在海面游了起来，到了天涯，追杀者随后而至，我向天一指，轻念咒语，立刻化身火箭超人，光速上了月球。

原来地球是圆的，原来月宫里没有嫦娥，原来太阳隔得这么远，原来人的生命必需靠氧气和水维持，原来并没有富丽堂皇的天宫，原来猩猩是人类的祖宗，原来人是自己的主人。

他们又追了上来，我赶紧变身星球上的小颗粒，原来颗粒也有生命，它们也有自己的世界，自己的生存法则，它们的世界空气清新，四季如春，繁花似锦，它们的世界道不拾遗，夜不闭户，一片祥和。

赶紧逃吧，越远越好。

谁在说话？是我妹妹，那个成天叫嚷着不当孩子的假小子，撕毁了我的课本，折断了我的铅笔，别以为我不知道，她悄悄折了纸卷来学着抽烟；别以为我没听到，大半夜的还在打着暧昧的电话；别以为我没看见，她偷偷跑到我那永远空空如也的衣柜里去睡觉。

不要逃了，你跑不掉的。

前面是一望无际的悬崖，后面是想火烤人肉的追杀者，我拿出手机，点击进入，然后进了手机内存。

"啊"我自己被自己吓醒了，睁开眼来，我还躺在自己的床上，屋子里的老风扇还在"呜呜""呜呜"地转着，和我"同床共枕"的小洛也还在非常有规律地打着呼噜，摸摸我身上穿着睡觉的吊带背心，已经全部湿透了，下了床倒杯水喝了，总算清醒了不少，这才后知后觉地想起老大很久以前就推荐我看的残雪的《山上的小屋》，后来去图书馆借了书来看，看得我整个人懵懵懂懂的，似乎理解到了很多，又似乎什么都没看懂，这会儿做了这个一个梦，我倒能对《山上的小屋》那杂乱无章的内容看懂几分了。

老人们说，日有所思夜有所梦，可我却一时半会儿的无法理清这梦的思路，这又是坟墓，又是魔鬼，又是追杀，还配备了神话题材电视剧的种种技能，真是上天入地无所不能。

可是啊，作为一个已经受现代文明熏陶了二十年的我来说，对神啊、鬼啊、魔的，早就不会像小时候那样深信不疑了。记得小时候，每天放学回来，我的首要任务就是打猪草、踩煤，每每早早地就出了门去，然后把背篼扔在路上就跑去别人家里看《西游记》，那时候，特别喜欢看孙悟空七十二变，不为别的，分分钟就可以往返学校，还可以一个筋斗云去石板山割好多好多的草，当然，如果我真成了孙悟空，拔根猴毛就可以变出一大堆草，何必姑奶奶我再劳心劳力自己去割？常常一看就是两三个小时，等看满足了，天也黑得差不多了，赶紧随便打了点儿插在背篼里背回去敷衍了事，但这前提是爷爷不在家，不然就他老人家那火眼金睛，一瞧我就暴露了，然后照例就是一顿骂，久而久之，他老人家甚至为了防止我偷懒，买了秤来，每天给我称草，达不到五十斤就得惩罚，但如果超过了就给钱买零食，对于一向"见钱眼开"的我来说，一下子充满了干劲，但绝不是要牺牲我最爱的《西游记》，等累了一天，晚上睡觉时，万能的孙悟空、好吃懒做的猪八戒、老实的沙僧，还有唠叨的唐三藏一股脑全进了梦来，顺便还跟来了各种妖魔鬼怪，在我的梦境里演绎着神奇的取经故事。

稍大了点了背上书包去上学，老师们给我讲安徒生童话、格林童话，我又沦陷在白雪公主、灰姑娘的故事里不可自拔，甚至还掉了不少眼泪，那时候，真觉得这个世界似乎一切都是有生命的。等三年级以后，老师拿着自然科学的课本一板一眼地告诉我们，童话故事都是骗人的，我们要相信科学，抵制迷信，要拒绝鬼神故事，在这种日复一日的灌输下，我再见到别的小孩儿看这种电视剧就只能嗤之以鼻了。

按照科学的解释，晚上做梦有两种说法，一是白天太过劳累，二是还在长身体，虽然第一个比较靠谱，但我还是宁愿相信第二个说法，毕竟就我目前这一米六不到的个子，还有一马平川的胸部，虽说我一直标榜自己是个汉子，奈何生做女儿身，也只能随波逐流了。

早嫁

最近似乎习惯了半夜醒来，然后翻来覆去一时半会儿都睡不着，玩手机没劲，起床出去又懒得动，索性坐了起来发呆，这才发现除了我之外，还有一个夜猫子圈在角落里玩手机呢。

"你怎么还不睡啊？"害怕吵醒其他人，我压着嗓子问道，代曼听到声音看向我，透过窗棂的月光正好打在她的脸上，惨白惨白的，吓得我忙问她怎么了。

她摇摇手上的手机，示意我她正在写东西，这道令我有些意外，因为平时她看到我总是在电脑跟前，常打趣我是个作家，我说只是写写平时的感想而已，她还摆出一副特别佩服我的样子说她从来不会主动写什么，因为一没文采，二没兴趣。

"大晚上玩手机对眼睛不好噢。"虽然有些惊讶，但毕竟是人家的事情，嘱咐了一句，就准备躺下继续睡觉，她却把手机递了过来，我疑惑地接了过来，只见屏幕上是一封信息，之所以不说它是信，因为她连收信人都没有。

"你确定让我看？"可能涉及她本人的隐私，我还是再次确认了一遍，她点了点头，我认真地看了起来。

"三姐打电话告诉我，十六岁的你大年十一就要出嫁了，问我是否可以送你出嫁，我终归没有像我当初说得那样'这辈子不要再出现在我的面前，否则我会给你两耳光'，虽然恨你不争气，但是你终归是我的侄女。

今年你十六，我二十，大你四岁，你的外婆是我的养母，你的妈妈是我养母与前夫的女儿，年纪相差不大的我们虽然隔了辈分，却比一般得姐妹更亲，其实真正算起来，我们甚至连隔壁老王的关系都不及，或许上辈子我们都曾无数次地回眸，才有了这辈子的姑侄缘分。

四岁那年，我经历了一场癫痫，病愈后有些神志不清，舌头被咬断了一节，说话也成问题，那时候你刚出生，肉肉的一团，让迷迷糊糊的我爱得不行，大人怕我摔着你禁止我抱你，我就守在你的床边傻乎乎地盯着你，你哭我跟着哭，你笑我跟着笑，慢慢的你学会说话，奶声奶气地叫我'阿姨'，不懂事的我满足于这个称号所带来的骄傲，偷了老爸的钱去买糖来逗你，结果被罚跪了一晚上，等你会走路的时候，我已经开始背着书包上学了，我总是抓着你肉嘟嘟的小手，一遍一遍地问你，'你最想做的事是什么？'在我反复的教导下，你学会了回答'我想去读书，想背新书包。'每次放假去你家，离开的时候，你总是哭着闹着不让我走，狠心挣脱了你，等走到山的那一边再回头看，你还站在坝子里看着我，一个不忍心我又跑回去求了你父母让你跟着我回家。现在我还记得我最爱唬你的一句话'再不听话阿姨就不要你了！'

你开始上学了，开始认识很多人，很多事，慢慢走出了我为你撑着的雨伞，独自活在你的天空下，你开始不听我的话，开始和我吵和我闹，一生气拿着行李就要走，有时候甚至和我动起手来，爸爸妈妈偏袒你，被骂的那个人总是我，我们也常常会因为这样那样的小事儿而两三天不说话，可气头一消，我们还是勾肩搭背的一起上山打猪草。

记得我在上初中那会儿，你读五年级，每个周我的生活费只有 30 元，我一向节约，一个周下来我甚至还剩一半，等到星期五放假，我总是买了东西去你们学校等你，无论你是和我回家还是回你自己的家，看你一眼也是满足的。等我上了高中，你也读初中了，见面的机会更加少了，好不容易坐在一起，你要么盯着电视，要么玩着手机，我知道你一向不爱学习，好不容易抽个空想跟你好好谈谈，你总是找这样那样的借口躲开了去。

初三上学期，你有了辍学的心思，我能够理解你的心情，却不能够说服我自己对你不管不问，多次打电话和你谈心，一遍又一遍地告诉你多读书的好处，其实说真的，我从来不指望你得到什么文凭，只是看着身边的女生一个接着一个十几岁就嫁了人，不希望单纯的你太早进入这个复杂的社会，步了她们的后尘，可你终归还是不听我的，在我不知道的情况下，毅然决然地退了学，跟着别人搞起了婚庆，此时的我也还抱了一丝的希望，每每给你打电话时，还是不停地重复着同一个话题，虽然我知道你"嗯，哦"的肯定回答中更多的是敷衍。

六月份回到家，还没来得及梳洗，你外婆就告诉我你定亲的消息，端着的饭碗扣在了桌上，我赶紧打了电话去问你妈妈，他们选择沉默，这时我才后知后觉地发现，十多年了，我这个亦师亦友的长辈唯一教会你的就是倔强，而如今你用从我身上学去的倔强狠狠地打了所有关心你爱你的人一个响亮的耳光。

我从来都认为十多二十岁是女生最美的时光，不希望女生尤其是农村的女生还没看清楚这个世界，就稀里糊涂地陷入了所谓的'爱情'，或许我这样说是有些偏激了，可是，我的侄女，我请你想一想，你才十六岁啊，你就匆匆忙忙地找了根链子把自己拴在了一个叫作'家'的牢房里，我不敢想象我那个天真活泼的侄女以后面临的是什么生活，喂猪？放羊？养孩子？还是打包行李出去打工？我更加不敢想象，十年后你是否会后悔你现在的决定，然后蓬头垢面地告诉我，'要是当初听你的话就好了。'

原谅我以如此卑鄙的想法去救赎我自己，原谅我这个别人口中的骄傲的大学生，没有勇气说出一句祝福你的语言，原谅我实在找不到理由理解你的'爱情'，只能在心里默默地祈祷上天能够厚待你，如此而已。"

将手机还给她，我抱着膝盖坐在旁边，她对我的反应有些惊讶，按照惯例，正常的我这会儿应该义愤填膺、叨叨不休才对，没想到我却是一声不吭，她越琢磨越觉得不对劲。

"发表一下自己的想法呗。"代曼忍不住用手拐碰了我一下，有句话怎么说来着，"易珊反常必有问题"，看来这小妮子也是被我反常的表现给误导了。

"我问佛：如果遇到了可以爱的人，却又怕不能把握，怎么办？

佛说：留人间多少爱，恋浮世千重变，和有缘人，做快乐事，别问是劫是缘。"

"然后呢？"她似懂非懂地点了几下头，继续问道。

"果实尚未成熟，苦涩甜蜜人自知。外人何苦多执拗。"然后我就准备睡了。

"可是她还是个孩子，什么都不懂，去年寒假见了她，还孩子气的在那儿算她能得到多少红包，她妈妈让她去厨房帮一下忙都还要讨价还价的人，怎么指望她能扛起一个家庭？更何况，她找的那个人，年纪也和她相差无几，没房没车没工作，两个人就像小时候玩过家家一样，没见过什么世面傻乎乎的就认为他们所遇到的就是这辈子的真爱，可是等有了孩子以后，他们又该怎么办？她还那么小，我真的难以想象她以后的生活到底怎么办？"

"那就让她去医院流产呗，又不是强买强卖。"话是这么说的，对于同

夏至未满

样出生于农村的我来说，代曼侄女这种事儿我已经见怪不怪了，上次回家去还送了我家隔壁不满十六岁的妹子出嫁呢，现在像我们那种偏僻的农村，很多女孩子初中没读完就辍学打工了，有的是学习不好，有的则是家庭原因，我们村的一个小姑娘从小就喜欢学习，奈何成绩不好，中考名落孙山，那时候我在县城里上高中，她给我打电话来哭得那叫一个伤心，电话里她告诉我，家里还有四个弟弟妹妹在读书，实在缴不起高昂的择校费，索性就出去闯几年，挣钱来补贴家用，当时我还跟她开玩笑说，让她千万别过年就给我带个妹夫回来，最后的结果是，她是没带回来，而是回到家一波又一波的媒人上门给她介绍对象，实在禁不住她们的"好心"，她就听从安排去相了次亲，没想到还真遇到了她的"真爱"，然后第二年夏天就结了婚，如今孩子都有了，两个人却是一天到晚吵架，偶尔上线看看她的空间，全是抱怨的话语，完全没了当初活泼开朗的样子。

　　当然，这还算好的，至少是她自由选择的，而另外一个叔叔家的妹妹就没她那么幸运了，说起这个妹子也是可怜，家里母亲一直疯疯癫癫的，父亲一天到晚往外面跑，弟弟年纪又小，完全没有人管她，衣服是穿别人剩下的，一头乱发里虱子到处爬，身上的芝麻面刮下来完全可以包汤圆了，最难以接受的是，这姑娘因为从小没人教养，手脚有些不干净，专爱小偷小摸的，那时候我们家在村里还算是"大户"，我妈也舍得花钱打扮我，这姑娘常常就喜欢偷我的头花、发夹、围巾之类的东西，可是她偷去也不用，而是扔在一些偏僻的角落，对于我这种暴脾气的人来说，每每发现了她的手脚不干净便不管三七二十一，"啪啪"就是两巴掌，她打不过我就号啕大哭，不一会儿她那喝酒喝得晕晕乎乎的爸爸就循声而来了，完全不分青红皂白，随手捡起东西就向我打来，我一溜烟就跑开了去，然后，我们就开始了一场你跑我追的拉锯战，现在想起来，估计我如今体育成绩那么好也有她一份功劳。

　　话扯远了，还是先说正题吧。这妹子初一读了一学期就跟着当地打工的人出去，当时人还只有十四岁，等过年回来的时候，已经怀有身孕了，而男人就是当初带她出去的人。这个人快三十岁了还打光棍，外面找不到，回来介绍没人看得上，据说把这妹子带出去不久，给她买了两件衣服就把人给骗到手了。听到这件事情的时候我诧异了很久，反反复复跟我爸念叨了很多遍，最后我爸忍不住了，骂我一句"各人自扫门前雪，莫管他人瓦上霜"。最后，还凉凉地跟我说了一个事实，"现在都什么年代了"。我知道他想说的是婚姻自由，但是却无法理解这些女孩子到底都是怎么了。去年暑假，以前的同学商量着开一个同学聚会，这一聚在一起，有背着孩子来的，有带着老婆来的，有挽着未婚夫来的，最令人惊讶的是，小学时跟我玩得最好的那个女孩，几年不见，都已经是两个孩子的妈了，开口闭口一个"这年头啊""我家孩子成绩……"，倒弄得我和另外一个还在读书的同学坐在一旁搭不上话来，偶尔他们主动和我们说上一句话，不是"你们这些高材生这会儿辛苦一点儿，以后日子就好过了"就是"以后你准备当老师吗？那孩子就拜托你了"不然就是"我明年什么什么时候结婚，不知道高材生可否赏脸来看看"没多一会儿，我就已经有了撤退的心思，实在是跟他们找不到共同话题。

思 考

最奇葩的是前几天我妈打电话来跟我说，都有人上门给我介绍对象了，弄得我当时让我妈转告人家一句，"姐姐不是隔天菜市场的蔬菜没人搭理。"完了，这句话一出来，我妈以为我有男朋友了，马上开启唠叨模式，说什么现在这个年纪也该谈恋爱了，但是自己要把握个度，别学某某某，这初三还没毕业就怀孕了跑到男朋友家住在一起，老师打电话给远在北京的父母，急得他们赶紧坐飞机回来找人，等找到了知道了事情的前因后果，父母怒不可言，拉着女生就让她去医院做手术，没想到这女生趁家长睡着了，偷了钱和手机又跑回了男朋友家，这回直接发狠话，要是父母再不同意他们在一起，那她就自杀，最后父母实在没办法，又想着她肚子里的孩子，匆匆忙忙就把婚期定在了一个月后，还上门找我送嫁，所以才有了我妈百年难遇的主动的并且有目的性的这一通电话，挂了电话，照旧感叹一句，但也仅仅是感叹，这人有选择怎么活的权利，数落别人还招致别人的厌恶，还不如由着他们，等到哪天她们后知后觉地反应过来自己一辈子已经毁了的时候，她们才知道当初任性的代价，才能真正明白"不听老人言吃亏在眼前"这句话的意思。

"睡吧，她父母都不在意了，你还瞎折腾个什么劲，你认为是对她好，人家说不定还以为你见不得她好呢，别最后惹得个一身骚。"看了一眼时间，凌晨一点了，睡意再次袭来，打着哈欠宽解了她几句，自顾自地躺下身子睡觉去梦里约会去了。

"可是……"代曼还想说什么，侧过头来，我已经闭上眼睛快要睡着了，无奈地叹了口气，摸黑接了杯水喝了，也上床休息去了。

今晚注定是个多梦的夜晚，而且还都做些恐怖的梦，可能是刚刚谈及这个话题，这刚一睡下，我又陷入了一个已经忘记很久的残酷的梦中。

"爷爷，爷爷，这红籽好吃，啧啧啧。"

"幺幺乖，赶紧过来，别往那个黑洞洞去，小心上面垮了砸着你，那可疼了。"

那是一个私人煤场，那是春末夏初的时候，天气已经开始躁了，我记不得当时我穿还是没有穿裤子，似乎是光着屁股，又好像老妈出门时给我找了条开裆裤穿着，反正那时候的我还太小，我唯一能记住的就是那"轰"的一声，那声响在过去的十多年的岁月里总是不定时地出现在我的脑海里，然后晚上化为一幅幅鲜血淋漓的、惨不忍睹的画面，我没看到那八具裹满鲜血与煤渣的尸体，因为爷爷已经抱了我快速回家了，直到现在我都还惊讶，当时已经六七十岁的爷爷怎么一下子变得健步如飞了，在保证我看不到残忍画面的情况下将我转移回家，我知道他们是怕小小年纪的我承受不住，怕我因为这些已经不可避免的事情而做噩梦，甚至还找了道士来家作法，哄着我喝下一碗又一碗的符纸化成的清水，奈何我自小就是一个特别具有想象力的人——我想这要归功于我爸爸这个语文老师，光是那"轰"的一声，以及大人们在我耳边提及的同情沫音的话语，我就已经可以完全独立地在脑海中恢复当时的画面。

忙着上课、排练，时间像是手里的流沙，不知不觉地就流失得差不多了。眼看就到了离别倒计时三天，虽然还没真正离别，但那种离别愁绪已经在孩子们与志愿者之间酝酿开来。

有时候好好地给他们上着课，心里想着想着就难受起来，背过身子整理完自己的情绪，回头看到孩子们担心的眼神，想着这十来天的点点滴滴，眼眶微微泛红。

有时候听着他们叫我们"老师"，再也做不到来的时候那么从容，努力扯出一个自认为灿烂的笑容面对他们，心里已经百转千回。

有时候在养老院的坝子里，听着旁边男女老少说话的声音，哪怕他们只是站在旁边唠唠嗑，想着再过两天回家后晚上就只能守在电视机旁，那股不舍的情绪又冒了上来。

习惯真的是一件极其恐怖的事，就像抽烟一样，第一口烟吸进去，多少会有些抵触，慢慢习惯了之后突然不让你抽了，你又一时半会儿接受不了，特别是像我这种伤感的人，更是早早地就自行开启了"离别"预告模式。

"珊姐姐，珊姐姐，这道题怎么做，可以给我讲讲吗？"正坐在花坛上伤春悲秋呢，大公主和幺妹儿跑过来让我给她们讲题，微微伤感的面容一时半会儿还收不回去，只好接过练习册来低着头装作很认真地看题。

"老师，你怎么了？"我埋着头，书上的字完全没有看进去，旁边的幺妹见我发呆，赶紧扯了扯我的衣袖，将我的思绪拉了回来。

"没，没什么。"听着话声回过神来，看着面前站着的幺妹儿，从最初她"逃课"我给她做思想工作，到知道她这么做的原因理解她并偷偷给她补课，短短的十来天时间，我们却好像认识了很多年。还有旁边的大公主，从一开始的关于裙子问题的争执，到和她妈妈的争吵，再到上门致歉，如今，我们成了好朋友，我也愿意去接受他们给我安上的"七公主"的名头，相处下来我才发现，这孩子其实特别讨人喜欢，早上我们吃包子总是吃不饱，她知道后，还特意把她妈妈给她买的零食带来给我和代曼吃，光是这份心就已经价值千金了。

我不能说我在这次支教活动中奉献了多少，也不敢自夸自己比其他人更努力，但我认真地做每一件事，即便有时候做错了，但我开始学会低下头去和他们平等交流，这不得不说是这一次支教活动中的意外收获。

"老大！老大！"田宇急冲冲地从我面前跑过，大声呼喊着尹易，只见他进了小餐厅没多一会儿，就拉着尹易急匆匆地跑了出来。

"发生什么事了？"

根本没人理我，照这架势，估计事情闹得有些大，我忙让幺妹儿他们先回教室，然后跟在田宇后面跑了起来。跑到校门口我看到沫音也跟着跑了来。

"到底怎么回事儿？"

"你不知道吗？武术班陈利他爸爸在贵州做送变电，刚刚有人打来电话通知家人，他不小心从上面摔下来当场死亡，让家人赶紧去处理。"

"那我们跑什么？"听明白了之后，虽然为陈利那孩子感到伤心，但这会儿我们最重要的任务不是安抚陈利吗？一个个的往校外跑干吗？搞得我还以为地震了。

"刚才有人来通知陈利这件事儿，这孩子也是的，哭着就跑了出去，杨扬他们追也追不上，刚刚田宇跑回来说，这孩子横穿马路的时候被摩托车给撞了，人事不省……"

出事

根本等不及她把话说完，我已经一溜烟冲出了校门，心里着急慌慌的，脑袋里全是自行想象的一摊血，晕乎乎的，身上的器件也像是被人拆散了再组合回去一般，完全没有半分属于自身的知觉。

好不容易拖着已经快要瘫了的身躯赶到，现场已经里三圈外三圈的围得密密麻麻了，我扒拉了人挤进去，田宇正抱着全身是血的陈利，这孩子此时已经失去了知觉昏迷了过去，脸蛋上的泪水还没有干，身上的衣服也沾满了鲜血，平日里那个伶俐活泼的孩子这会儿狼狈至极。杨扬他们正在给他整理擦破的衣服，围观的群众你一句我一句地讨伐着司机，一旁撞了人的司机被吓得木木呆呆的，瘫坐在地上，看他那副打扮，帆布衣服上东一点儿西一点儿的水泥，黄色的安全帽滚在一边的水滩里，也沾上了星星点点的泥浆，猜得不错的话，他也只是一个砖匠，家里也不富裕，而且瞧着四十岁不到，正好是肩上担子最重的年纪，这要是陈利真出了什么事儿，光是赔偿就够他受的了。

不过这会儿也不是同情别人的时候，赶紧把孩子送去医院要紧，也正是这时我才后知后觉地反应过来，救护车怎么还没到？

"打了急救电话没有？"我赶紧问道，不过除了尹大神丢给我的一个白眼之外，根本没人理我。

"让开，赶紧让开。"外围摩托车的轰鸣声传来，周围的群众赶紧让出了一条路，我才看清了骑着摩托车的清歌，依旧是白衬衫搭牛仔裤，嘴角微抿，眼神认真深邃，明明很严肃的一个场合，我脑袋里竟然浮现了"白马王子"的画面，王子是他，白马就只能是摩托车凑合了。

"易珊，你们两个还发什么呆呢，赶紧回去帮忙带一下武术班。"大神帮忙把孩子扶上摩托车，田宇坐上去，把陈利护在中间，实在再坐不下人了，队长只好留守阵地，回头来看到我和闵敏两个人傻不愣登地站在原地，无奈地吼了一声。

罪过罪过，这种场合下都能犯花痴，到底是多久没见过男人了，不对，到底是多久没见过好看的男人了，幸亏丢人的不止我一个，要不然，真真儿想找块豆腐撞上去。

尴尬地跟在队长后面回到学校，孩子们已经疯做一团了，要不是校门拦着，估计他们已经跑回家去把这个"劲爆消息"告知家长了。

从一开始我最不喜欢带的就是武术班，因为这个班里基本上都是男生，大都十岁不到，正是最调皮捣蛋的时候，加上杨扬和田宇两个都是老好人，这什么事儿都和他们商量着来，这十多天完全把他们给惯坏了，一个个鬼灵精似的，我这个外人就算再厉害，一时半会儿也拿他们没办法，更何况我又不会武术，只好应他们的要求讲笑话，奈何存储量不够，好不容易憋出来几个冷笑话，这群小孩子又反应不过来，场子根本热络不起来，最后我只好无奈地打电话让闵敏过来帮忙，好歹平时她在武术班帮忙的时候多，她的话孩子们应该能听得进去几句。

可是眼前这是什么场景？

"我去上学校，太阳对我笑，鸟儿说早早早，你为什么背着'炸药包'？我去'炸'学校，校长不知道……"

这下子好了，让她来帮忙维持纪律的，这会儿到将这里搞成游戏大厅了，一屋子的欢声笑语，亏得队长这会儿不在，要不然闵敏又得挨一顿骂。

"姗姗，你也坐啊，站着干吗？"闵敏拉我跟他们坐在一起，大家围成了一个圈进行"三个字"游戏，从"1"到"28"，（其中有两个孩子年纪实在太小，所以就充当裁判）每个人都有各自的编号，由第一个人开始说出词语或者句子，然后随意制定 1～28 的任意号数，被点到的人必须马上反应过来并接上，要是反应不过来或者接不上，那就给大家表演一个节目，唱歌跳舞都可以。说到这儿，估计很多人都以为我和闵敏两人有"以大欺小"的嫌疑，但第一轮下来，我和闵敏就败北了。闵敏还好，好歹是数信系的，回答不上来还情有可原，而像我这种所谓的正宗科班出身的，本着以继承和传播中国优秀传统文化为己任的将来的语文老师，这会儿真真是羞愧致死。看来对付这群小屁孩儿千万不能掉以轻心，特别是在他们一群人围攻我和闵敏两个人的这个当口，更是要小心为上，刚刚一个不小心就被他们将了一军，要是再继续落败，我这张老脸才真的是没法儿放了。

姜还是老的辣，再套用一句老话——我吃的盐比你吃的米都多。

尽管这群孩子足够精明，但我好歹也是读了十几年书的人，只要稍稍注意一点儿，分分钟杀得他们丢盔弃甲、片甲不留。不过这毕竟只是游戏，而且还是一场年龄不对等的游戏，更注重的是其中的欢乐，而不是非要争个输赢不可，所以，在小赢了几个回合，把刚才丢的面子找回来了之后，我就把场子交给闵敏，功成身退了。

下午吃饭的时候大神打了电话给田宇，问了陈利的情况，说是没什么大问题，住院观察两天就好了，又说身上带的钱不够，而陈利的妈妈又去接灵去了，家里只剩年迈的爷爷奶奶，总不好上门问他们要钱吧。在征询了大家的意见后，最后尹大神从我们出发之前交的钱里拿出一部分作为医药费，也算是我们这支团队所能为他做的力所能及的一点儿事了。

奸情

由于陈利的家就在敬老院旁边，虽然骨灰还没送回来，但家里的灵堂已经摆好，道士先生也请了来开始做道场了，哀乐循环播放着，健身操是跳不了了，这会儿天又还没黑透，老大大发慈悲的让我们出校门散散步，但前提是必须保证所有人一道，就怕出个什么事。

之前每天晚上的健身操是大家最想逃避的，不说我们这些业余人士，就是梦琪和苏茉都成天叫苦不迭，可是人家贾乡长每天都来运动，还特地驻守在李大福家，李书记鞍前马后地伺候着，实在有事儿才回一次乡里，每晚上腆着他那大肚子来也是跳两秒歇三秒的，但人家总归还是个乡长，而且他还给我们团队补贴了一笔钱，给我们减轻了不少的负担，也才拿得出钱来给陈利付医药费，平时对我们也是挺客气的，需要什么东西啥的给他打个电话就找人来帮我们弄好，慢慢的相处下来觉得他人其实还是蛮好的。

每天晚上的健身操，多则六七十人，少则就是我们二十个志愿者外加贾乡长，李书记偶尔也来，但也只是坐在一边看比赛而已，从不加入我们，倒是街上那群孩子，每晚都在坝子里跟着学，跳起来比我们这些"老胳膊老腿儿"的人还激动，不过也得顾忌晚上人多，留心他们到处乱窜，磕着碰着又得闹出多余的事儿。

"那不是唐三吗？这火急火燎的去哪儿呢？"大家有一句没一句地聊着，苏茉突然指着前面拐角处的一个背影说道，因为上次的事儿，苏茉就跟唐三结下了梁子，偶尔大家说起这个"美娘子"总是愤愤不平的在背后咒怨几句，似乎就能消减那日的"口水"之仇。

偶尔唐三也站在队伍最后面跟着跳会儿，估计是因为上次我说的那话，后来她见了我虽然还是没好脸色，但好歹吵不起了，想起去学校骂苏茉狐狸精的时候，我附在她耳边警告道："人在做，天在看，有些对不起人的秘密还是别让你家男人知道的好。"当时也只是随口说来吓唬她而已，没想到她的身子下意识地颤动了一下，明显是一种心虚的表现，如果说之前怀疑她和李书记有一腿儿只是猜测的话，那从那一刻开始我基本上可以确定了，虽然我是连初吻都还没交代出去的极其单纯的妹子，对于这种出轨的戏码心里十分的不爽，不过俗话说清官难断家务事，更何况我还是一外人，所以也只是说出来吓唬吓唬她而已，倒没真想过要怎么样，也算她眼力见儿好，之后没怎么招惹我们，我也就把这事儿给忘了，偶尔见了面也主动问候一声，至于她回不回复那就是另一回事儿了。

"咦"我抬头看到她鬼鬼祟祟的身影，老话说得好，身正不怕影子斜，更何况平日里这女人走路神气极了，这会儿这般小心倒让我心生疑惑。

夜黑风高偷人夜

原谅我平日里狗血言情小说看得太多，此情此景脑海里闪现出来的竟然是这七个字，可是不对啊，刚刚我经过陈利家时才见着李书记在那儿帮忙料理丧事，而且瞧她走的方向明明就是——李大福家。

天啊！

脑袋里一阵"噼里啪啦"烟花差点儿将我炸晕了过去，使劲咽了几口口水才稍稍平静下来，平日里的一些疑点也陆陆续续拼接在一起，难怪堂堂乡长愿意待在这个村里，难怪李书记对唐三诸多照料，难怪唐三那日有恃无恐的，难怪我威胁了她之后贾乡长对我们的态度好了不少，又是补贴，又是让人送菜的，平日里见了我也是关怀备至，原来是想贿赂我，希望我给他们保守秘密，反正我也待不长，等我一走他们就可以继续逍遥自在了。

"我们跟上去看看唐三婆大晚上鬼鬼祟祟地干什么。"梦琪来了兴趣，拉着我的手吆喝其他人就要去一探究竟，我忙拉住她。

"人家私事儿，管得那么宽干什么？别去惹得一身骚就惨了，我们只有两三天的时间了，这会儿已经够乱的了，你们又不是没见识过她那张嘴皮子的功夫，要是再闹出点儿状况，小心队长知道了活剥了你。"前天晚上跳健身操的时候，梦琪和苏茉穿的是运动背心，除了胳膊、肚脐眼露出来之外，还有她那一对波涛汹涌的大胸也是呼之欲出，第一天她们这一身就惹来了唐三大闹学校一事儿，当时她们就准备脱下来换成普通运动服，虽然不方便，但好歹能够少些口舌，不料队长在旁边来了一句"身正不怕影子斜，你没做错事儿何必为了别人的眼光而退让，该咋穿咋穿，你现在给换了，指不定还有人说你做贼心虚呢。"最后，苏茉她们每天晚上跳健身操的时候都穿成这样，第一天的时候围观的群众就针对她们的这种"开放"行为指手画脚了半天，慢慢的大家都被她们优美轻快的动作吸引了，也就没再讨论衣服问题了，不过前天我可是瞧得清清楚楚的，中场休息的时候，苏茉弯腰下去拿地上的矿泉水瓶，唐三那个"老实"男人挤到了角落里，一双色眯眯的狗眼正偷看苏茉的胸部，还舔了舔嘴唇，气得我拿起手中的瓶子就扔了过去，没瞅准方向，瓶子从他肩头擦过，周围的人还没反应过来是怎么回事儿，沫音他们还以为我又在挑事儿，几个人联手把我拽到了一旁，等我再过来看时，他已经溜了。

两口子都不是什么好东西，就是可怜了他家丫头，每次走他家餐馆门前都看到小丫头蹲在地上洗一大堆碗筷。

晚 饭

大家本来因为陈利家中的事情心情就不大好，经我这么一说也没兴趣再去多管闲事，一群人沿着街随意走了一会儿便打道回府了。

今天晚上时间还早，大家闲着无聊，杨扬提议打扑克，大家起初都不同意，好说歹说尹易、代曼、杨扬、还有闵敏四个人凑了一桌，其他人充当军师出谋划策，我对这些提不起兴趣，去厨房生了火，前些天让老大买两包发酵过的面粉回来早上我们自己蒸馒头，想着多少也可以省下一些钱，可是他买成了没发酵过的，我随手丢在了碗柜里，今天晚上还早，姐姐我就好心下厨把这两包面粉给解决了吧。

"需要我帮忙吗？"元瑶见我进来也跟着来了厨房。

"你把围腰拴好后帮我加一下柴火就好了。"我刚找出面粉，见她主动帮忙，干脆让她去加柴火。

"姗姗，你要做什么好吃的？"梦琪这个吃货也跟着进来，凑到跟前来看了看，两眼发光地问我"包饺子吗？我可喜欢吃了，姗姗你可真好，对了，别忘了煮好了给我碗里多捞一些，每次都吃不饱。"

我无语地翻了两个白眼。

"煮饺子？也亏你想得出来，总共十七个人（清歌送陈利去医院还没回来），每个人十个也得差不多两百个，你来包？"元瑶在旁边也无奈地摇了摇头，打趣她道，"不就区区几百个饺子吗？相信我们这么美丽漂亮的梦琪肯定能搞定了，我们也好一旁休息去了。"

"别忘了，咱们梦琪还骨架子大呢，揉起面团来一个顶俩，根本不用我们担心。"假装拍拍手，转身拉着元瑶就要离开厨房，可把梦琪这个只知道吃完全不下厨的小公主给弄着急了，气得直跺脚，如果不是顾忌我还要做晚饭的话，估计已经开口骂我们了。

"哎哟哟，这谁又惹到我们集美丽、善良、可爱于一身的梦琪了，瞧这小嘴儿，撅得都可以挂茶壶了。"代曼和沫音也进了厨房，本来这厨房空间就不大，这会儿一共站了六个人，更显得拥挤不堪，倒让我想起了老妈经常说的一句话，"三个厨子一个客，累得厨子饭都吃不得。"代曼学着平日里闵敏说话的声音打趣梦琪，说完还转过身来询问闵敏，"怎么样？我学得像吧。"

"咳咳。"闵敏打直身板儿，下巴微抬，伸手直接取下我鼻梁上的眼镜戴上，学着代曼平日里戴着墨镜的样子，"一般般啦，姐的范儿是你学不会的。"

"不对不对，应该是这样。"沫音也插话进来，只见她侧了侧脸，微仰下巴，左手又腰，右手伸出一根手指，"你们好，我是代曼，音乐学院大三学生"，踮着脚准备学着代曼的样子给我们来个四十五度的忧伤，奈何身高受限，踮着脚都还只够着代曼耳朵。

"哈哈、哈哈"

"这个好！"

包括代曼本人在内，我们其他人被她逗得捧腹大笑，代曼更是笑得腰都直不起来，口里直说着"有几分姐姐的气势。"

"水开了。"元瑶在旁边提醒道，我看了看灶上的面盆，又看了眼手表，都九点多了，要是煮饺子的话，还要剁肉、和馅儿、碾皮、包饺子，步骤烦琐复杂不说，而且饺子数量还多，索性就打消了煮饺子的想法。

"沐音，舀一瓢冷水给我。"让站在水缸旁的沐音舀一瓢水给我，没好气地扫了一眼旁边这几个只会吃不会做的姑奶奶，"除了元瑶和沐音留下来帮忙之外，你们其他人全出去等着，一会儿就做好了，这地方又小，别总在这儿占地方。"

"好好好，我们这就出去，就麻烦几位美女了。"听了我这话，三个得了便宜还卖乖的臭丫头学着《甄嬛传》里面的礼仪冲我们福了福身子，然后转过身去赶紧跑开了去，生怕我再把他们揪进来打杂。

"只知道吃的几个家伙。"我没好气地骂了一句，拿起面粉袋就往嘴边凑，等沐音把刀递给我的时候，我已经用我的独门利器——牙齿将包装袋给咬开了，那叫一个简单粗暴，真真儿对得起我这女汉子称号。

将面粉倒在面盆里，取了一双筷子，边往盆里慢慢倒水边搅动，凭着多年的经验和直觉，用了差不多半瓢水的时候，面粉总算达到我想要的状态了，这会儿水已经完全沸腾了，让沐音拿了两个汤勺过来，两个人站在面盆的两边，分别用汤勺去舀和好的面粉，每次半勺即可，不可太满，然后将勺子伸进沸水里，面团遇开水自然脱落。

舀了很久终于把半盆面粉全部下锅了，元瑶那边也开始减小火量，洗了个手后从灶孔里掏出一把胡辣椒，沐音将碾盘给洗了擦干净，又加了葱姜蒜进去，和着胡辣椒一起碾成面，最后倒出来加以盐、酱油、醋等，三碗香喷喷的胡椒蘸酱就弄好了。

伤心往事

　　这会儿面疙瘩也可以起锅了，取了碗来每人给舀上一大碗，或坐着、或站着、或蹲着，大家吃得很开心，最后甚至连汤都给喝干了，梦琪吃撑了，鼓着个肚子靠在窗台上，口里不停地念叨着什么"又要长胖了""今晚估计又得起床上厕所。"最后竟然还责怪我不制止她，真不知道是谁一听端东西就跑去守着，一定要最后一碗，一人一碗之后还剩得多，这丫头怕别人抢了她的，自己找了个汤盆来舀了吃，这会儿还怪上我了。

　　"懒汉睡起早饭，听到碗响，起来赌抢。"沫音没头没脑地念了几句农村的歌谣，边念还把手放在梦琪脑袋上，就像摸小狗一般，再合上她这歌谣，没由的让人好笑起来。

　　"血可流头可断，发型不可乱。"梦琪把头一扭，端起盆来喝面汤，"还好意思说自己是中文系的，这大晚上的让吃早饭，羞羞羞。"说完也不管周围人的眼光，"噗噗噗"地喝了起来，就怕咱们不知道她吃得满意一般，还特地把声音哐得贼大，惹得旁边的人一个个侧目而视。

　　"我决定了，今天谁最后吃完，这些碗就归她打理了。"我扫了一眼众人面前的碗，有的已经放碗了，只有我、代曼、元瑶还有梦琪还端着，不过除了梦琪外，其他人都只有几口的量，不言而喻，最后洗碗的就是梦琪了。

　　"姗姗，你怎么可以这样对我？"梦琪终于把脑袋从面盆里抬起来了，两边的嘴角还沾了白色的面汤，两只眼睛可怜巴巴地盯着我，相信我如果说"我就是这样狠心"，这丫头马上使出她的必杀技——哭个不停。

　　"哎呀哎呀，我洗我洗，赶紧吃吧。"出人意料的，代曼这个平时只知道跷着二郎腿等别人把饭做好给她端上桌，最好是再拿个勺子给她喂进嘴里的人，今天竟然主动提出要洗碗。

　　"无事献殷勤，非奸即盗！"

相信不只是我，在场的所有人脑袋里冒出的绝对都是这句话。

"你们这么看着我干吗？怪怪的。"代曼耸了耸肩，侧过身子挡住了我们的视线，"哎呀，你们就别看了嘛，就当我昨天晚上在石磨上睡的，脑袋转通了，想为以后当个贤妻良母打基础不可以吗？"

就我站的位置看过去，刚好可以看到她的侧脸，啧啧啧，竟然脸红了，千年难得一见啊，本来还想打趣她的，可是想想她火爆脾气也就算了，可别逼得她化身"河东狮"。

"好了好了"我伸出筷子敲了敲梦琪的碗，"赶紧埋头吃你的，要是慢了就罚你去洗碗。"

这时，外边一阵锣鼓喧天，鞭炮声、哭泣声和成一片，打破了这夜的宁静，不用出去看也知道，这肯定是接灵回来了，想到这儿，我回头瞧了一眼沫音，她脸上淡淡的，并没有什么表情，但越是这样我倒担心起来。

是的，沫音的父亲死于那一场煤矿事故中，而且还是一击致命，被找到的时候，手臂和身体已经完全分离了，脸也看不清楚，那时候比我小一岁的沫音还很小，牙牙学语的她除了一遍又一遍地问她妈妈也就是我的二姨"爸爸怎么还不回来？""爸爸是不是不要我了"之外，她什么都不懂，只是疑惑怎么自己家来了那么多人？为什么有人不顾自己的意愿把长长的白布裹在自己的头上？为什么妈妈一天到晚哭个不停？为什么爷爷奶奶要让自己磕头？

沫音的妈妈是我的二姨，我老妈同父不同母的妹妹，我妈跟二姨的感情并不是很好，我妈老实淳朴，身上集聚了诸多农村妇女的特点，而二姨，她年轻的时候一心想要出去闯荡，奈何那个时代，虽说相比古代开放了不少，但还是无法接受穿短裤、爆炸头，还浓妆艳抹的新新女性，更别说还准备跟人私订终身，回去就被外公外婆给关了起来进行思想教育，然后赶紧在我们那边给她找了婆家，匆忙把她嫁了出去，起初二姨嫁过去不算安分，她实在无法忍受喂猪、养鸡、下地、养孩子的安稳生活，可是，二姨父对她真的很好，嫁过去就让她当家做主，公公婆婆也和气，无论家里还是地里的活她基本不用担心，村里的妇女都夸她福气好找了一户好人家，虽然家里经济不怎么阔气，索性二姨父勤快，又有一门木匠手艺，一家人过得也算其乐融融，如果没有这一场煤场垮塌事件，二姨可能就真的安安分分的当一辈子的良家妇女，可是，这个家的顶梁柱倒了，二姨一个还不到三十岁的女人面临的是上有老下有小的局面，她最初的时候可能也犹豫过，但最后实在扛不起这个家庭的重担，有人上门劝她带着孩子改嫁，可是留下年迈的公公婆婆又实在于心不忍，有人建议招夫上门，但相看了几个都没成功，最后只好放弃。就这样艰难的过了两年，沫音跟我都开始上学了，二姨某一天却一下变得疯癫起来，逢人便打骂，最后不知跑到哪儿去了，亲戚们到处找寻，最后不了了之。

哭 丧

　　二姨不知所踪，我妈他们准备把沫音接到我们家来抚养，那时候沫音死活不肯，非要陪着爷爷奶奶，我妈只好作罢，但心里总觉得亏欠这孩子，所以从小到大格外照顾她。记得小时候有一次和沫音吵架，我口不择言地骂了一句，"没爹没娘的丫头，吃我们家的穿我们家的，还好意思在这儿跟我拽。"话刚说完，我妈提着扫帚从厨房里出来，拧着我就开打。

　　"小孩子家家的，你懂什么，张开嘴巴就乱说。"

　　往往打得我好几天走路都成问题，每每这时，对沫音的仇恨又深了些，甚至三年级开始学写日记以来，悄悄地买了笔记本，在上面写下了心里头一切咒骂她的话语，尽管没有人知道。

　　前两年沫音奶奶因病过世，沫音又在外读书，家里只剩一个年迈的爷爷，索性他的两个女儿接了过去轮流赡养，而沫音读书的一切费用，我爸妈也担了过来，每个月的生活费我多少沫音就多少，无论买什么东西也是这样，甚至很多时候我妈还更偏爱沫音一些，我虽然长大了，也懂事了不少，但还是对我妈这种偏袒无法完全接受，心里对沫音的那份怨念也从来没有消失过。

　　可是此刻，听到熟悉的丧乐声，看着面前这个我恨了十多年的"霸占"

我父母的沫音，我却忽然想抱住她，告诉她，实在难受就哭出来，不开心哭出来就没事儿了，我是这样想的，却没敢这么做，从小一起长大，虽然表面看来她很依赖我，甚至对我唯命是从，但这得建立在我不伤及她自尊心的前提上，还记得小时候骂了她她倔强地盯着我看的样子，盯得从来不知道天高地厚的我不由得后退，以至于连续几天都不敢和她说话，即使我偷偷看见她躲在房间里拿着剪子将我才买不久的小裙子剪成一条条的碎布，我也只能等她离开了才溜进去抱着衣服悄悄地哭。

沫音似乎忍不住了，我看着她平静的脸色一点点地崩裂，从最开始的强装镇定到眼眶泛红，最后实在忍不住掉了眼泪，她站在无人留意的角落里，伤心着她的伤心，哭泣着她的过去，而我这个知情者，只能佯装出一副不知情的模样，在不远处跟着她一起回忆。

灵还没到，鞭炮先行，除却至亲之外，其他人有的用帕子捂着脸，有的埋着头，声音放大，加重鼻音和颤音，而那几个没蒙脸的，倒只是低泣，表情无一不是呆呆的，像被掏去灵魂的行尸走肉般，听他们沙哑的嗓音就知道这个消息从传来到现在他们已经不知道哭了多少次了，如今到了真正伤心的时候却哭不出来了。农村有这么个习俗，只要办丧事，越多人哭越好，声音越大越好，所以，只要与死人有亲戚关系的女人，赶去参加丧事的时候必会随身携带一张帕子，至于到底是手帕还是洗脸帕，抑或是其他，这是没讲究的，这是农村人惨死异乡接灵回来的习俗。三姑六婆咿咿呀呀的哭声已经先后响起了，而随身携带的帕子这会儿就起作用了，当然，这帕子有两个作用，一则是若真是伤心过度而真真流下了泪水，帕子正好擦拭，凭着手腕左右摆动的频率，可以看出此人的伤心程度，若是频率高，再加上哭声大，诉说得凄惨，时间长，方可在日常无事时作为一众妇女讨论的话题，以此获得众人的一致称赞。二则是考虑到有的女人实在哭不出来，但论及关系又必须哭的情形，借以手帕做掩护，哀嚎数声以向众人传达自己的悲伤，也以此避免作为妇女的谈资。

"我的儿啊！"突然听得一声呼唤，大门口出现一个满头乱发的老太太的脑袋，只见她脸颊布满泪水，手竭力的往外伸，嘴张着，嘶吼了这么一声之后久久发不出声来，她似乎是很想出来迎接儿子"回家"，奈何农村习俗是儿女先去世而无法赡养年迈的父母的话，即便他已经过世了，也视为不孝，告别人间通往阴间的路上是没脸回头看自己的老父老母的，所以为了让逝者走得安心，整个丧葬期间老父母是不会待在安放棺材的屋子的，如果逝者有子女，那么接灵回来迎逝者进屋之前，逝者子女是必须代表逝者给爷爷奶奶磕头认错的。

"大婆，这幺爷实在都走这条路了，要是拉得回来我们早就帮你拉回来了。"

"不去已经去了，你老人家还是要保重身体，幺哥在世的时候孝顺，肯定是见不得你伤心的。"

"好在他也没受什么苦，你老人家要往好处想。"

一群妇女拉的拉，劝的劝，可能是人在最伤心的时候才能爆发出自己的本能吧，四个妇女竟然拉不住一个六七十的老人家，只见她挣脱开手臂，身体的其他部位却是搭不上力气，这会儿没人扶着，身体直接坠在冰凉的地上。

"娘！""娘！"

跪在外边的三个女儿时刻都在注意自家母亲的状况，这会儿更是慌忙跪着爬过来围住老娘，心里知道自己该劝说她老人家要节哀顺变，可是张了张口谁也说不出来，只能任由眼泪顺着脸颊流下来。

陈巧

来了两个男子，众人一起将瘫坐在地的老人家扶起来，自从听到儿子出事到现在老人家水米未进，又加上过度伤心，这会儿直接昏厥过去，急得赶紧叫了医生来看，索性只是过度伤心，并无大碍，众人也松了口气，要知道这两年老人家身体一直不好，三月份的时候还一度传出病危的消息，急得陈勇赶紧回来守在榻前，倒也奇怪，这儿子一回来，本来大家都以为已近大限之期的老人慢慢地就好了起来，没承想，这陈勇才回去两个月不到就出事儿了，想来这家人也是可怜，老人常年缠绵病榻，媳妇儿是个跛脚，一对儿女还在上小学，家庭经济全靠陈勇打工所得，这下他又撒手人寰，留下一家老弱病残，光是想想都觉得可怜。

"唉，也真是可怜，但愿老板能多给些赔偿。"人群中一个妇女叹了一口气，我认出了这就是运动会那天大清早就开始骂街的胖大婶，而她旁边安慰她的正是骂架的另外一位女主角。

"这人都死了，多给赔偿有什么用？难不成还能换条命回来？"

"你们还不知道吗？那边说因为陈勇身体不好，从一开始就只是安排他组装材料，这次事故是他私自进行空中作业，所以事故责任在他本人，公司只承诺给一些抚慰金。"旁边一个妇女"好心"地给他们解释了一遍。

"可是，这人死在工地上，即便是他私自上工，也是因为他们的设备存在安全隐患，这个责任公司是怎么也逃不掉的。"

"就是给了一大笔赔偿费，到时候许么妹招夫上门，这钱不还是全给了别人，两个孩子能不能用到这笔钱还很难说呢。"

"就是就是，寡妇门前是非多，你们瞅着，不出半年，这家女人绝对改嫁，这下死了男人得了一大笔钱，到时候不还是便宜别人了。"

"别说了！"旁边一个矮个子的少妇扯了扯男人的衣袖，男子不满地扭头瞪了一眼，顺着自家女人示意的眼神看去，地上跪着的陈巧正狠狠地瞪着他们，这孩子生来就患有侏儒症，将近二十岁的年纪了身高还不到一米，大眼睛、秃鼻子、厚嘴唇镶嵌在那一张大盘子脸上，再配上黝黑的肤色、满头的乱发和常年脏乱的衣服，平日里有她妈妈给她收拾还算干净，这两天家里出了这事儿，谁都没时间管她，这丫头也不知道怎么弄的，全身衣服上沾满了各种脏东西，姑姑们问她她又不吭声，大家除了无奈还是无奈。从小这丫头就性情怪异，角落一坐就是半天，从来也不主动说话，有人跟她说话，心情好就支吾几句，心情不好伸出手趁别人不注意一巴掌就扇过去，你还不能跟她讲理，这还没说什么就已经开始哭了起来，然后她那"跛脚"妈提着扫帚就骂，祖宗十八代都给数落了个遍，这"跛脚"女人口才又好，骂架就跟嚼瓜子一般，越骂还越有劲，你要是跟她还嘴，估计没个大半天时间是不会停止这场骂战的。

陈巧脾气怪，人又长成那样，上学的时候因为身体原因常被女生嘲笑，男生也以捉弄她为乐，反正她又不说话，在学校欺负了她也没人知道，所以这姑娘每天都是哭着回家的，陈勇到学校来闹了几次，反倒让孩子们更添了兴趣，捉弄起陈巧来更是厉害，最后实在看不下去了，陈勇直接来给女儿办了退学申请，领她回家去，这孩子一不能下地干活，二不会在家做家务，还一年到头生病，李云生她的时候亏损了身子，医生说是再生育的可能性极小，当时两口子想着好歹还有个女儿，没承想女儿又成了这样，倒不是怕没人为他们养老，而是这孩子这个样子，估计是嫁不到好人家，与其嫁出去受罪，还不如留在家里，好歹日子还过得下去，可是他们还健在的时候还可以养她，要是他们哪一天撒手人寰了呢？没个弟弟妹妹照看，这丫头的日子可想而知，也正是抱着这样的念头，当时年纪已经三十出头的两口子到处寻医问药，折腾了两年，钱花了不少，终于怀上了，十月怀胎，一朝分娩，因为当时李云已经是高龄产妇，又没有及时送去医院，只是找了村里经验颇为丰富的一个接生婆来接生的，好死不死的又是难产，差点儿来了个一尸两命，幸亏老天保佑，最后顺利生产，母子平安，也因此，陈勇给儿子取名陈利。

此时两口子的心还放不下，就怕好不容易盼来的儿子又和姐姐一般长不高，索性陈利从小聪明异常，个子也是见风长，陈巧经常发脾气，对陈利又打又骂，这孩子倒也懂事，从不记仇，出去玩别人递给他糖果什么的，每次都拿回来和姐姐平分，甚至连买包辣条都记得给姐姐带回一半，有人欺负陈巧，这孩子也不管对方人高马大，冲上去就开揍，不过每每都是被打得鼻青脸肿回家来，十足的护姐绅士。

说嘴

如今陈勇一死，一家人的日子难过，可如果李云改嫁，运气好遇到一个好人，陈巧两姐妹的日子还能过得去，可如果要是遇到一个脾气不好的，一个等同于残疾，一个年纪还小，日子可想而知，外人看了，笑归笑，等笑完了也不由得叹上一口气。

又是一阵震耳欲聋的鞭炮声，和着傍晚闷热的天气，让人更加喘不过气来，等浓烟散去，迎面走来了担尸体的人，陈勇的身子被白色的床单掩住了，再加上左右两边都有人在维持秩序，我们站在校门口伸长了脑袋也看不出个名堂。只见抬进去停在堂屋的左边，找了床板来把尸体给腾去躺着，有人端了油碗来，点燃新搓的灯芯，微弱的火苗燃起，那人弯了腰小心翼翼地将油碗放在尸体下面，又有人端了几根板凳来放在旁边，然后退开去，刚刚就已经拿出帕子的一众妇女忙抢着坐上板凳哭了起来，臀力不好的几个被挤了下来，哭声稍停了几秒又继续响起来，其他的男女老少也围了过来，凑在旁边人的耳朵边上给哭的人按照声音大小、唱词优劣、手臂摆动弧度综合评分，绝对的"公平公正"。

约莫过了十来分钟后，三五几个妇人凑上前来，你一声我一声的挨个儿劝慰着，不算亲的这会儿也该退出了，掩着面象征性地推脱几下之后，也就任由她们拉了到客厅里去休息，再过十来分钟，哭的人群中姻亲关系的妇女也该退场了，而姊妹则是再过十分钟后退场，妻子子女则是没人去劝，李云最开始的时候是趴在陈勇脚的方向的，由于这两天哭得太多，现在又哭了将近一个小时，身体根本吃不消，这旁边的人一撤，整个身子就瘫在了地上，旁边的人赶紧去扶了起来，怎料这女人还有力气又打又骂的，扑在陈勇的身上死活不起来，嘴里骂着"你个挨千刀的""这下你走了，给我留了两个冤家。""老的老，小的小，这以后的日子可咋过啊！"听得众人一阵心酸。

"爸！"这时，旁边一直呆呆跪着，自始至终一句话没说，一滴眼泪也没流的陈巧突然大叫了一声，惊得众人全部看向了她，只见这姑娘爬上前去趴在床板上，泪水不住的流，嘴里不住地叫着"爸爸"，可能是平时很少说话，这会儿张口一说，鼻子口水也跟着流了出来，旁边的妇女们皱着眉头，若是已经入棺了还好，可这会儿只是用一床新被单盖着，这会儿陈巧趴在上面，鼻涕口水全沾在了上面，农村本就有死者不可沾尘物这一说，一是死者阴间路不顺，二是生者对逝者的大不敬，实在看不下去了，两个稍微年轻的女人上了前来，一左一右地抓住陈巧的手臂，试图把她拉开一些，没承想这丫头直接倒在了地上，还没等人去把她搀起来，她弓着个背扑在地上，隔了两三秒又往床板下面钻，这下周围的人急了，生怕她碰到油碗，在出丧之前，油碗里的灯火是万万不能熄灭的，若是熄灭，那可是不祥之兆。

"赶紧出来!"所有人都急了，陈勇的姐姐更是着急得弯下腰去抓着陈巧就拉，"再不出来我就打屁股了。"说着果真在屁股上"啪啪啪"打了几巴掌，力道足够大，只听得陈巧哭声更大了些。

"巧儿，赶紧出来。"

"小巧，听话，快出来。"

……

一时间众人都加入了劝说的队伍，本来是要硬拉了，可这丫头两只手死拽着长凳凳脚，一用力就可能伤着她，更别说长凳上还躺着死人，这一个不小心出了什么事儿，那就难以收场了。

好在，这孩子钻进去抓住了凳脚就不动了，大家也才松了口气，过了两分钟，这丫头还自己退了出来，抓着旁边哭泣的李云的衣服。

"爸爸没死，爸爸没死。"

"是的，爸爸没死，他只是去了一个很远的地方而已。"

"很远的地方在哪儿?""爸爸!"突然她冲着大门口大喊了一声，众人顺着她的眼神看去，只有燃着的香，一团白色的烟气缓缓向门外流去。

"爸爸! 爸爸!"众人还没反应过来，这丫头一溜烟地就跑出去了，平时的小短腿这会儿也利落了不少。

"这孩子也是可怜。"

"就是啊，这陈勇一走，她以后的日子还不知道咋过呢，李云总不至于带着这个拖油瓶改嫁吧。"

"你们还没听说吗?"一妇女插上话来，"前些日子，陈拐子的女人来给陈巧说亲，那段时间陈勇也正好在家，陈拐子的女人就领了那男人和他娘上门来吃了顿饭，你们猜怎么着。"

"快说快说，别吊人胃口。"

"你们是没看到那男的，五大三粗的，满脸的络腮胡，脑袋还不怎么正常，走路的时候还牵着他妈的手，耸着脖子，不知道的还以为没断奶呢。"

夏至未满

不过……"

"不过什么？快说快说。"不一会儿工夫，所有人都凑了过来，脸上带着不可捉摸的笑意，拉长了脖子催促那妇女接着说下去。

"不过那男的个子挺高，足有一米八吧，和陈巧刚好来个最萌身高差。"

"哈哈"众人都被这件好笑的事情逗笑了，大家你一嘴我一嘴的又开始评说了起来。

"那男的家庭条件要是好的话，这小巧嫁过去就不愁吃穿了。"

"身高不是问题，年龄也不是问题。"

……

想 通

"我跟你回去。"站在我背后的代曼突然来了这么一句，没点名是冲谁说的，轻轻地一句话，像羽毛拂过脸颊，稍不留意根本听不到。

我知道她是冲尹易说的，没有实质性的理由，只是凭借这句话后旁边尹易情绪的变动。

当然更激动的是我们剩余的一群人，要知道我们已经是成年人了，早已不是年少懵懂的年纪，更别说我们想象力一个比一个好，这几个字落到耳里，不约而同的脑补一番。

"你不准反悔！"

"不反悔！"

"拉钩上吊一百年不许变。"平时一年正经，只差在脸上刻上"生人勿进"四个字的尹大神竟然说出了如此孩子气的话，引得众人纷纷侧目。

"噗。"闵敏终于忍不住笑了出来，转瞬却是换了张苦情脸，"嫁出去的队长泼出去的水啊，这瞅着又是一部《耙耳朵养成记》了。"

"哈哈"这话一出，惹得众人哈哈大笑，平日里这闵敏最听尹大神的话，我们寝室休息的时候一数落他的不是，这姑娘马上跳出来美女救英雄，然后我们就是一阵打趣，但说归说，长眼睛的人都看得出来，这丫头虽然花痴，但对大神绝对没有不该有的想法，实在是清歌一出现，她那小眼睛就跟长在他身上一般，这时候别说尹大神，哪怕就是她亲爹娘在面前，这丫头也是回不过神来的。

"在一起"

"在一起"

其他几个男生这会儿开始起哄，拍手的、跺脚的，要是可以的话，说不定这几个没正行的还想把代曼和尹易绑了抬去洞房。

"在一起，生一窝。"梦琪也插了话头进来，怎料代曼一个眼刀甩过去，这胖妞闭嘴都来不及。

我笑着，没说话，最开始的时候我也觉得他们两人之间有私情，不然就尹大神那傲娇的性子，遇到一个随心所欲的代曼，两人凑一起的破坏力绝对堪比火山撞地球——非死即伤，同时，就刚刚他们起哄的这一会儿，我瞥见了站我旁边的沫音脸色微微一僵，不过马上就恢复了正常，从小到大她就是这样，喜欢什么东西从来不会主动说出来，而是想方设法给你来个九转十八弯，最后还是你求着她收下，就比如有些时候我们一起上街看到什么她喜欢的东西了，哪怕我一开始不喜欢，总会被她的"偶然"的几句话提起兴趣来，而我又是一个瞧上了就必须到手的个性，于是死缠烂打让老妈给我买，而老妈为了做到一视同仁，什么东西都是两份，我有的她肯定也有。以前稀里糊涂的被她当枪使，慢慢长大了看穿了，尽管心里微微有些不舒服，但冷静下来想却也没什么，这或许就是周瑜打黄盖，她愿打我也愿意挨。

"这丫头，看来还真上心了。"看着沫音笑了笑，心里倒有些期盼这丫头如何让咱们高冷的尹大神自觉坠入她编织的情网。

"我们早就在一起了啊，只是你们不知道而已。"尹易开口准备解释，代曼秀眉一抖阻止了他，还怕我们不相信似的，故意挽着他的胳膊，一副郎情妾意的模样。

"噗嗤。"这会儿我倒忍不住笑了起来，挑眉看着代曼欠揍的样子，"那你是想乱伦？！"疑问语句，我却用了肯定语气来陈述。

"那天夜里是你？你到底听到了多少？"尹易看向我，眼中捎带了些许的愠怒。

　　"哎哟哟，尹大爷，你这样子就不对了哟，难不成你还想杀人灭口？我可就在这儿把话挑明了，我要是有个三长两短，你绝对脱不了干系，在场的人皆是证人。"我接到了他逗趣的眼神，顺了杆往上爬，表情到位、言语激烈，元瑶他们在心里给我默哀了，甚至还有人在纠结我俩要是吵起来该帮谁。

　　"你俩就别演戏了。"代曼无语地瞪了我们两人一眼，"不过说真的，易珊，那天晚上你真把我们吓得不轻，急得我赶紧溜了回寝室，寝室里大家都睡着了，第二天他也说男生们都在睡觉，搞得我好几天心惊胆战。"

　　"哈哈"我笑了起来，"最可恶的是你们两个，伪装功夫也太好了吧？观察了你们好几天，没想到一点儿破绽都没露出来，真是够了。"

　　"哎呀呀，瞧这小嘴儿都可以挂茶壶了。"打蛇打七寸，代曼伸手挠我的胳肢窝，两秒没到我马上破了功。

　　"代曼是我姐。"突然大神在旁边来了这么一句。

　　"啊"

　　"我去你的，沐音还是我妹妹呢。这哥哥妹妹的没两天就成一家人了。"田宇没个正经的在旁边接话道，惹得代曼给他脑袋几颗爆栗子，疼得他直呼气。

　　"她真是我姐，所以你们脑袋里不要再恶补一些完全没有现实基础的情节和画面了。"尹易好脾气的给我们再次解释了一遍，本来我们只当他开玩笑，不过看他那副正经样，大家也不敢再起哄。

　　"没觉得我们很像吗？一个英俊一个漂亮，这基因都是一样的。"

　　代曼把手靠在稍矮的尹易身上，尹易也不吱声，还故意垫了垫脚，让代曼靠得更舒服一些。

　　"你们真是姐弟？"

　　"真的，比珍珠还真，没觉得我们眼睛长得很像吗？"

　　我的天，一个极黑，一个极白。一个个子高，一个个子矮（其实尹大神并不是很矮，只是由于胖，和身材纤细的代曼一对比，矮的不是一点点）；

一个逗比，一个正经（更多的是假正经）；一个瓜子脸，一个圆盘脸。咦，这会儿细细看去，两人的眼睛还真有些像，特别是眼角微微上翘，像是狐狸眼又不完全是，放在代曼脸上捎带了一丝妩媚，而在尹易脸上，则添了几分英俊，但前提是要忽略他庞大的身躯和黝黑的皮肤。

大家上看下看左看右看，把他们两人当作国宝，360 度无死角研究了半天，虽然难以相信，但还是接受了他们两人是姐弟关系的事实，梦琪这家伙打破砂锅问到底非得要问个究竟，元瑶在旁边咳了几声都还拉不回她的好奇心，最后还是沫音满脸笑容的将她拉开了去。

看着沫音欢快的背影，我无语地叹了口气，真是女大不中留，留来留去留成愁。

疑似故人

半夜，听得外面有声响，睡得正熟的我被惊醒了，摸了手机看了时间，还不到三点。

"……他又哭又闹，扯了输液管子，医生护士一众人都拉不住他，这大晚上的，总不能让他一个人跑回来，我只能将他送回来了。"

是清歌的声音，有些疲倦沙哑。

"手伸过来，我给你包扎一下，这么黑的天，也不知道小心一点，幸亏没摔着孩子，要不然任凭你有十张嘴都说不清。"这是女声，低低的，分别不出是谁的声音，这会儿我才惊觉自己旁边的床铺是空的，我一人裹了床单滚到了边上，一个不小心就得和冰冷的水泥地接吻了。

小洛，清歌。

我脑海中浮现出这两个人的名字，并排着，若隐若现，一时又化成了蝴蝶，发出的竟是蜜蜂"嗡嗡嗡"的极其聒噪的叫声，听得我巴不得抓住并掐死它们。

"那孩子也够可怜的，你是没看见，从医院醒来就一直掉眼泪，又不哭出声来，一路上趴在我背后，听得我心酸，远远地看到自己家门口的白帆，实在忍不住了才带了些哭腔，估计实在是太伤心了，隔着背我也感觉到他的力气就像抽光了一样，所以就分神去注意他，也不知道谁闲着没事儿干，搬了块石头挡在路中间，一个没留神我就撞了上去，幸亏刹车刹得快。"清歌有些气恼地说道，即便没看到他，光听声音我也猜得出这会儿他肯定在挠头，这是他习惯性的动作，一挠就将乌黑的头发撩开了去，露出了白皙的额头，还有一个月牙形的印记。

　　月牙形？

　　不知为什么，我心里刚想起那个月牙形印记，脑袋断断续续的一些画面。

　　"倒数三秒，98、99、100！我来了！"

　　那是捉迷藏，我找，别的人躲，每次他总是藏得最好，我怎么都找不到，但我总有法子让他束手就擒。

　　那就是——

　　"飞飞哥哥，我流血了。呜呜……"吸着鼻子发出哭声，声音尽量拉长一点。

　　"十、九……"

　　"丫头，摔着哪儿了？赶紧让我看看。"

　　"一"果然，十秒钟不到他就出现在我面前，从不例外。

　　"嘻嘻"那时的我只觉得他好傻，每次都那么轻易被骗，后来稍稍长大了才明白，可那时却没有人再愿意和我玩"周瑜打黄盖"了，当初觉得他很烦人，可没了他的打扰，我反倒开始念念不忘，这或许就是人们常说的得不到的才是最珍贵的。

　　"你啊你"他一脸无奈地点了点我的额头，"鞋带怎么又散了？不小心摔跤怎么办？"说着便要给我系鞋带，"先打个叉，再抓两只小兔子，再打个叉，这样就不会散了，听到没有？"

　　明明自己年纪也不大，成天装得跟个小老头似的，念念叨叨的，到底烦不烦啊。

　　"嗯"口头应着，眼睛却放在旁边小伙伴儿们跳蓝海上，为了看得更清楚些，不自觉的身子微微前倾，根本没注意他已经直起身来了。

"嘶。"

"哎哟！"

姑奶奶的大门牙啊，可疼死我了，妈妈说，小孩子还没换牙时如果牙齿掉了，那以后就是缺牙巴了。

啊啊啊，气死我了，一想到我以后说话就漏风，一张口就被人笑，我巴不得将始作俑者拉出去枪毙十分钟，打成筛子拉回来清蒸、爆炒、油炸、干煸、水煮各一遍，丫的，不把你做成一桌满汉全席，姑奶奶就不姓易！

怒气冲冲地瞪向他，只见他双手抱着头，整张脸都给捂住了，在我看来，这就是他做贼心虚的表现。

"你给老娘滚开！"本来提起脚准备往他屁股上来上一脚佛山无影脚，然后终归是不忍心，实在气不过，气急败坏地吼了一声老妈的口头禅，不得不说，某些方面我还是完全继承了我妈，比如骂架、耍泼、以强凌弱之类的学得那叫一个又快又好。

等他放下自己的手，我看到他额头上鲜红的血的，以及微微翻着的肉皮，一个不断冒血的牙印清晰可见。

"噗"看着他这狼狈的样子，本来不想幸灾乐祸的，但实在憋不住还是笑出了声来，"哈哈"这一笑还不可收拾了，索性就肆无忌惮地大笑起来。

可是我忘了自己牙齿还疼的这个既定事实，这会儿原型一暴露，疼得我直呼气，赶紧收住自己的笑容，捂着嘴蹲在旁边，两只大眼睛狠狠地瞪着面前这个罪魁祸首。

"笑什么笑！"这小子没好气地撇撇嘴，自顾自地扯了旁边的枯了的苦篙揉碎了摸索着敷在伤口上，奈何自己看不到，一不小心触到伤口，疼得直咧嘴。

"求我啊，姑奶奶心情好了就帮你个忙。"我十分欠揍地说了一句讨打的话。

他不搭理我，仍旧自己弄，我看不下去，上前去一把抓过他手里的苦篙，"蹲下！"个子够不着，命令道，"笑个屁，不准笑！"不小心瞧见他微微上翘的嘴角，不爽地吼道。

我从小就是刀子嘴豆腐心，也就纸老虎一只，口里叫骂着，手下却是十分小心地帮他敷，瞧着这牙印有些深，这么热的天气，一个不留心就得发脓，即便好了估计也得留个痕迹，光是想着我心里就微微的有些不舒服。

"啧"一个走神，手上力气加大了些，他呻吟了一声，"你这是要谋杀亲夫吗？"

"呸呸呸，张冠李戴，乱用词语！"翻了翻白眼，扯了纸来帮他擦干净，见血止住了，趁他没注意将他推倒在地，自己赶紧跑开了去。

"你妈叫你回家吃饭了，拜拜。"还不忘握着拳头威胁道，"要是我妈知道了这件事儿，我绝对会让你好看的。"然后一溜烟跑了。

过了一段时间，伤口幸好没有化脓，却是留了一个月牙形的印记，平时头发遮住了看不见，风一吹现了出来，时不时地提醒我做下的这桩罪孽，幸亏并不影响他的容貌，甚至还平添了几分"姿色"，又因为这个印记和我表姐的天然酒窝有几分相似，很长一段时间我都打趣他酒窝长在了额头上。

不 确 定

从第一次见到他我的心里就泛起了一种若隐若现的熟悉感，当时只是觉得他整个人给人一种很舒服的感觉，并未多想，后来虽然偶尔看见他也会不自觉地想起飞飞哥哥，也只是归咎于我太怀念故人而已，可是这会儿将这些零零碎碎的画面重新过滤一遍，有些被我刻意忽略的事情这会儿也清晰了起来。

无巧不成书，可是巧合太多也不正常，更何况我相信自己的第六感，虽然平时大大咧咧，看起来和谁都能打成一伙，但却不是谁都能从一开始就能够引起我的注意并走进我的心的。

清歌就是沈飞？沈飞就是清歌？

我激动地掀了床单，也顾不得穿上鞋子就往外面跑去，虽然是夏季，可是水泥地面的凉意还是直穿心底。

"姗姗，你怎么了？"迎面撞上了小洛，越过她的身子看去，并没有清歌的身影。

"他不是回来了吗？"

"谁？"

"清歌，我刚还听到你们的讲话声来着。"

"拜托，我的姑奶奶。麻烦你看看这会儿什么时候了，他累了一天，洗漱完毕当然要回去睡觉了，难不成还得等着你去秉烛夜谈不成。"听着这话，不只是我太敏感还是太多心，我总觉得小洛这话里有话，半是揶揄，半是讽刺。

"你想多了，我就问一句而已。"我敛下了眼皮，不自觉地开脱道，"可能是晚上吃得太多，这会儿肚子疼，醒来听到外面有说话声而已。"

说曹操曹操还真到，本来只是扯个谎给这番谈话收个尾而已，没承想肚子还真一阵阵的绞痛起来。

"哎呀呀，你赶紧给我闪开。"一把推开她，捂着肚子以百米冲刺的速度向厕所行进，可是跑到厕所门口我却止住了脚步，想到上次大半夜跑厕所的经历，不禁开始心慌慌起来，额头更是冒冷汗。

不做亏心事不怕鬼敲门，更别说我还是一个接受了无神论熏陶二十年的人，上次也经历过一次，怎么还没咋的就开始认怂了？

虽然科学告诉我们世上没鬼，可是这世上那么多的诡异事件怎么解释？小时候有个头疼脑热的，老妈通常会在第一时间问清楚是什么症状，然后赶紧把村里逝者的去世原因在脑海里过滤一遍，如果是犯恶心，那么可能就是村头喝农药自杀的张太婆找到我了，如果是头晕，估计是隔壁的摔死的李大娘回来跟我聊天，因为她摔下来的时候是头朝下的，如果是肚子绞痛，可能是陈大爷他娘亲，我从未见过面的徐二婆过来瞧瞧我们这些孩子……，反正各种病状都能找到一个替罪羊，然后根据这种凭空得出的推测，老妈舀了半碗水，拿了三支竹筷合拢，然后将不夹菜的粗的那一头放进碗里，用手浇了水淋在筷子细的那一头，口里念着"×××，是你的话就站好"，连续念个几遍筷子就立住了，最后老妈还不忘放句狠话，"喝了水就赶紧走，不然我舀瓢大粪倒在你的坟脑壳上"，然后一般等个十来分钟筷子倒了，我也能活蹦乱跳的，老妈就将碗里的水倒在门脚背后，说是鬼魂们会去喝，如果筷子倒了我还没好，那么老妈就发脾气了，倒不是真跟前面说的舀粪去倒，而是叉着腰对着碗一阵打骂，奇怪的是，我还真就在这骂声中转好了起来。不过，这些都是玩笑话。

等不及我脑袋里思量个清楚，肚子又是一阵呱啦呱啦的，赶紧往里面冲去，什么鬼啊神的都是浮云。

等解决了三急，打整好衣着准备回寝室，只听见外面一阵喘气声由远及近，伴随着一阵的脚步声，刚刚抛却在脑后的"鬼神之说"又浮现出来，两条腿不自觉的又开始打战起来，甚至因为腿软还不由自主地蹲了下来。

进来了，

在旁边这个坑里，

我正尖着耳朵想要听个究竟，"噗"的一声传来。

是拉肚子的声音！

鬼应该不会也跟人一般拉肚子吧？如果是，那就真是可笑了。

怀着好奇心，我伸手抓住了旁边不高的水泥遮挡矮墙，然后屏着气慢慢地将身子升起来。

"啊"

"啊"

相信我，如果厕所外面的竹林里有鸟栖息，那么这大半夜的两声不同的声音，且一个比一个高的声调绝对会把他们惊飞的，而现实也好不到那里去，因为我跟晓夏足够大的嗓门异口同声发出的叫声，成功地把尹易他们给吵醒了，一众人紧急集合，却发现我和晓夏不见了，然后根据人的自行想象，我们就在他们每个人的脑海里上演了好几处失踪、绑架、梦游的电视连续剧，幸亏没有男生失踪，否则可能还会有关于私奔的假想。

"你这大晚上的戴这么根压发圈是要吓死人还是咋的？"

"我还没说你呢，这大半夜的，一来就给我一束超级耀眼的手电筒光芒，是嫉妒我眼睛太好是吧？"

……

乌龙

故事的大概是这样的，我壮士断股般的刚支起脑袋准备一探究竟，没曾想，我这刚露出脑袋，眼前全是白光，照得我眼睛都花了，加上平时穿越小说看得太多，这会儿一片白茫茫的脑海里闪出一个念头，那就是——我穿越了。

等我魂魄归来，才看清是慕容晓夏这挨千刀的，而这白茫茫的一片正是她手里拿着的手电筒，这会儿我是万分庆幸，这丫的上厕所没有带上所谓的防狼武器，要不然给我一下，估计今晚我就得在这臭烘烘的厕所里度过了。

我跟晓夏还在就刚才的事情互相抱怨，门口又是一束白光射进来。

"我们满学校地找你们呢，你们倒好，躲在厕所里聊天来了，真是皇帝不急太监急。"闵敏无语地念叨了一句，的确，正常人怎么也不会选在厕所里聊天，而我跟晓夏两个人就刚才"人吓人"这个话题竟然聊得兴致勃勃的，还不时地传出笑声来，在这乡村的、墓地原址上的、常有鬼神传闻的学校的厕所里，想来也是没谁了。

"还傻笑呢，还不收拾好了出去，大家都起来找你们，再拖拖拉拉的，估计今晚上你们两个不用睡觉了。"闵敏恨铁不成钢地瞪了我们两眼。一向难得严肃的闵敏这会儿竟然板着个脸，本来还想着跟她开几句玩笑话，话到嘴边还是使劲咽了下去，跟在她后面去接受尹大神的谆谆教诲。

到了跟前，队长上下扫了两眼，我们很识趣地选择了闭嘴，这段日子待下来，我们大致也琢磨透了这人的脾气，往往是雷声大雨点小，除非你把他惹毛了，不然只要你不开口反驳，他数落几句后就风平浪静的。

"大晚上的，你们是嫌我们事情不够多，存心找点儿事情来做一下是吧？"

忍住，别说话，忍一时风平浪静，退一步海阔天空。

况且本来就是自己的不是，大晚上的谁要是把我吵醒，还被从床上拉起来到处找人，估计我绝对把这人拉出去枪毙十分钟再拉回来晒干做成标本。

可能是今天心情比较好，也可能是我们极其给面子，就在大家都以为他是在欲抑先扬的时候，没想到他竟然大赦我们回去休息，完全不像他平时的作风。

压抑着内心的狂喜，一本正经的从他面前走过，瞥了旁边站着的清歌一眼，右手拍了拍左边的肩膀，口里吐出一句"千山鸟飞绝，万径人踪灭"来，然而他脸上什么表情都没有。更别说有什么激动的行为了。

难不成是我认错了？

还是他早就知道我，只是不想过多地纠缠？

又或者一切都只是我的猜测？

不然他如何会对曾经我天天在他耳边念叨的"千山鸟飞绝，万径人踪灭"没有半分反应呢？

脑袋有些乱，握着拳头轻捶了脑袋几下，仍旧想不出个所以然来。

罢了罢了，原是我太执着了。

想来情深，奈何缘浅，或许这就是我跟他的最终结局了吧。

更直白地说来，或许我并不仅仅执着于当初的那份两小无猜的情感，而是积存了十多年的怨念，需要找个借口发泄而已。

若是如此，那如果清歌真的就是我念想了那么多年的人，我又该如何？是怨恨？若不是他的缘故，我们一家人何故顶了这么些年的罪名？同情他？毕竟他被迫离开自己的亲生父母，即便后来的父母待他如何的好，但终归不是骨肉亲情，抑或是相对无言？曾经的嬉戏场面还时不时地在脑海回荡，即便那不是后来我所认为的爱情，并且已经时隔多年，儿时那份相伴之情已被岁月消磨的所剩无几，当他真正站到我面前时，我是很坦然地跟他打招呼，还是拉着他的手问长问短？或许我都做不到，唯有相对无言而已。

得不到的才是最珍贵的，一如亲情，一如爱情，一如友情。曾经他在我身边时，我想方设法地捉弄他，等他失踪后，我哭过、想过，也念过，现在遇到一个是他又不是他的人，我才猛然警觉，这么些年的想念，到头来只是可笑的执念而已，而这执念背后更多的是想为我爸"鸣冤昭雪"的念想，生生给这份浓烈的思念打了折扣。

卧了床，却毫无睡意，说来也是怪了，从来到这边，在这宁静的乡村的好眠的夏夜，我竟夜夜难已安睡，这会儿照旧睡不着，瞪着大眼看着从窗棂外洒进来的如水的月光，不知怎的又泛起了写诗的意趣，遂着心情，拿了手机出来，也不去刻意琢磨平仄，不一会儿手机上就出来了一段我口中的所谓的诗。

如果你还记得我
如果你还记得我
那苦笑的山茶花
是否已绯红了酒窝
原谅我一时语塞
久违的问候
住不进你的深眸
调皮的扫帚
无意划破了时空
闲置的胶桶
低头装满了羞涩
唯有你孤独的名字
刻下了永世的斑驳
留下的相思罕见
在漫漫长夜里
恋无所恋故作洒脱
梦里风起花落
桃园几度春秋
相思渡口
为你梦一场盛世烟火
然后

夏至未满

没有然后

你的倩影

消失在万花丛中

一切

只是如果

如果

你还记得我

自顾自地轻声念了两遍，越发觉得有辱了诗歌这个名号，充其量就只能算得上是只言片语而已，可是自己又跟自己赌气，借着月色又写了一首。

夜浸楼台月如初，鸳鸯小字，巧手生疏，执念一场相思苦，小桥流水，情丝难渡。末到流年萧瑟处，时光静默，眉目传书，谁忆霓裳羽衣舞，一曲离殇，半世孤独。

就着这首词又念了两遍，还是不满意，奈何肚子里就只有这么点儿墨水，怎么倒也倒不出我想要的词句，索性自己放过自己，闭了眼睛准备入睡，两句话突然窜进脑海。

"古灯错落，拉扯流年人消瘦。孤影婆娑，摇乱岁月终成空。"

离别前夕

十五天的支教一晃就到了最后阶段，今天是倒数第二天，上午照旧上课，志愿者们都刻意地去避免有关离别的字眼，教室里时不时传出的笑声像一只只鸟儿"扑腾扑腾"的飞往四处。

不知道贾乡长在忙些什么，前些日子一副要定居在这村里的模样，突然匆匆就离开了，还特意嘱托尹易这些天的新闻稿和简报等支教结束的时候再一并给他发过去，这倒是给我省了不少事儿，不过这人就是不能心存侥幸，大半夜的老大一个电话打过来，拐弯抹角地跟我说了半天，意思就是那个男生打电话约她一起去云南旅游，她心里也放不下他，所以就答应了以朋友的名义一起去，可是她这一走，学校暑期社会实践一百多个团队的新闻上传工作就没人做了，更别提其中有的团队出发的晚，得八月份才会结束，要是这会儿罢工，相信负责老师一定会恨死她的。

"姗姗，我最美丽善良的好姗姗，你就帮我这一次嘛，如果你都不管我，那你回来就得给我收尸了。"

"那就请您老人家死之前记得给我发条短信过来，免得我还要花时间找你的尸身。"我顿了顿，撇了撇嘴，又气又笑地继续说道，"还有，死之前请把你的密码箱之类的密码告诉我一下，总不能白给你收尸吧，人工费可以不要你的，但买棺材、请道士和选风水宝地的钱总得是你给吧，我可不是活雷锋，能帮到这儿已经是我最大的限度了。"

"你！"

"年纪大了，脾气就收敛一点儿，不然真得等我来给你收尸了，如果你实在没钱的话，我也不介意多费点儿力气把你拖到荒山野岭扔了，至于最后是被老鹰啄食，还是被野狗撕咬，那就不是我的事儿了。"

"易珊！"

呵呵，就知道这丫的就是三分钟限度，就这点儿本事儿，想把姑奶奶哄回去给你顶包，让你去郎情妾意，窗户都没有，真当我是软柿子，任你怎么揉捏？别的原因我兴许还会考虑一下，这个就算了吧，虽然很烦老妈的骂骂咧咧，老爸的白眼，但是已经半年没见到他们了，好不容易放假又来参加社会实践，这眼瞧着就要解放回家，为着你这和老情人约会我就巴巴地跑回来给你赶工作，想都别想。

"我在呢，昨天刚掏了耳朵，这会儿听得清。"

"我想揍你！"只听得那边憋了半响低声来了这么一句，其中的怒气不言而喻，大概是怎么也想不到平时对他言听计从的我今天如此的不听话。

"我在江海市江县山城乡堰塘村堰塘小学校，欢迎您来揍我，单挑还是群架，小女子奉陪到底。"

"骑驴看唱本儿，回来咱们等着瞧。"

"我有一头小毛驴，我从来也不骑，有一天我心血来潮骑它去赶集……"老大终于受不了气呼呼地挂了电话，不过我这会儿却是心情贼好。

跟姑奶奶斗，你还嫩了点儿，让你平时奴役我，山高皇帝远，终于让我找回一次面子了。

因为这件事儿，我乐了一上午，连中午吃饭都止不住地乐，搞得大家像见了鬼似的，吃完饭还被沫音神神秘秘地拉到一旁上下打量了半天，疑心我被鬼附身了，不然，何以大家都笼罩在离愁别绪中，就我一个乐个不停。

因为明天早上要进行文艺演出，准备的节目还没完整地彩排过，所以下午就停课彩排，孩子们或许是年纪太小，或许是彩排比上课的吸引力大，加上老天爷很给面子，明明上午还大太阳，下午就阴了起来，虽然还是有些燥热，但夏天能有这样的赏脸的天气已经很好了。

不过我却是急得像热锅上的蚂蚁一般，我这个挂名的语文老师，来了这儿正经的语文课没上过一节，打了十多天的杂，却要我准备劳什子朗诵，选了几个人出来，怯场的、口音重的，各种问题层出不穷，最开始的时候还能好好地给他们纠正错误，可是说了好多遍这几个孩子就是不长进，加上尹大神提了把椅子来坐着看了一遍，最后冷冷地甩了一句，"这个节目太差，要么取消，要么再改进。"

抱着破罐子破摔的念头反复练了几次，考虑到孩子们年纪都不大，所以选的几首诗都是童话诗，选的时候我还怕他们朗诵得太活泼，可事实是，越念越没劲，半死不活的，给他们分析内容，情景描述，然而还是像临终的人吊着最后一口气一样，完全上不得台面。

最后实在没办法了，找了闵敏来友情加盟，生搬硬套的把朗诵给改成了小品，借鉴了选秀的构思，杂合了唱歌、跳舞、朗诵等因素，活生生的给弄了一出"选秀喜乐会"，可能是这种形式个人发挥的空间更大一些，也可能是有了闵敏这个大小孩在前面带，孩子们胆子也大了起来，虽然整个节目质量算不上好，但勉强还是过得去，至少尹大神看了后是点头了的，彩排的时候也引起了一片笑声。

烧烤

　　因为葬礼的原因，今晚的健美操依旧是跳不成的，下午队长和清歌他们去乡政府盖"社会实践证明"的公章，顺便买了一些肉、蔬菜回来，不知道是觉得剩的钱太多还是平时大手大脚惯了，这两人竟然买了三百多块钱的东西回来，就是做个满汉全席材料估计都够了，更何况我们还做不出来，这退又退不掉，放着吧，明天我们一走没人吃又浪费，最后大家一合计，决定自行做烧烤，反正小厨房的屋角里还堆了一堆木柴，而且教室后面施工处剩的一些短钢筋，这会儿也正好派上用场。

　　男生负责劈柴、烧火、宰肉，还得去竹林里找找竹签，女生们就清洗、穿串，至于烤这个工序，被他们理所应当地推给了我，梦琪自愿给我打杂，不过呢，我也知道她那是想近水楼台先得月而已。从下午放学后就开始行动，直到晚上八点半左右，忙碌了将近三个小时，肚子已经在闹革命了，第一串烧烤终于产生了。

　　"你们谁先吃吧，我这儿还烤着呢，一会儿就好了。"之前我从来没弄过烧烤，这次还真是大姑娘嫁人头一回，更别说我旁边还有十几个人盯着，即便我心理再强大，还是止不住地心慌，加上这又是夏天。面前烧着火，旁边还站着一群饿狼，更是汗如雨下。

　　"恭敬不如从命，我就先吃了哈。"我这刚递过去，话还没说完，其余人还没反应过来，旁边的这吃货已经伸出她的咸猪爪接了过去，也不顾及热度，拿上就往嘴里塞，痛得她哇哇直叫，不过对于这种头可断血可流吃饭不可乱的人来说，眼瞅着我手上的一把烧烤就要好了，她还不赶紧把手上那串身先士卒的烤韭菜解决了，不然别说是我，估计其他几个人都不会让她对肉类下手的。

　　"你们慢点吃，这些东西够你们吃满意了。"对这些人实在无语，一个个你争我抢的，女生们甚至连挠痒痒、撅屁股这种招数都使出来了，一群人围在一起边吃边笑。

"姗姗，牛肉串的味道淡了"

"易珊，茄子烤得不够烂。"

"珊姐，辣椒多撒点儿，完全没味道。"

"味道不够你不知道自己去加啊。"这群人不考虑我这个"厨师"吃不到的感受也就算了，还一个个的化身为二大爷，吆五喝六的，这儿嫌弃那儿嫌弃，好不容易代曼跳出来说了一句，"盐、辣椒不够的自己去加，别总是使唤我们珊姐。"心里正默默地感动着呢，下一句话一出来我就想揍死她。

"反正我觉得这味道刚刚好，你们要加自己去加，别给我添麻烦。"

我已经华丽丽地晕倒在烧烤这个岗位上了。

离 别

伺候一群人吃饱喝足之后，提了桶热水去厕所里洗了个澡，一瞧时间，才十点多，可是平日夜里常常失眠的我，今天这会儿似乎已经窥见了周公容貌，匆匆把脏衣服洗了几把，回到寝室摊在床上不一会儿便睡了过去。

"姗姗，姗姗。"

"易珊，赶紧醒醒。"

……

"这可怎么办？叫也叫不醒，等明天再弄也来不及。"

"这往天大半夜都还睡不着，今天倒是反常得很，早早地就睡了。"

"还是再叫一会儿吧。"

"可是，待会儿叫醒了，她瞌睡气一来，我们怎么办？"

谁在叫我？怎么耳朵边很多人在说话？

这大晚上的，到底还让不让人睡觉了？！

晕晕乎乎的，似乎有人在推我，还有人在拉扯我的胳膊。

"哎呀"脑袋传来的疼痛终于把我从睡梦中拉了回来。

气死我了，竟然开始扯我头发了！

到底是火山爆发了，还是世界末日了，非得大半夜的把我揪起来吗？我是能拯救地球还是能阻止地震发生？

"倒数三秒，她绝对跳起来了。"这是沫音的声音，眼睛虽然闭着看不见她的表情，但我用脚趾头也能想象得出这会儿她正在幸灾乐祸，"往后退两步，不然待会儿有你们好受的。"

"三、二、一"

姑奶奶就是不睁眼，看你怎么嘚瑟。

"我就说嘛，咱们的珊姐姐天大地大睡觉最大，既然她老人家要睡觉，我们也就不吵她了，这给孩子们的礼物有她没她也没什么区别……"

"什么？！"毯子一掀开，眼睛一睁，手脚同时用力，眨眼之间我已经从床上跃了起来，看得他们一愣一愣的。

"你们说什么礼物？竟然敢背着我悄悄地来？胆子肥了哈。"本来是准备叉着腰大声地吼出来的，然而实在是刚醒来，神经还处于休眠状态，这不留神就往前面一个趔趄，幸亏元瑶挡住了我，要不然这大晚上的我又得受罪了。

你就不能好好地坐着听我们说吗？毛毛躁躁的摔着你可是你疼哈。"沫音在旁边叨叨道。

"好了好了，有什么事儿快说吧。"事实证明，我只要不是正常醒来的，隔不到两分钟睡意又会找上门来，这一坐回床上，又开始不住地打哈欠。

"队长说，我们明天汇报演出结束就得走了，明年可能我们其中还有些人要来这儿支教，但有些人却是一辈子都不会再到这儿来了，虽然只跟孩子们相处了十几天，但大家也有了感情，说是给他们礼物呢，咱们没钱，就算是有，这一百多号人，那还不得倾家荡产啊，所以就让我们每个人录一段音频，让田宇整理出来了，明天演出后放给他们听，免得到时候大家都泣不成声，也不知道说什么好，当然，我们节目准备得不多，这也算得上是一个节目催泪弹。"梦琪抱着薯片站在旁边好心的给我解释道。

我伸手抢过她的薯片，抓了一把放进嘴里有气无力地嚼着，这大半夜的，肚子饿，然而上下眼皮实在是恩爱，非得闭上才好，只好边嚼着边有气无力地支吾着："我手机上没有那个软件，谁给我用一下,我录了好睡觉。"

夏至未满

223

好在他们也算是有良心，不一会儿就拿了手机来打开了，此时的我已经又躺回了床上，正应了那句话，"能坐着绝不站着，能躺着绝不坐着，一群女生无奈，只好把手机给我贴在嘴边，趁我还没有完全睡死过去将任务给完成了。

　　"亲爱的小朋友们，你们好，我是你们的珊姐姐，就是那个四只眼的不穿裙子的怪姐姐，明天我们就要走了，明年不知道还有没有机会再回来看你们，姐姐希望你们好好学习天天向上，别忘了要听爸爸妈妈爷爷奶奶的话哦，我会想念你们的。"终于在说完最后三个字"么么哒"之后彻底睡了过去。

　　第二天照例早起，可能是由于昨天睡得太早，才四点多我就醒了过来，然后就再也睡不着，睁着眼睛熬到五点，起来洗漱之后，听到老大在叫大家起床了，回房间去挨着把一群正在熟睡的大小姐叫起床，这些日子我基本上都是最后起床的，这会儿见了她们各种凌乱的睡姿，真是大开眼界，心下一动，准备找手机给拍下来明天让她们欣赏欣赏，可翻遍了床上也找不到手机，此时的我才后知后觉地发现，手机掉床底下去了。

　　弯了腰伸手进去摸索了一会儿，手机没摸到，倒是摸着了一个肉乎乎的东西，吓得我赶紧缩了手回来，手机没拿到，却是再没胆子伸进去了，赶紧跳回床上缩成一堆儿，一时间感觉满间屋子都飘荡着鬼魂，又不自觉地想起了"学校是建在以前的墓地上的"，吓得我大气都不敢喘上一口。

　　"起床了，起床了。"大神在外面"咚咚咚"地敲门，扩音器般的大嗓门像机关枪扫描一般，将一个个熟睡中的大小姐们给闹醒了。

　　丫的，刚才喊她们像是给她们挠痒痒似的，一个个迷迷糊糊地伸腰蹬腿的，赶紧让她们起床就像要她们的老命一样，金小洛这丫头还给了我一脚，这会儿一听到大神的声音，就像大冬天往头上泼了盆冷水一样，所有人马上清醒了过来，然后又是一阵"手忙脚乱"，等收拾好出来，田宇他们已经把早餐买回来了，大家心不在焉的随意吃了点儿，离别愁绪笼罩着所有人。

　　"大家都冷着张脸干吗？好不容易熬到回家了，怎么都像是霜打的茄子一样，无精打采的。"尹大神实在是看不惯我们一副哭丧的模样，"我知道你们难受，但这天下没有不散的筵席，越是到了这最后一天，我们更是要打起精神来，顺顺当当的把这结尾给收好了，也才对得起我们先前这么多的努力。"

……

本来大家心里都咬着劲儿地告诉自己心里伤感一下就算了，怎么也不能哭出来，可是看到这一群相处了半个月的孩子一个个的沮丧着张脸走进来，特别是几位公主和幺妹、王胜他们，平时跟我们感情比较好，我们也乐得跟他们玩儿，一来二去大家玩熟了，这会儿想着以后可能再也没机会见到这群可爱的孩子们了，心里的不舍情绪迅速蔓延开去。

上午九点，家长和孩子们都到齐了，贾乡长也来讲了几句开场白就匆匆走了，李书记倒留了下来看节目，不过大家都没时间关注他，化妆的化妆，维持秩序的维持秩序，后台放音乐的放音乐，大家有条不紊地干着自己的事儿。

节目之前就已经彩排过几次了，除了我们的小品上场时出了点儿问题，还好我们及时补救了，其他的一切照计划进行。

可是，谁能告诉我这个操着一口方言，还边说边打哈欠的声音真的是我发出的吗？跟其他人一口流利的普通话比起来，我是要搞笑得多，听现场的笑声就知道了，特别是我旁边的沫音和闵敏，明明一分钟以前还泪眼婆娑的，这会儿已经笑得东倒西歪了。

最后要结束的时候，不知道谁在下面叫了一声"起立"，在场的家长和孩子们都站起来了，孩子们弯下腰跟我们真诚地说了一声："哥哥姐姐们，谢谢你们。"

此刻我泪如泉涌，但又不好意思哭出声来，无奈地扭头看向窗外，听着耳边越来越大的哭泣声，心里就像被什么揪住了喘不过气来。

"姗姗姐姐，明年暑假你还来吗？"突然有人跑过来抱住了我的腿，原来是小静雯，两只眼睛红红的，明显是刚哭过。

"还会来的。"我蹲下来看着她回答道。

"你确定？"小丫头怕我骗她，伸出手指来，"拉钩！"

"拉钩！"

"易老师啊。"静雯的外婆拄着拐杖走了过来，"这段时间真的是麻烦你们了，静雯这孩子每天回去都跟我念叨您，说您教她认识了很多字，打电话的时候还跟她妈妈炫耀呢。"说着，叹了口气，"昨天知道你们要走了，回去不吃不喝的，大半夜的还哭醒了，早上醒来就要来学校，怎么也劝不住，嗓子都哭哑了。"

我摸了摸静雯的头，"明年会回来的，再说了，我也是江县人，金星乡的，隔得不远，如果你们有空过来的话一定打电话给我。"

是的，我和沫音都是江县人，当年那个丢失的孩子就是山城乡人，这次借着社会实践的机会顺便来这边打探一下情况而已，而沫音，纯粹是抱着我走哪儿跟到哪儿的念头而已。

十一点，汇报演出结束了，拉着行李箱走出校门，在梦琪的提议下大家在台阶上照了张合照。照片中的我们努力的想要扯出笑容来，可最后照出来的全都是满脸的不舍。

一梦浮生

送其他人上了车，我和沫音也坐车回了家，回到家母亲大人看到变黑了的沫音，照例又把我数落了一顿，不过我没心情跟她还嘴，一股脑地扎进了我的卧室。

回到家这几天，本以为好不容易从辛苦的社会实践中解脱了，可以好好地放松一下，可是打开电脑看小说，没劲，再看一会儿视频，更没意思。睡觉又睡不着，索性天天拉着沫音在街上闲逛。

"哈喽，易姗。"

背后有人拍了一下我的肩膀，扭头看去，一张熟悉的面孔出现在我的眼前。

"大神？"

"这才过了几天，你就认不得我了？"大神语气臭臭地问道。

"姗姗？"提着东西的代曼看到我有些惊讶，"你家在这边？"

"没在街上，在岩湾。"我还没有从意外中清醒过来。"你们这是？"

"哦，我们来给外婆上坟。"尹易开口回答我这个问题，似乎又怕我遗漏了什么，特意补充道，"小学我都是在这边读的书。"说完，定定地看着我。

　　然后呢？

　　然后你要告诉我你才是那个人，那个跟我说"我们当朋友吧？"那个人吗？

　　"那时我跟着我妈姓，叫沈飞。"

　　如果你叫沈飞，那清歌头上的疤又是怎么回事儿？如果你是沈飞，那带给我如此熟悉的感觉的清歌又是谁？如果你是沈飞，你为什么消失了这么多年？……

　　太多的问题缠绕着我，我动了动嘴唇，却什么话也说不出来。

　　"易珊！"尹易看着我呆呆的样子，有些着急，开口叫道。

　　"让我静静。"我摆了摆手，拉着沫音转身回了家。

　　人生充满了太多的意想不到，很多时候我们能做的只有顺其自然。

　　夏至未满，青春继续，我们唯有不断地去接受生活的挑战。

夏至未满

227